KB008394

조선 과학 탐정
홍대용

조선 과학 탐정
홍대용

윤자영 지음

블랙홀

차례

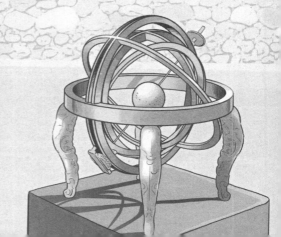

제1장
하늘을 보는 소년

문밖에는 봄을 알리는 풀벌레 소리가 가득했다. 긴 겨울이 끝나 가는지 낮은 제법 따뜻했고, 그토록 매서웠던 밤 추위도 한풀 꺾인 것 같았다.

홍대용은 덮은 이불을 걷고 살며시 몸을 일으켰다. 옆에 누운 유생이 크엉, 하고 코를 골았다. 대용은 유생의 얼굴 앞에 손바닥을 흔들어 깊이 잠든 것을 확인하고는 머리맡에 놓았던 두루마기를 걸쳤다.

저 멀리서 축시새벽 1시를 알리는 종소리가 은은하게 울려 퍼졌다. 예정대로라면 석실서원 재실유생이 거처하는 곳을 지키는 사감님의 순찰 시간이었다.

잠시 후 가죽신이 흙을 긁는 소리가 나더니 거창했던 풀벌레의 울음소리가 사라졌다. 사감님은 흐르는 물처럼 동재와 서재를 스르르 한 바퀴 돌고는 다시 나갔다. 풀벌레들이 자신의 안전을 확인한 듯 다시 울기 시작했다.

대용은 잠든 유생의 얼굴을 다시 한번 돌아본 뒤 조심스레 문을 열었다.

깊은 새벽 대용이 밖에 나가려는 이유는 바로 오늘 월식이 일어날 가능성이 있기 때문이다. 서원 뒷산에 올라가면 하늘 높이 떠 있는 보름달이 잘 보일 것이다. 대용은 고양이 걸음으로 서원 뒷문으로 갔다. 뒷문은 누구의 출입도 허용하지 않겠다는 듯 커다란 빗장이 단단히 걸려 있었다. 사감님은 방금 순찰을 돌았으니 이제 아침까지 주무실 것이다.

대용은 조심조심 뒷문 빗장을 빼냈다. 대문을 살짝 열고, 서둘러 빠져나가 뒷산을 올랐다. 점점 숨이 가빠와 자기도 모르게 헉헉대고 있었다.

하늘 가운데에 벌써 둥그런 보름달이 떠 있었다. 커다란 달을 보니 힘차게 뛰던 심장도 안정을 찾아갔다. 대용은 품 안에서 천문학 서책을 꺼냈다. 저 멀리 서역에서 들여온 천문학 서책은 대용의 마음을 빼앗아 버렸다. 서책은 일식과 월식의 원리를 잘 설명하고 있었다.

'해와 달, 땅의 위치에 따라······.'

얼마나 달에 집중해 있었는지 대용은 누가 곁에 다가오는지도 몰랐다. 그때 바스락 소리가 들렸다. 대용은 자기도 모르게 풀숲에 덥석 엎드렸다.

"거기 누구냣!"

석실서원의 최고 스승인 김원행의 목소리였다. 김원행은 추앙 받는 노론 학자이지만 벼슬을 버리고 석실서원에서 유생들을 가르치고 있었다.

서원에서는 날이 어두워지면 바깥출입을 금하고 있었다. 유생들의 무분별한 유흥을 막기 위해서였다. 대용은 스승님이 그냥 지나가길 바라며 숨을 죽였지만 기대와 달리 곧 스승님의 엄한 목소리가 들려왔다.

"대용이 이놈! 어서 나오지 못할까?"

스승님은 대용이 숨어 있다는 걸 알고 있었다. 대용은 할 수 없이 풀숲에서 몸을 일으켰다.

"스승님······."

하얀 수염이 절반을 가린 스승님의 얼굴을 보니 대용은 어깨가 저절로 움츠러들었다. 혼날 것을 각오했다.

"이놈 또 하늘을 보고 있었느냐? 네 나이 이제 열여섯이다. 언제까지 하늘만 멍하니 보고 있을 것이냐?"

다행히 스승님의 목소리는 노기를 띠고 있지 않았다. 대용은 옆머리를 긁적이며 대답했다.

"스승님…… 오늘 월식이 있을 것이라 하여 궁금함을 참지 못하고 나왔습니다."

스승님은 입을 굳게 다물고 고개를 좌우로 흔들었다.

"대용아, 너는 서원의 어떤 유생보다 총명하다. 한데 그 능력을 논어, 맹자를 깨닫는 데 쓰지 않고 서역의 천문학과 수학에만 열중하면 어떡하느냐?"

"하지만 스승님. 사서삼경四書三經의 『역경易經 주역』도 우주론적 철학을 담고 있지 않습니까? 천체의 원리를 아는 것이 음양오행을 아는 것이 아니겠습니까?"

"이놈아, 깊이 없는 달변으로 스승을 속이려고 하나?"

김원행은 성리학을 깊이 공부한 사람이었지만 꽉 막힌 사람은 아니었다. 서역에서 청을 통해 조선으로 들어오는 새로운 학문도 거부하지 않았다.

"그래, 그럼 묻겠다. 너는 월식이 왜 일어나는지 알고 있느냐?"

"네, 스승님. 제가 그림을 그려 설명해 보겠습니다."

대용은 나뭇가지를 하나 들어 땅 위에 그림을 그렸다. 원을 세 개 그렸는데 그 크기는 각각 달랐다.

"스승님, 가장 큰 원이 해입니다."

대용은 가장 큰 원 안에 '일日 자'를 쓰고, 가운데 원에는 '지地 자', 가장 작은 원에는 '월月 자'를 썼다.

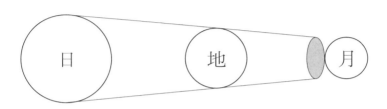

"스승님, 지구와 해와 달은 서로를 돌고 있습니다. 달은 해의 빛을 받아 빛나므로 그 위치에 따라 달의 모양이 변하는 것입니다. 해와 지구, 달이 일직선으로 배열될 때, 지구의 그림자가 달을 가리기 때문에 달이 빛을 내지 못하는 것입니다."

김원행도 청의 천문학, 역학 등을 공부해 이미 알고 있었으나, 제법 심오한 대용의 천문학 지식에 적잖이 놀랐다.

"그렇구나. 그런데 너는 왜 땅을 둥글게 그렸느냐? 예로부터 하늘은 둥글고 땅은 네모나다고 하지 않느냐?"

"그건 저도 알고 있습니다. 하지만……."

그때 보름달 한쪽이 찌그러지기 시작했다. 월식이 시작된 것이다. 대용은 흥분해서 손가락으로 달을 가리켰다.

"스승님, 월식이 시작됐습니다."

김원행도 뒷짐을 지고 하늘의 달을 보았다. 둥그런 떡을 파먹는 것처럼 달은 점점 작아졌다. 풀벌레도 하늘의 장엄한 현상을 보고 있는지 주변은 진공 상태가 된 것처럼 조용했다.

시간이 흘러 달은 손톱만큼 작아졌다.

"스승님, 달이 손톱 모양입니다. 달을 가린 지구의 모양이 둥글기 때문입니다."

"그렇구나."

"해도 둥글고, 달도 둥급니다. 하늘의 모든 것이 둥근데 땅만 네모라는 것은 이치에 맞지 않습니다. 서역에서는 이미 지구 둘레의 길이를 측정했다고 합니다."

"그래, 하지만 천문학 공부는……."

김원행은 대용이 걱정되었다. 대용의 능력으로는 조금만 노력해도 과거 급제는 떼놓은 당상일 텐데 천문학과 수학에만 열중했기 때문이었다. 천문학, 수학은 과거 시험을 치르는 데 전혀 도움이 되지 않았다. 대용은 스승의 마음도 모르고 눈앞의 월식을 마음에 담는 데 집중했다.

어느덧 달이 다시 차오르기 시작했다.

"스승님, 청에는 천 리 앞을 볼 수 있는, '천리경'이라는 것이 있다고 합니다. 저도 언젠가는 청에 가서 천리경을 꼭 직접 볼 것입니다."

"천리경의 원리를 아느냐?"

대용은 품 깊은 곳에 손을 넣어 가운데가 볼록한 유리알을 꺼냈다.

"스승님, 글자를 크게 볼 수 있는 볼록 유리알입니다. 조선에서는 아직 이런 볼록 유리알을 만들 수 없지만 서역에서는 이미 유리알을 만들어 내고 있다고 합니다. 어서 조선도 이런 기술을 배워……."

"그만! 내 알았다."

김원행은 가만히 놔두면 대용이 밤새도록 떠들 것 같아 말을 끊었다.

"대용이 네가 천문학과 수학에 마음을 두고 있는 건 내가 잘 알고 있다. 허나 공자, 맹자를 공부하는 것이 선비가 가야 할 학문의 길이다. 과거를 보고 조정에 들어가 이 나라 조선을 위해 일해야 하지 않겠느냐?"

"하지만 스승님도 상감마마께서 내린 벼슬을 받지 않으시고 여기서 저희를 가르치고 계시지 않습니까?"

"그건……."

김원행은 조정에서의 당파 싸움이 싫었다. 대신 직접 가르친

후학을 조정에 보내 조선을 올바르게 이끌도록 만들고 싶었다.

"네놈들을 가르치기 위해서가 아니냐? 천문학, 수학 공부하는 걸 막지는 않겠다. 하지만 내일부터 대용이 너도 사서삼경 공부에 더욱 매진하거라. 너는 다른 유생들 앞에서 회초리 맞는 게 창피하지 않느냐?"

대용은 실생활에 도움이 안 되는 사서삼경을 열심히 공부할 필요가 없다고 생각했다. 논어, 맹자는 굶주린 백성을 직접 살리지 못하기 때문이다. 그래도 대용은 스승님의 말을 거역할 수 없었다.

"네, 스승님. 두루두루 공부하도록 하겠습니다."

묘시아침 7시가 끝나갈 무렵 사감님의 기침 소리가 들렸다. 그 기침 소리는 아침을 알리는 구호나 다름없었다. 유생들은 일어나 세수하고 의관을 입었다. 대용은 식당으로 가서 자기 자리에 앉았다. 보리와 쌀이 섞인 밥이 놋그릇 가득 담겨 있었고, 그 옆에 두부가 들어간 맑은국이 있었다. 반찬은 소금에 절인 배추와 버섯볶음이었다.

석실서원의 식사는 스승님의 가르침처럼 단출했다. 석실서원의 유생들은 대개 지체 높은 양반가의 자식이었다. 평소 집에서라면 고기전처럼 기름진 음식이 가득했을 텐데 석실서원에서는 어림도 없었다.

육십여 명의 유생들이 제자리에 앉자 사감님이 큰 소리로 "권반!"이라 외쳤다. 유생들은 그제야 놋쇠 숟가락을 들어 밥을 떠먹었다.

대용은 조반을 마치고, 가볍게 산책을 했다. 뒷산에 오르자 저 멀리 유생들이 모여 있었다. 스승님 몰래 하인에게 고기전을 가져오게 해 숨어서 먹고 있었다. 스승님이 알면 크게 혼날 일이었다. 그럼에도 유생들은 고기를 포기하지 못한 것이다.

대용은 밤새 굳은 팔과 다리를 움직여 몸을 풀고는 오륜당으로 향했다. 유생들은 실력에 따라 갑반과 을반으로 나뉘어 공부했다. 대용은 사서삼경 공부를 게을리 하는 바람에 을반에서 공부했다.

오늘 첫 수업은 김원행 스승님의 시간이었다. 다른 스승님들의 시간과 달리 석실서원의 주인 김원행 최고 스승님 시간에는 내내 긴장의 끈을 놓을 수 없었다. 유생들은 일어선 채로 김원행을 기다렸다.

잠시 후 김원행은 작은 기침 소리를 내며 오륜당 안으로 들어와 유생들을 지나쳐 앞으로 걸어가 자리에 앉았다. 치켜 올라간 눈썹과 흰 수염이 가득한 얼굴에서 호랑이가 연상되었고, 삼층 석탑처럼 높이 솟은 머리 위 정자관은 도깨비 뿔처럼 보였다.

유생들은 다 함께 큰 소리로 인사한 후 자리에 앉았다. 호랑이 입에서는 묵직한 목소리가 흘러나왔다.

"오늘은 『중용中庸』 서른 번째 장이다. 내 먼저 읽어 보겠다."

김원행은 눈을 감은 채로 책을 보지도 않고 술술 읊었다. 역시 대가의 남다른 모습이었다. 그 모습에 유생들은 더욱 위축되기 마련이었다.

"중니는 조술요순하시고 헌장문무하시며 상률천시하시고 하습수토하시니라."

김원행이 눈을 번쩍 뜨고는 유생들은 둘러보았다. 유생들은 모두 김원행의 눈을 피하기 바빴다. 그 광경을 본 김원행의 목소리가 좋게 나올 리 없었다.

"모두 내 눈을 피하기 바쁘구나! 이 뜻을 말해 볼 사람 정녕 없는 게냐?"

을반에서 가장 성적이 좋은 김재습이 손을 들었다.

"재습 유생이 말해 보거라."

김재습도 긴장되는지 침을 꼴깍 삼키고는 입을 열었다.

"공자는 요순 임금을 받들고 문무를 받들었으며, 위로는 하늘의 뜻을 따르고 아래로는 물과 흙의 이치를 따른다는 뜻입니다."

"그건 한자를 그대로 해석한 것이 아니냐? 그래 물과 흙의 이치는 무엇이더냐?"

김재습도 그 뜻을 알지 못하는지 고개를 푹 숙였다. 김원행은 회초리를 들더니 책상을 두 번 두들겼다.

"내 지난 시간에 그 뜻을 생각해 보라고 했거늘 아무도 모른단 말이냐?"

유생들은 자신에게 불똥이 튈까 조용히 고개를 숙였다. 김원행의 얼굴이 진짜 호랑이처럼 변해 버렸다.

"물과 흙의 이치는 그 단순한 뜻보다 태초에 물과 흙이 만들어진 원리를 생각하는 것이다. 오랜 세월 바위가 깎여 흙이 되고, 하늘의 기운이 모여 비가 되고 물이 되는 것처럼 만물이 만들어지는 이치가 있다. 다음 절은 사계절이 생기고, 해와 달이 번갈아 바뀌는 것처럼 그 이치에 따라 우리는 덕과 도를 깨달아야 한다는 말이다."

대용은 머리가 지끈지끈 아파 손가락으로 양쪽 관자놀이를 눌렀다. 사계절이 생기고, 해와 달이 번갈아 뜨는 것은 지구가 해를 돌고, 달이 지구를 도는 것인데 이것이 덕과 도로 어떻게 연결되는지 이해가 되지 않았다. 그러한 대용을 보고 김원행은 한눈을 팔고 있다고 생각했다.

김원행은 참다못해 회초리 끝으로 대용의 얼굴을 가리켰다.

"홍대용 네 이놈! 앞으로 나오거라! 그리고 김아산도 같이 나오거라."

대용과 아산은 앞으로 나갔다. 다른 유생들의 입에서 휴, 하고 한숨이 새어 나왔다. 일단 큰 화를 피했다고 생각한 것이다. 김원행은 회초리를 들고 방바닥을 두 번 탁탁 쳤다.

"둘 다 종아리를 걷거라. 어제도 해시_{밤 9시}가 되기도 전에 방의 불이 꺼졌더구나. 늦게까지 공부해도 부족할 텐데 그리 일찍 자서 어떡하겠다는 것이냐? 대용이 먼저 이리 오거라."

대용은 김원행 앞에 종아리를 걷고 섰다.

"공부에도 중요한 것이 있다. 할아버지 보기에 부끄럽지도 않느냐?"

대용의 할아버지는 노론의 핵심으로 대사간을 지낸 홍용조 영감이었다. 김원행의 말은 그런 할아버지를 본받아 공부하라는 뜻이었다. 공부에도 중요한 것이 있다는 말도 천문학에만 너무 몰두하지 말고 사서삼경에 더더욱 매진하라는 뜻인 걸 대용도 알았다.

김원행은 회초리를 힘껏 휘둘렀다. 딱딱한 회초리가 종아리에 감기듯 달라붙었다. 그때마다 종아리에서부터 터져 나오는

찌릿한 통증이 온몸에 퍼졌다.

"대용이 이놈 알아들었느냐?"

"네, 열심히 하겠습니다. 스승님."

김원행은 대용이 알아들었을 것이라 생각했는지 그 옆에 선 아산을 쳐다보았다.

"다음 아산이. 아산이 네놈은 글공부는 안 하고 이상한 짓만 하고 다닌다는 소리가 들린다. 네 놈은 두 대 더 맞거라."

아산이 종아리를 걷고 김원행 앞에 섰다. 바짓단을 올려 붙잡고 있는 손이 부들부들 떨리고 있었다. 회초리가 높게 들렸다.

착! 착! 착!

"아이고야! 스승님, 잘못했습니다."

종아리에 회초리가 닿을 때마다 아산이 토끼 뛰는 것마냥 팔짝팔짝 뛰었다. 다른 유생들은 그 모습이 재미있는지 킥킥거리며 웃었다.

"둘은 자리로 들어가거라. 그리고!"

김원행 얼굴에 주름이 더 굵게 일었다. 부릅뜬 눈에서는 광채가 퍼져 나왔다. 먹이를 노리는 호랑이 같았다. 혼내야 할 사람이 더 있는 것이다. 곧 근엄한 목소리가 김원행의 입에서 흘러나왔다.

"요즘 북월당에 몰래 들락거리는 놈들이 있다. 거기는 너희

들을 가르치는 박사나 사감만 드나들 수 있는 곳이다. 어떤 고얀 놈이냐? 어서 이실직고하지 못할까?"

북월당은 식당 뒤에 있는데 스승님들이 모여 회의하는 곳이다. 유생들의 출입이 엄격히 금지된 곳이기도 하다.

유생들은 서로 눈치만 볼 뿐 아무도 앞에 나서지 않았다.

"이런 고얀 놈들! 어서 공부해서 갑반으로 승급하고 한양의 성균관에 들어갈 생각은 하지 않고, 오로지 딴 짓만 할 줄 아는 놈들이구나! 을반 모두 오늘 중반은 없을 줄 알아라. 중반 대신 비벽고에 가서 책을 읽으며 반성하도록 하거라!"

김원행은 유생들의 선비 정신을 단련하고자 이런 벌을 종종 주었다. 비벽고는 식당 앞에 있었는데 장서를 모아둔 곳이었다. 한 끼쯤 굶는 것은 문제가 아니다. 하지만 비벽고에서 책을 읽고 있자면 식당으로부터 고소한 냄새가 넘어온다. 한창 먹을 나이의 유생들은 그 냄새 때문에 뱃속은 요동치고 글자는 잘 보지 못하게 된다.

그래서 김원행의 입에서 비벽고 소리가 나올 때면 유생들의 얼굴에는 불만이 가득 들어찼다. 유독 얼굴 살이 투실투실하게 붙은 이성곤이 손을 들었다.

"스승님, 범인이 따로 있을 텐데 유생 모두 끼니를 거르라 하시다니 너무한 처사이십니다."

이성곤의 할아버지는 조정의 높은 자리에 있었다. 집안 어른의 벼슬에 따라 유생들도 자연스레 서열이 매겨졌다. 당연히 이성곤은 유생들의 대장 노릇을 하고 있었다. 최고 스승인 김원행을 제외한 다른 박사와 사감도 이성곤에게는 함부로 하지 못했다.

"그래? 그럼 넌 범인을 알고 있다는 것이냐?"

이성곤은 맨 뒷자리에 앉아 있는 아산을 바라보았다.

"저놈 아니겠습니까?"

아산은 서자였다. 서자는 양반과 첩 사이에서 태어난 자식으로 중인 신분에 불과했다. 하지만 양반인 아버지 덕분에 석실서원에 들어올 수 있었다. 이성곤에게 지목당한 아산은 떨리는 목소리로 말했다.

"아, 아닙니다. 스승님. 저는 북월당에 들어가지 않았습니다."

이성곤이 아산을 보고 소리쳤다.

"거짓말! 어젯밤 네가 북월당 근처 마당에 있는 것을 내가 봤는데도 거짓말이야?"

"그…… 그건…… 스…… 스승님, 아닙니다. 전 들어가지 않았습니다."

말을 더듬는 아산을 보고 있던 이성곤의 기세가 살아났다.

"그럼 북월당 마당에는 왜 갔는데? 북월당에 들어간 거 맞잖아."

"아……."

아산은 얼굴만 붉힐 뿐 대답하지 못했다. 억울해 보였다. 유생들이 수군거리는 소리가 점점 커지자 김원행은 회초리로 책상을 탁탁 쳤다.

"모두 조용! 성곤이는 자리에 앉거라."

많은 학자들에게 존경 받고 있는 김원행은 매사에 공정함을 중요하게 여기는 선비였다. 그래서 서자인 김아산도 양반의 자제들 사이에서 공부할 수 있도록 해 주었다. 물론 그것이 많은 유생들과 양반들에게 불만을 샀지만 김원행은 자신의 결정을 바꾸지 않았다.

김원행도 아산이 거짓말을 하지 않는다는 것을 알았을 것이다.

"그런데 성곤이 넌 그 시각에 아산이가 북월당 마당에 있는 것을 어떻게 보았느냐? 너도 방에 있지 않고, 북월당 근처에 있었던 것이냐?"

김원행의 질문에 이성곤의 얼굴이 붉어졌다. 둘러댈 말을 생각하는지 눈알이 빠르게 돌아갔다.

"그, 그건…… 츠, 측간지금의 화장실을……."

"재실 옆에도 측간이 있을 텐데 왜 거기로 갔느냐?"

"거기가 사, 사람도 없고……."

22

이성곤은 김원행의 계속된 질문에 제대로 대답하지 못했다. 김원행은 다시 회초리로 책상을 탁탁 쳤다.

"오늘 일은 더는 묻지 않겠다. 앞으로 누구도 북월당에 몰래 들어가지 말거라. 알겠느냐?"

"예."

유생들 모두 같은 대답을 했다.

"그럼 다시 책을 펴라."

수업이 다시 이어졌다. 김원행은 『중용』의 깊은 뜻을 설명했다. 하지만 대용은 이런 공부가 지겨웠다. 어서 오늘 수업이 끝나서 서역의 학문을 공부하고 싶었고, 밤이 되면 하늘의 별을 보고 싶었다.

중반 시간에는 비벽고에서 벌을 받고, 오후에는 졸다가 깨다가 오후 수업을 꾸역꾸역 마쳤다.

드디어 지루했던 하루가 끝이 났다. 대용은 석반을 마치고 하늘을 보고자 서원 뒷산에 올랐다.

서원 뒷문을 나서자 소나무 숲이 시작됐다. 산 정상으로 오르는 길 말고 샛길로 들어섰다. 그 길로 일각5분쯤 올라가면 이름 없는 무덤이 나온다. 거기선 무덤 때문에 나무가 무성하지 않아 하늘이 잘 보였다.

샛길로 들어서자 나무 사이로 누군가 보였다. 유생인 것 같았다. 가까이 가서 보니 아까 종아리를 함께 맞았던 아산이 있었다. 한쪽에 네모난 돌로 만든 아궁이에서 불이 지펴지고 있었고, 그 앞에 크고 작은 그릇이 널려 있었다. 아산은 아궁이 불로 무언가 끓이고 있었는데, 무심하게 솥 안을 나무 주걱으로 휘휘 젓고 있었다.

대용은 아산과 제대로 대화를 나눈 적이 없었다. 대용이 아산에게 다가가 물었다.

"김아산! 뭐 하는 게냐? 뭐 먹을 거라도 만드는 것이냐?"

아산은 힐끗 뒤돌아보더니 하던 일만 계속했다. 대용은 아무 대답 없는 아산이 지금 무엇을 하는 건지 궁금했다. 지켜볼 요량으로 나무 아래에 자리를 잡고 앉았다.

아산은 이리저리 분주하게 움직이며 뭔가를 부지런히 하다가 갑자기 대용을 바라봤다.

"거기서 뭐 하시는 겁니까? 어서 갈 길을 가십시오."

"이제 내가 보이느냐? 그리고 같은 유생끼리 무슨 존댓말을 하고 그러느냐?"

대용의 말에 아산의 눈이 커지더니 얼른 주위를 둘러보았다. 중인 신분인 서자는 다른 양반 유생들에게 존댓말을 해야 했다.

"도련님 무슨 큰일 날 소리를 하십니까? 누가 들으면 경을 칩니다."

아마 이성곤이 들었다면 진짜 경을 쳤을 것이다. 그러나 대용은 개의치 않았다. 아산이 아궁이 불로 끓이던 솥 안을 둘러보았다. 그 안에서는 푸른색 물이 끓고 있었다.

"뭐 하는 것이냐? 도대체 뭘 만들고 있는 것이냐?"

"여러 물의 성질을 알아보는 실험을 하고 있습니다."

"실험? 나한테도 알려 줄 수 있느냐?"

"하늘만 보는 괴짜 도령, 홍대용 도련님이시죠?"

"괴짜? 다른 유생들이 그렇게 부른다고? 하하하. 그래. 맞다."

아산은 각기 다른 물의 성질을 알아보려고 실험을 하고 있었다고 말했다. 무언가 발견했다면 누군가에게 보여 주고 싶었을 것이다. 마침 괴짜라고 소문난 대용이라면 다른 유생들과 달리 자기 얘길 들어줄 거라고 생각했다.

"좋습니다. 제가 발견한 것을 보여 드리지요."

아산은 널찍한 나무판 위에 세 개의 흰색 사기 밥그릇을 올렸다. 그리고 방금 끓인 푸른색 물을 나무 국자로 퍼서 각 그릇에 나누어 담았다. 준비가 다 되었는지 대용을 돌아보고 말했다.

"이제 되었습니다. 가까이 오십시오."

대용은 아산에게 가까이 갔다. 아산은 그릇에 담긴 푸른빛

물을 가리키며 말했다.

"이건 포도를 끓인 물입니다."

포도를 끓였으니 물이 푸른색을 띠고 있는 것이었다. 대용은 고개를 끄덕였다.

"도련님, 제가 이 포도 끓인 물에 이상한 성질이 있다는 것을 발견했습니다. 잘 보십시오."

아산은 작은 갈색 호리병을 들어 대용의 얼굴 앞에 대고 살짝 흔들었다. 호리병에도 뭐가 들었는지 찰랑이는 소리가 났다.

"이제 이 호리병 안에 있는 물을 여기 이 포도 물에 넣겠습니다."

아산은 호리병을 기울여 물을 부었다. 호리병에서는 노란빛 물이 흘러나왔는데 포도 물과 만나는 순간 금세 붉은색으로 변했다. 대용은 귀신에 홀린 기분이 들었다.

"이것이 무엇이냐? 왜 이렇게 변하는 것이냐?"

놀란 대용을 본 아산의 입가에 살며시 미소가 떠올랐다. 아산이 이번에는 다른 호리병을 들었다.

"아직 놀라기에는 이릅니다."

아산은 호리병을 기울여 다른 그릇에 담긴 푸른색 포도 물에 부었다. 이번에는 노란색으로 변했다. 대용은 놀랄 수밖에 없었다.

"와! 색이 이렇게 변하다니 신기하다. 아산이 네가 부린 요술인 것이냐?"

"하하하, 요술이라니요. 이런 성질이 있는 것을 찾아냈을 뿐입니다."

아니나 다를까, 김원행도 아까 이상한 짓을 하고 다닌다며 아산의 종아리를 때렸다. 하지만 대용은 직접 실험해 보고 궁금한 걸 해결하는 아산이 대단해 보였다.

"오, 그렇군. 이렇게 직접 실험해 보다니…… 대단하구나. 김아산."

대용의 칭찬이 기쁜지 아산은 허리를 깊이 숙였다.

"알아주셔서 감사합니다."

"그 호리병에 들어 있는 물이 무엇이길래 이렇게 색이 변하는 것이냐?"

아산은 포도를 끓인 물이 가득한 그릇 하나를 들었다.

"포도를 끓여 만든 이 물은 특이한 성질을 가지고 있었습니다. 방금 보신 것처럼 다른 물과 섞이면 색이 변하지요. 저는 오늘 실험으로 거의 확실한 결론을 얻었습니다."

아산은 첫 번째 물이 들어 있던 호리병을 대용의 코앞에 가져다 댔다.

"괜찮으니 냄새 한번 맡아 보십시오."

대용은 어딘가 미심쩍었지만 호리병 입구에 코를 대고 숨을 크게 한 번 들이마셨다. 시큼한 냄새가 올라왔다.

"어? 시큼한 냄새가 나는 게…… 이거 식초가 아니냐?"

"맞습니다. 신맛이 나는 식초와 푸른 포도 물이 만나면 금세 붉은색으로 변합니다."

아산은 호리병에 든 식초를 포도 물에 다시 넣었다. 그러자 푸른색이었던 물이 붉은색으로 변했다. 대용은 다시 봐도 신기했다.

곧 아산은 다른 호리병을 들면서 말했다.

"그리고 이건 양잿물입니다. 석회 가루나 양잿물은 노란색과 녹색으로 변하지요."

그러고는 호리병을 기울여 실험을 계속했다. 그 모습을 지켜보던 대용은 줄곧 감탄할 수밖에 없었다.

"와, 김아산 대단하구나."

"대단하긴요. 도련님이 별을 직접 관측할 수 있는 기구를 만들고 있다는 소릴 들었습니다."

사실 대용은 천리경과 혼천의를 만들고 있었다.

"천리 앞을 볼 수 있는 천리경과 하늘의 규칙을 알아낼 혼천의를 만들고 있지만 너에 비하면 난 아직 걸음마 수준이다."

"하늘의 규칙이라니, 도련님도 대단하십니다."

대용은 아산이 마음에 들었다. 궁금한 것은 직접 실험해서 밝히고 생각한 것은 바로 실천하는 아산의 태도야말로 실용적인 연구와 학문 그 자체였다.

"아산이 네 나이가 올해 몇이지?"

"열다섯입니다."

"그래, 내가 열여섯이니 앞으로 형님이라 편하게 불러도 된다."

아산은 왕방울처럼 커진 눈으로 주위를 둘러보았다.

"그런 소리 마십시오. 진정으로 저를 서원에서 쫓아내시려고 그러십니까?"

"아니다. 난 진심이다."

"그래도 안 되는 것은 안 되는 것입니다. 이 나라의 법도가 그러하옵니다."

그때였다. 산 아래서 인기척이 들렸다. 화려한 비단옷을 입은 이성곤 패거리였다. 어찌 색을 맞춰 입기라도 한 것처럼 붉은색, 녹색, 파란색 비단옷을 입고 있었다. 이성곤이 대장처럼 맨 앞에 서고 오른쪽에 정준, 왼쪽에 한승민이 섰다.

그들도 대용과 아산이 있는 쪽을 발견했는지 나무 사이사이로 난 길을 따라 다가왔다. 아산의 밝던 낯빛이 점점 흙빛으로 바뀌었다. 이성곤은 재미난 장난감이라도 발견한 것처럼 히죽

거렸다. 삼백안의 눈과 투실한 코가 얼핏 도깨비처럼 보이게
만들었다.

"어쭈. 서자 놈은 여기서 놀지 말라고 했지?"

"가, 갈 겁니다요. 도련님."

이성곤이 아산의 실험 도구들을 쓱 둘러보았다.

"매일 끓이고 만들고…… 도대체 뭐 하는 거냐?"

"시, 실험입니다요."

아산의 말에 이성곤이 실실 웃었다.

"태생대로 논다고 그저 천한 짓만 하고 있구만."

이성곤은 아산이 준비해 놓은 질그릇들을 발로 차 버렸다.
와장창, 소리가 나면서 그릇들이 깨졌다. 실실 웃던 이성곤의
얼굴이 이내 일그러졌다.

"네놈은 서자이니 이딴 잡스러운 짓을 하며 놀고 싶겠지만,
우리 서원에서는 안 돼! 너 때문에 우리까지 창피해진단 말이
야! 어서 알아서 서원을 나가라고 했지!"

이성곤은 양옆의 정준, 한승민에게 말했다.

"이 자식에게 자기 신분을 똑똑히 알려 주자고. 서원은 서자
놈 따위에게 어울리지 않는 곳이라는 것을."

정준과 한승민이 널브러져 있던 나무 막대기를 들었다. 아산
은 슬금슬금 뒷걸음쳤다. 순간 이성곤이 아산의 배를 발로 내

질러 찼다.

"억, 아이쿠."

아산이 배를 움켜쥐면서 쓰러졌다. 정준과 한승민이 들고 있던 막대기를 하늘로 쳐들었다. 이성곤 패거리가 아산을 때리고 괴롭히는 모습이 처음은 아닌 것 같았다. 이들은 아산이 스스로 서원을 나가도록 일부러 못살게 굴고 있었다.

대용은 아산이 괴로워하는 모습을 보고 있자니 화가 났다. 몸을 웅크리고 있던 아산 앞에 서서 두 팔을 벌려 가로막았다.

"잠깐, 너희 뭐 하는 거야? 왜 아무 잘못도 없는 사람을 때리고 괴롭히는 것이냐?"

이성곤은 자기 앞을 가로막고 선 대용의 얼굴을 매서운 눈으로 보았다.

"너도 양반이니 알 것 아니냐? 이 나라 조선에는 반상의 법도가 있어. 난 천한 서자 놈이 우리랑 같이 공부하는 것 자체가 마음에 들지 않아. 그리고 양반이라면 저런 놈을 저렇게 취급해도 상관없어."

아무리 법도가 그러하다지만, 이 같은 이유로 몽둥이를 드는 양반은 없을 것이다. 대용은 공자, 맹자를 아무리 공부한들 저런 짐승만도 못한 생각을 하고 있다면 허투루 시간 보내는 짓일 뿐이라고 생각했다.

"김아산이 우리 서원에서 공부하는 것은 김원행 스승님이 허락했기 때문이다. 네 할아버지, 아버지가 관직에 계신다 해도 김원행 스승님의 말씀은 거역하지 못할걸?"

김원행은 사실상 노론의 큰 어른이나 마찬가지였다. 아마 벼슬을 받았다면 삼정승으로서 조정을 이끌었을 것이다.

이성곤은 맞는 말만 하는 대용에게 대꾸할 수 없었다. 그래서인지 오늘 서원에서 있었던 일로 트집을 잡았다.

"대용이 너도 오늘 중반을 굶어 배고팠잖아. 네가 벌을 받은 것은 저놈 때문이라고. 저놈이 북월당에 들어간 거라고!"

"공부하는 유생이 어찌 한 끼 굶었다고 이리 난리냐. 그럼 동물들과 다를 게 무엇이냐?"

대용의 대꾸에 이성곤은 피식 웃었다.

"흥, 매일 종아리나 맞는 네가 공자, 맹자 이야기를 하니 지나가는 개가 웃겠다. 컹컹컹."

"좋아, 그렇게 나온다 이거지? 아까 스승님도 말씀하셨지만 넌 아산이가 북월당 마당에 있는 것을 어떻게 알았지?"

"하하하, 고작 스승님 흉내 내기냐? 측간을 갔다고 했잖아."

대용은 쓰러진 아산을 돌아보았다. 아산의 눈빛은 조금의 거짓된 기색도 없이 반짝였다. 그것보다 대용은 오늘 아산이 보여 준 실험으로 아산이 왜 북월당 마당에 갔는지 알게 되었다.

어쩌면 범인은 오히려 이성곤일 수도 있다는 생각 때문에, 대용의 머릿속은 바삐 움직였다.

대용의 눈은 아산에게서 이성곤에게로 옮겨 갔다.

"아산이는 범인이 아니야. 북월당 마당의 장독대에 간 거야. 김아산 맞지?"

대용의 말에 아산은 고개를 끄덕였다.

"마, 맞습니다요. 도련님이 그걸 어떻게 아셨는지요?"

대용이 이성곤 패거리를 둘러보고는 말했다.

"아산이는 여기서 포도 물 실험을 하고 있었다. 아까 식초로 포도 물의 색을 바꾸는 걸 나도 직접 봤지. 우리 서원에서 식초는 북월당 마당에 있는 장독대밖에 구할 데가 없어."

대용의 말을 듣고 있던 이성곤이 잠깐 한숨을 크게 내쉬었다. 그러고는 대용의 예상과 달리 더욱 의기양양한 태도로 말했다.

"그래, 그럼 저놈이 장독대에서 식초를 훔친 건 맞다는 얘기군. 스승님이 이 사실을 아시면 큰 벌을 내리실 거다. 아님 우리가 스승님 대신 혼쭐을 내 줄 수도 있어. 어떻게 할까? 큭큭."

염치없는 이성곤의 말을 잠자코 듣고 있던 대용의 눈은 흔들림 없이 한승민이 들고 있는 보자기 꾸러미에 고정되었다.

자주색 보자기 꾸러미의 태가 올록볼록한 것이 그 안에는 술 병이 들어 있는 게 분명했다. 특별한 날 외에는 서원 안에서의 음주는 철저히 금지하고 있었다. 하지만 이성곤 패거리는 서원 뒷산에 몰래 올라가 술을 마시려고 했던 것이다.

대용이 손가락으로 보자기 꾸러미를 가리켰다.

"한승민 유생! 손에 들고 있는 보자기 꾸러미는 뭐지?"

한승민은 반사적으로 들고 있던 보따리를 몸 뒤로 숨겼다. 떳떳한 물건이면 뒤로 숨길 필요가 없을 텐데, 뭔가 켕기는 게 있다는 뜻이다. 무엇보다 고소한 기름 냄새가 솔솔 풍겼다.

"킁킁, 아까부터 맛있는 냄새가 나던데. 꾸러미 안에 부침개 같은 거라도 있는 거야? 저기 저 올록볼록한 건 호리병일 테 고. 아마 술이겠지?"

대용의 추리에 세 사람의 얼굴이 점점 붉어졌다. 이때다 싶 어서 대용은 더욱 거세게 몰아쳤다.

"스승님께서 이 사실을 알면 어떻게 하실까? 자, 식초 조금 훔친 아산이와 몰래 술 마시는 세 유생 중 누가 더 크게 혼나려 나?"

이성곤은 붉으락푸르락한 얼굴로 눈알을 요리조리 굴렸다. 그러고는 이윽고 들고 있던 막대기를 옆으로 휙 던져 버렸다.

"흥, 홍대용 유생! 치사하게 스승님께 일러바치지 않겠지?"

“그야 유생들 하기 나름이겠지.”

이성곤은 하는 수 없다는 듯 고개를 절레절레 흔들며 말했다.

“쳇! 얘들아, 가자. 아산이 네 놈은 내 눈앞에 보이지 말고.”

찝찝하다는 표정을 숨기지 못한 채 이성곤 패거리는 곧 나무숲 사이로 사라졌다.

대용이 손을 내밀어 아산을 일으켜 주었다.

“고맙습니다요. 도련님.”

“난 출신으로 사람을 판단하지 않으려 한다. 아산이 너처럼 궁금한 걸 직접 찾아보고 진리를 살피려 노력하는 사람이 저렇게 놀고먹는 양반 놈들보다 더 뛰어나다고 생각하거든. 저놈들이 관리가 되면 백성들만 고통스러워질 것이다.”

“그런 소리하지 마셔요. 아무튼 고맙습니다. 대신 도련님께 더 이상 종아리를 맞지 않는 방법을 알려 드리겠습니다.”

“해시까지 공부하지 않고 자 버려서 맞는 거니까, 뭐 그때까지 공부하면 맞을 일은 없겠지.”

“아닙니다. 스승님은 해시가 되기 전에 잠자리에 드십니다. 연세가 있으셔서 그런지 초저녁잠이 많으시거든요. 한데 우리 유생들이 언제 자는지 스승님은 어떻게 아시는 걸까요?”

대용도 생각해 보지 않았던 것은 아니다. 사감님이 늦은 밤에 순찰을 돌긴 하지만 형식적으로 동재와 서재를 한 바퀴 돌고 들어갈 뿐이었다.

"그럼 스승님께 누군가 대신 알려 주고 있다는 말이냐?"

"예, 허드렛일을 하는 돌쇠 아저씨입니다. 방 앞에 신발 벗어 두는 댓돌이 있지 않습니까? 그 옆에는 작고 검은 조약돌이 하나 있습니다요. 돌쇠 아저씨는 방 안 불이 꺼지는 때를 확인하고, 그 시각에 맞는 위치로 조약돌을 각각 옮겨 놓습니다."

"음, 그렇다면 새벽에 일어난 스승님은 그 조약돌의 위치를 보고 일찍 잠자리에 든 유생이 누구누구인지 알 수 있었겠구나. 한데 넌 어떻게 그 사실을 안 것이냐?"

"관찰과 실험입니다. 주변을 면밀히 관찰한 결과, 불이 꺼진 시각에 따라 조약돌의 위치도 매번 바뀐다는 사실을 알게 되었습니다."

"넌 이런저런 실험을 참 좋아하는구나! 한데 왜 항상 종아리를 맞는 것이냐?"

아산은 바닥에 흐트러진 질그릇을 챙기며 말했다.

"스승님이 정하신 거라면 깊은 뜻이 있어 그러시겠지요. 그리고 스승님은 유생들이 잘되라고 종아리를 때리시는 거지, 잘못되라고 때리시는 것은 아니지 않습니까?"

"좋다. 스승님이 정하신 규칙, 나도 정정당당하게 지키겠다. 하지만 이성곤 패거리처럼 저렇게 허튼짓을 하고 다닌다면 매일 종아리를 맞았을 것이다. 가만, 그렇다면 혹시 네가……."

아산은 모은 질그릇을 차곡차곡 쌓아 보자기 안에 넣고 묶었다.

"하도 괴롭힘이 심해져서 알고 있는 비밀을 알려 주면 그만두지 않을까 생각했지요. 하지만…… 보시는 바와 같습니다."

"좋아. 그렇다면 이성곤 패거리를 가만 놔둘 수 없지. 아마여기서 그 짓거리를 멈추게 하지 않는다면 북월당에 또 드나들다가 분명 큰 사달이 날 거다."

"무슨 소리십니까? 이성곤 도련님이 북월당에 들어갔다는말입니까?"

"그런 짓을 할 유생이 또 있겠느냐? 며칠 후에 석실서원 평가시험이 있다. 분명 북월당에는 스승님들이 만든 시험 과제가있었을 거다. 그걸 몰래 보러 들어갔다가, 우연히 장독대 앞을서성이던 아산이 널 봤을 거고."

아산의 얼굴엔 놀란 기색이 가득했다.

"그게 사실이라 해도 이성곤 도련님 할아버지께서는 조정에서 큰일을 하는 분입니다. 아무리 김원행 스승님이라도 증거도없이 우리 말만 듣고 혼내지는 못하실 겁니다."

그때 대용은 아까 아산이 보여 준 포도 물 실험이 떠올랐다. 어쩌면 그걸로 북월당에 누가 드나들었는지 밝힐 수 있을 것

같았다. 이성곤 패거리를 혼내 줄 생각을 하니 웃음이 절로 나
왔다.

"하하, 내게 좋은 방도가 있다. 아까 포도 끓인 물 더 있느
냐?"

"방에 더 있긴 합니다요."

"좋아. 그럼 내일 수업 시간에 그걸 가져 와. 아까 내게 보여
준 색깔 실험 준비를 해 오면 돼."

아산은 영문을 몰랐지만 대용의 자신감 넘치는 얼굴을 보니
뭔가 방책이 있을 거라는 확신이 들었다.

대용은 일찍 오륜당에 도착했다. 조반을 마친 유생들이 하나
둘 들어오기 시작했다. 대용은 멀리 떨어져 앉은 아산에게 어
제 말한 걸 다 챙겨왔느냐고 눈짓으로 물었다. 아산이 바로 옆
에 놓인 보따리를 들어 보였다. 왠지 오늘이 거사 치를 날인 것
처럼 느껴졌다.

이성곤 패거리는 술 마신 다음 날이면 힘이 하나도 없어 보
였고, 조반도 먹는 둥 마는 둥 했다. 전날 기름진 안주와 술을
거하게 먹었으니 아침부터 소화가 잘 될 리 없었다.

곧 세 사람이 크게 떠들며 오류당 안으로 들어왔다. 생기 넘치는 것을 보아 하니 어제는 뒷산으로 술을 마시러 가지 않은 것 같았다. 오히려 김원행이 어디 있는지 눈치를 살살 보는 게 왠지 북월당에 들어갔다 온 건 아닐까, 대용은 추측했다.

곧 김원행이 오류당 안으로 들어왔다. 유생들 모두 자리에서 일어나 꼿꼿이 섰다. 왠지 오류당 안의 공기가 갑자기 차가워진 것 같았다. 김원행의 얼굴은 평소와 달리 매우 화가 난 것처럼 굳어 있었다. 유생들의 인사도 받지 않고 그대로 서서 유생들의 얼굴을 둘러보았다.

"이런 고얀 놈들!"

김원행은 노기 가득한 목소리로 유생들에게 소리쳤다.

"어떤 놈이 북월당에 드나든 게냐? 내 오늘 꼭 잡고 말겠다. 범인이 나오지 않으면 오늘 중반, 석반까지 굶을 각오 단단히 하거라!"

두려움 가득한 얼굴들이 서로를 바라보았다. 대용은 고개를 돌려 이성곤을 보았다. 오늘따라 투실투실한 볼살이 더욱 심술궂게 보였다. 할아버지의 위세를 믿고 하늘 높은 줄 모르는 놈을 혼내 줄 기회가 왔다.

갑자기 대용이 자리를 박차고 김원행 앞으로 나갔다.

"스승님, 제가 범인을 찾아보겠습니다."

"뭐라고? 네가 범인을 찾겠다고?"

"예, 스승님."

대용은 몸을 돌려 멀리 앉은 아산에게 말했다.

"김아산 유생은 나와서 좀 도와주게."

이미 일은 벌어졌다. 아산은 그저 대용을 믿을 수밖에 없었다. 이번에도 그냥 넘어간다면 자신은 이성곤 패거리 때문에 서원에서 쫓겨날지도 모른다.

아산은 보따리를 들고 서둘러 앞으로 뛰어나갔다.

"스승님, 일단 몇 가지 보여 드릴 것이 있습니다."

대용은 김원행에게 허락을 구하고 아산에게 뭔가를 지시했다.

"김아산 유생, 우리는 어제 그 포도 물 실험을 할 것이야. 포도 물을 담은 대접 두 개를 준비해 주게나."

아산이 보따리를 풀고, 대접 두 개에 포도 물을 부었다. 아산이 준비하는 모습을 지켜보던 대용이 이번엔 주머니에서 뭔가를 꺼냈다. 종이로 무언가를 돌돌 말아 싼 것이었다.

웬일인지 김원행은 대용과 아산이 부지런히 뭔가를 준비하는 걸 가만히 지켜보았다.

잠시 후 모든 준비가 끝났다. 대용은 주머니에서 꺼낸 종이를 조심히 풀었다. 그 안에는 하얀 가루가 있었다.

"스승님, 그리고 여러 유생 여러분! 이건 석회 가루입니다.

여기 있는 김아산 유생은 포도를 끓여서 푸른색을 띤 이 물에 석회 가루가 섞이면 노란색으로 변한다는 사실을 발견했습니다."

그러면서 대용은 석회 가루를 아산이 준비해 둔 대접 안에 살살 털어 넣었다. 석회 가루가 들어간 포도 물이 요술처럼 노란색으로 변하기 시작했다. 대용이 처음에 놀랐던 것처럼 김원행과 유생들은 놀란 토끼눈을 하고 있었다. 여기저기서 탄성이 나오기도 했다.

김원행은 이내 근엄한 표정을 지으며 침착하게 질문을 던졌다.

"그래. 한데 그것으로 어떻게 범인을 찾겠다는 말이냐?"

"네, 스승님. 그럼 지금부터 북월당에 들어간 범인을 잡아 보이겠습니다. 먼저 스승님께 죄송하다는 말씀을 드립니다. 사실 저는 엊저녁에 북월당에 몰래 들어갔습니다."

"음…… 계속해 보거라."

"네, 그리고 북월당 문 손잡이와 책상 서랍, 문갑에 이 석회 가루를 살짝 뿌려 놓았지요."

김원행의 얼굴 주름이 깊은 생각에 잠긴 듯 점점 깊게 패였다. 대용의 설명만으로 김원행은 감을 잡은 것처럼 보였다.

"그래. 그렇다면 북월당에 몰래 들어가서 책상 서랍과 문갑을 뒤진 사람의 손에는 석회 가루가 묻어 있겠구나."

"그렇습니다. 스승님."

"음…… 그것 참 묘수구나."

갑자기 김원행이 회초리를 들어 맨 앞의 유생을 가리켰다.

"그렇다면 한 명씩 순서대로 나와서 여기에 손을 담가 보거라."

이성곤이 망연자실한 표정으로 바로 옆에 있는 한승민을 바라보았다. 어제 북월당에 들어간 사람이 한승민일 거라는 촉이 대용의 머릿속에 박혔다. 한승민은 시종 불안한 눈빛으로 고개를 떨군 채 양손을 바지춤에 비비고 있었다.

그동안 유생들은 한 명씩 대접 안에 손을 담갔다 뺐다. 한승민의 얼굴은 핏기가 사라진 것처럼 점점 하얘졌다. 대용은 결코 빠져나갈 수 없으리라는 확신을 갖고 한승민을 계속 지켜보았다.

그러던 중 갑자기 한승민이 뛰어나와 김원행의 발밑에 넙죽 엎드렸다.

"스승님, 제가 들어갔습니다. 죄송합니다."

"뭐? 이런 고얀 놈! 북월당에는 왜 들어갔느냐?"

"그, 그건……."

한승민은 제대로 대답하지 못한 채로 이성곤과 정준을 바라보았다. 김원행의 호랑이 같은 눈빛과 마주친 두 사람도 얼른 뛰어나와 바닥에 엎드렸다. 김원행은 그 모습이 기가 찬지 긴 한숨을 내쉬었다. 아마 김원행은 이성곤 패거리가 북월당에 들어간 이유를 짐작하고 있었을 것이다.

"후, 내가 이런 놈들을 가르치려고 벼슬을 마다했다니……."

패거리는 바닥에 머리를 조아린 채 큰 소리로 외쳤다.

"용서하십시오, 스승님! 다신 안 그러겠습니다."

김원행은 그 자리에 털썩 주저앉아 아무 말 없이 가만히 있었다. 패거리에게 어떤 벌을 내릴까 고심하는 것도 같았다.

"네놈들에게는 종아리를 때릴 힘도 없다. 네놈들에겐 두 달간 정학 처분을 내리겠다. 세 사람은 당장 집에 돌아가서 충분히 반성하고 오거라."

"네?!"

이성곤은 깜짝 놀라 되물었다. 분명 이대로 집에 돌아가면 할아버지와 부모님이 서원에서 쫓겨 나온 것을 알게 될 거고, 종아리 맞는 것으로 끝나지 않을 것이다. 한승민과 정준도 문제의 심각성을 깨달았는지 김원행의 버선발에 매달렸다.

"스승님. 용서해 주십시오."

"살려 주십시오. 스승님."

"다시는 그러지 않겠습니다."

김원행은 대용의 생각보다 훨씬 화가 나 있었다.

"어허! 어딜 스승의 몸에 함부로 손을 대는 것이냐! 썩 물러가거라!"

며칠 후 이성곤 패거리는 두 달간 정학 처분을 받고 집으로 돌아갔다. 셋이 서원에서 쫓겨 나가는 날 모든 유생들이 나와 배웅이 아닌 구경을 했다. 할아버지의 위세를 믿고 날뛰던 이성곤이 벌을 받는 모습을 직접 보는 것만으로 유생들은 통쾌해했다.

이성곤은 서원의 대문을 나서기 전에 멀찍이 떨어져 서 있던 대용을 돌아보았다. 핏발 선 이성곤의 눈에는 억울함이 가득했다. 입을 앙다물고 뿌드득 이를 갈았다. 대용을 향한 분노의 표출이었다.

대용은 이성곤 패거리가 종아리 맞는 것으로 끝날 줄 알았지, 이렇게 큰 벌을 받을 거라곤 생각지 못했기 때문에 조금 미안한 마음이 들긴 했다. 하지만 이번 기회에 이성곤이 사대부 집안의 귀감이 되는 유생으로 돌아왔으면 좋겠다고 생각했다.

두 달 후.

세 사람에게 내려진 정학 처분은 끝이 났지만 이성곤은 서원으로 돌아오지 않았다. 한승민과 정준만 돌아와 조용히 공부를 다시 할 뿐이었고, 아무도 이성곤에 대해 이야기하지 않았다.

제2장
현자와의 조우

대용은 아산과 함께 서원 뒷산에 올라 혼천의를 만들고 있었다. 이성곤과의 일 이후 대용은 아산을 동생처럼 대했고, 아산 또한 대용을 잘 따랐다.

대용은 얇게 자른 대나무를 모닥불에 올려 살살 열을 가했다. 대나무는 열을 가하면 쉽게 구부릴 수 있기 때문이었다. 그러고는 대나무에 힘을 주어 둥그렇게 구부려 원 모양을 만들어 넝쿨로 고정했다.

이렇게 만든 원은 모두 다섯 개였다. 크기가 제각각인 다섯 개를 때로는 직각으로, 때로는 비스듬하게 연결했다. 대용은 마지막 원을 연결하고는 손수건을 꺼내 땀을 닦았다.

"이제 다 됐다."

아산은 둥그런 모양의 혼천의를 들고 신기한 듯 이리저리 둘러보았다. 가장 바깥의 큰 원 두 개는 혼천의의 틀이 되었고, 안쪽으로 세 겹의 동심구면이 특정한 각을 두고 배치되었다.

"그 원은 각각 지평환, 자오환, 적도환이다. 하늘은 '천구'라고 하는데 지평환은 지평선을, 자오환은……."

설명이 길어질 걸 알아챘는지 아산은 들고 있던 혼천의를 대용에게 건네며 말을 끊었다.

"아이고, 도련님. 그렇게 설명하셔도 저는 제대로 이해할 수 없습니다."

"하늘의 해와 달, 별이 아무렇게나 움직이는지 아느냐? 모두 규칙이 있다. 이 혼천의 하나면 해와 달의 위치, 일식과 월식이 일어나는 시각을 예측할 수 있다고."

"그건 도련님만 아시면 되고, 어서 움직여 보십시오."

"아…… 알겠다. 그리고 우리 둘이 있을 때는 그놈의 도련님 소리 좀 그만하라고 했지 않느냐!"

아산은 아직 대용의 성격을 종잡을 수 없어서인지 깜짝 놀라 주위를 둘러보았다.

"아이고, 도련님. 누가 들으면 어쩌려고 그러십니까? 그리고 아무리 그래도 어떻게 도련님을 형님이라고 부릅니까?"

"이놈아, 내가 올해 열여섯이고, 너는 열다섯이니 내가 형님
이 맞지 않느냐?"

"그런 소리가 아니지 않습니까? 도련님은 양반이고, 전 중인
일 뿐입니다. 다른 유생들이 들으면 경을 칩니다요."

"중인도 상민도 스스로 자신의 존엄성을 알아야 한다. 그래
야 인간으로서 대우를 받는 것이야."

"어려운 말씀 마세요. 그래도 전 그렇게는 못 합니다."

아산은 고개를 절레절레 흔들었다.

"그럼 형님이라고는 찬찬히 불러라."

대용은 아산에게 혼천의의 바깥 원을 잡도록 했다. 그러고는
혼천의 안쪽의 원을 살살 돌렸다.

"이건 내가 조금 개량한 것이다. 이 원은 황도, 이 원은 백도
로 각각 해와 달이 지나는 길이다. 두 길의 각도는 5도 차이가
난다. 그 때문에 보름달이 뜰 때마다 매번 월식이 일어나지는
않는 게다."

아산은 대용의 말이 어렵게 느껴지는지 이맛살을 찌푸렸다.

"알았다. 그만하마. 하지만 말이다. 내가 천문학을 공부하는
이유는 이 나라의 농공 때문이다. 조선은 매년 정월 초하루 즈
음 청에서 달력을 받아온다. 청과 조선은 그 거리가 멀어 청의
달력이 조선에 오면 미묘하게 월과 일이 달라진다. 나는 계속

천문학을 공부하여 언젠가 조선에 꼭 맞는 달력을 만들 것이다. 백성들이 농사짓는 데 도움이 되고 싶다."

"도련님께서 백성들을 생각하시는 마음이 크시니 언젠가는 조선도 부강한 나라가 될 것입니다."

"고맙다. 이제 혼천의를 돌려보겠다."

대용은 잡고 있던 혼천의의 안쪽 원을 잡고 천천히 움직였다. 하지만 대나무의 마찰음만 들릴 뿐 쉽게 돌아가지 않았다.

"이게 왜 이렇게 안 돌아가지? 아산아, 이쪽 좀 잡아 봐라."

아산이 손을 바꾸어 다른 원을 잡자 대용은 힘을 더 주었다. 나무로 맞물린 톱니가 삐걱거릴 뿐 돌아가지 않았다. 대용은 어느새 이마에 흐르는 땀을 한 번 훔치고는 힘을 더 세게 주었다.

우지끈, 소리가 나더니 곧 파바박, 무언가 끊어지고 부서지는 소리가 났다. 기껏 만든 혼천의가 산산조각 나는 소리였다.

"앗! 이런…… 부서져 버렸구나. 역시 나무는 힘을 못 받는구나."

"이제 어쩌면 좋습니까?"

대용은 왼손을 턱에 괸 채로 잠시 생각했다.

'쇠로 만들어야 하지만 쇠를 녹이고 틀을 만드는 데는 돈이 많이 든다. 지금은 그럴 돈도 없을 뿐더러 한 번에 성공할 가능

성도 낮다. 역시 좀 더 좋은 대나무를 구해서 충분히 연습해야 한다.'

"내일은 쉬는 날이니 의무려산에 가 보자. 거기 너른 대나무 숲이 있다고 하니 괜찮은 대나무를 좀 구해 오자."

"의, 의무려산이요? 다죽골 지나 있는 그 의무려산 말입니까? 거긴 너무 깊습니다. 더군다나 호랑이가 나온다는 소리도 있고, 화적들이 숨어 있다고도 합니다요."

"사내대장부가 왜 그렇게 겁이 많더냐? 호랑이가 있다면 사냥꾼들이 벌써 잡았겠지. 호랑이 한 마리 값이 집 한 채 값이라던데 그냥 그리 두었겠느냐? 그리고 화적 이야기는 애들이 깊은 산에 들어가지 못하도록 어른들이 만든 소문이 아니더냐."

아산은 그래도 걱정이 가시질 않는지 손사래를 쳤다.

"어이구, 도련님 절대로 안 됩니다."

"흠…… 그래라 그럼. 아산이 넌 빠져라. 내일은 나 혼자 가겠다."

대용의 한마디가 아산의 마음을 불편하게 만들었다.

"아…… 저…… 괜찮으시겠……."

아산의 말이 끝나기도 전에 대용은 아산을 세워 두고는 사라져 버렸다.

다음 날 아침 재실을 나서는 대용 앞에 아산이 먼저 나와 있었다. 대용이 걱정되어서 새벽부터 나와 산행을 준비했다. 아산의 어깨에는 둘둘 말린 동아줄이 걸쳐 있고, 허리춤에는 광목천으로 싼 톱과 낫이 매어져 있었다.

대용은 꽃샘추위에 대비해 옷을 겹겹이 껴입고, 겉에는 화려하지 않은 도포를 걸쳤다. 오랜 시간 머물 것을 생각해 허리춤에는 주먹밥과 수통을 맸다. 대용도 호랑이는 무서운지 왜란 때 들어온 고춧가루를 얇은 한지에 싸서 챙겼다. 요즘 고춧가루를 넣어 맵게 만든 음식을 먹기 시작했는데, 고춧가루가 눈에 들어가 고생했던 게 생각났다. 호랑이를 만난다면 호랑이 눈에 고춧가루를 뿌리고 도망갈 심산이었다.

산행을 시작한 두 사람은 곧 다죽골 마을을 벗어나 의무려산으로 접어들었다. 오솔길을 걷고 걸어 해가 머리 위에 왔을 때, 빽빽한 소나무 숲이 나왔다. 바위 그늘에서 주먹밥으로 중반을 하고 다시 걸었다. 소나무 숲 안으로 들어가자 한낮인데도 주위가 어두컴컴해졌다. 긴 소나무 숲을 벗어나자 주변에 활엽수와 습한 데서 자라는 고사리와 고마리가 가득했다.

숲속에서는 공기가 잘 순환되지 않아서인지 진한 나무 냄새가 콧속을 자극했다. 이름 모를 짐승의 울부짖음도 들렸다. 싸늘한 날씨지만 습기와 땀 때문에 어느새 속옷이 살갗에 달라붙었다.

한참을 걸었는데 떡갈나무만 보일 뿐 대나무는 아직 보이지 않았다. 슬슬 걱정이 된 아산이 입을 뗐다.

"도련님, 길을 잘못 든 것 같습니다. 이렇게 오래 걸어 들어왔는데 대나무는커녕 싸리나무 한 그루도 보이지 않습니다."

"조금만 더 들어가 보자."

대용이 좀 더 속도를 내 앞장서자 아산도 하는 수 없이 뒤를 따랐다.

얼마나 더 들어갔을까. 저 멀리서 연기가 피어오르는 게 보였다. 산불이 난 것처럼 큰 연기는 아니었고, 분명 누군가 모닥불을 작게 피운 것 같았다.

"저기, 도련님! 잠시만요. 저쪽 계곡에서 연기가 보입니다. 저쪽에 사람이 있나 봅니다."

"이 깊은 산속에? 누구지?"

"약초꾼이나 사냥꾼인 것 같습니다. 혹시 모르니 제가 조용히 보고 오겠습니다. 도련님은 일단 여기 몸을 숨기고 계십시오."

아산은 자기 짐을 풀어 평평한 바위 위에 올려놓고는 땅에 바짝 엎드려 슬금슬금 기어가기 시작했다.

"아산아, 같이 가자."

아산이 말릴 틈도 없이 대용도 아산을 따라 넙죽 엎드렸다. 땅의 냉기가 무릎을 타고 그대로 올라왔다. 아산이 몸을 돌려 대용을 보고 말했다.

"아이고, 도련님. 양반이 엎드려 기다니요. 제가 보고 올 테니 여기 가만히 기다리십시오."

"그놈의 도련님 소리 좀 그만해라. 둘이 있을 때는 형님이라고 하라니까."

아산은 대용의 그 대단한 고집을 이길 자신이 없어서 단번에 포기하고는 도로 몸을 앞으로 돌려 먼저 나아갔다. 작은 나뭇가지가 부러지고, 마른 풀들이 쓸리는 소리가 났지만 저 아래 계곡까지 들릴 만한 소리는 아니었다.

둘은 계곡 아래가 잘 보이는 바위 뒤에 몸을 숨겼다. 계곡 아래에는 동물 가죽으로 옷을 만들어 입은 사내 셋이 있었다. 긴 머리는 산발로 흐트러져 있고, 드러난 팔 근육은 두꺼워 엄청 단단해 보였다. 이제 막 사냥을 해 왔는지 피워 놓은 모닥불 앞에서 뭔가를 굽고 있었다.

그 옆으로는 낙엽이 덮인 작은 움막 하나가 있었고, 움막 옆에 무시무시한 칼과 조총이 세워져 있었다. 한눈에 봐도 아산이 그렇게 걱정했던 화적 같았다.

아산은 짐짓 심각한 말투로 대용을 불렀다.

"도, 도련님. 저, 저 사람들 화, 화적입니다."

대용이 보기에도 관군을 피해 산속 깊숙이 숨어든 자들 같았다. 혹시라도 자신들이 숨어 있는 곳이 발각된다면 가만히 있지 않을 것이다.

"내 눈에도 그렇게 보인다. 저들에게 들켰다가는 목숨이 위태로울 것이야. 조용히 돌아가자."

둘은 조용히 몸을 돌려 최대한 낮은 자세로 엎드렸다. 바로 그때 개의 울음소리가 비명처럼 들렸다.

"깨갱~"

"잠깐! 방금 개가 우는 소리 아니었느냐?"

"저도 그렇게 들었습니다만, 일단 지금은 빨리 여기를 벗어나시죠."

"아니야. 잠시만 기다려 봐라."

대용은 다시 몸을 돌려 계곡 아래를 살폈다. 움막 근처 나무 아래 하얀 개 한 마리가 목줄에 묶여 있었다. 두려움이 가득 찬 개의 꼬리가 부들부들 떨고 있었다.

낑낑대는 소리가 계속되자 화적 하나가 나뭇가지를 주워 던졌다. 개는 나뭇가지를 피하며 나무 뒤로 숨어서는 다시 낑낑

댔다.

"이놈의 똥개 새끼가 왜 이리 낑낑대? 넌 내일 잡아먹을 테니 기다리라고."

화적들은 뭐가 재미있는지 시끄럽게 웃으며 고기를 구워 먹었다. 대용은 지금 화적들이 뜯고 있는 고기도 산짐승의 것이 아닐 수 있겠다는 생각이 들었다. 배 속부터 뭉근하게 달아오른 화가 치솟았다. 옆에서 아산이 말했다.

"화적들은 수고롭게 직접 사냥하지 않는다고 합니다. 남의 것을 훔치거나 빼앗는 걸 아무렇지 않게 여기는 놈들이거든요. 분명 저 고기도 마을에서 훔친 가축이거나, 행인을 약탈해서 얻은 고기일 겁니다요."

화적들을 가만히 노려보던 대용이 입을 열었다.

"난 저 개를 구해야겠다."

대용의 말에 아산은 화들짝 놀랐다.

"뭐라고요? 도련님, 지금 무슨 소리를 하시는 겁니까? 저들은 살인도 서슴지 않는 놈들입니다!"

"저들은 내일 저 작은 개를 잡아먹고도 지금처럼 희희낙락하고 있을 것이다. 난 그 꼴을 못 보겠다."

"그저 개 한 마리일 뿐입니다. 하찮은 미물에 사람 목숨을 걸 수는 없지 않습니까?"

대용은 아산의 말에 마음이 더욱 불편해졌다.

"이놈아, 하찮은 미물이라니. 숨이 붙어 있는 건 모두 그럴 만한 이유가 있고 존중 받아 마땅한 것이다. 내가 왜 네게 나를 편히 부르라고 하는지 정작 그 뜻을 모르겠느냐? 하늘에서 난 모든 인간은 평등하다. 이 나라 조선에는 아직 반상의 법도가 있지만 나는 언젠가 모든 인간이 평등해지는 날이 올 거라고 생각한다. 그러니 난 지금 저 파렴치한 놈들을 가만히 두고 볼 수 없다."

아산은 잠시 머뭇거리다가 조심히 물었다.

"어려운 말 마십시오. 반상의 법도와 개를 구하는 것이 무슨 상관입니까? 그래요. 형님! 반상이니 법도니 이런 건 난 모르겠고 지금 옳은 판단을 못 하고 있는 형님을 지키는 것이 제 도리입니다. 난 내 도리를 지켜야겠습니다."

"그렇지, 바로 그거다. 내가 너를 생각하는 만큼 너도 저 개를 생각해 보거라."

"그게 무슨……."

홍대용은 천안 제일의 양반가 출신이었다. 지금은 석실서원에서 공부하고 있지만 얼마 안 가 성균관에 들어갈 테고 때가 되면 벼슬도 받을 것이다. 대용처럼 부귀영화를 누릴 수 있는 양반들은 그 심보가 못되어서 양반이 아닌 중인이나 하인을 물건 취급했다.

김아산도 아버지는 양반이었지만, 어머니는 그 집의 하인이었다. 아버지를 아버지라 부르지 못하고, 대과를 쳐 벼슬에 오르지도 못한다. 이러지도 저러지도 못하는 신분이 되어 버린 것이다. 아버지가 아산을 석실서원에 욱여넣은 것도 아산을 생각해서가 아니라 망나니짓을 하고 다니면서 가문을 망신시킬 것이 걱정되어서였다.

하지만 대용은 그런 양반들과는 달랐다. 공자, 맹자 대신 천문학을 공부했고, 아산을 친동생마냥 스스럼없이 대했다. 무릎 꿇고 기는 것도 마다하지 않고, 이제는 도살 직전의 개를 구하려고 한다.

아산은 바로 이런 점 때문에 홍대용이라는 조선 양반이 부리는 고집을 저버리지 못했다. 대용의 행동은 허울뿐인 양반 시늉이 아니라 인간과 생명을 중시하는 진심에서 비롯되었기 때문이다.

"그럼…… 저 개를 구할 방도는 있습니까?"

"음…… 글쎄다. 아산이 너 싸움 좀 하느냐?"

갑작스러운 대용의 물음에 아산의 눈동자가 왕방울만 하게 커졌다.

"도련…… 아니 형님. 저는 형님보다 머리 하나가 더 작습니다. 한데 무슨 싸움을 하겠습니까? 설령 싸움을 잘한다 하더라도 저놈들에겐 총과 칼이 있습니다."

"음…… 그렇단 말이지."

대용은 벌벌 떨고 있는 개를 바라보며 깊은 생각에 잠겼다. 상대는 관군이 쫓고 있는 화적이고 무려 장정 셋이었다. 그렇다면 저 셋을 흩뜨려 놓는 수를 떠올려야 했다.

"좋아! '성동격서'로 간다."

"성동격서라면 동쪽에서 소리치고 서쪽을 치라는 말 아닙니까?"

"그래, 내가 저들을 유인할 테니 화적들이 날 쫓으면 네가 개를 데리고 도망가거라."

"형님, 미쳤습니까? 앗, 죄송합니다. 지금 하신 말씀은 안 될 말입니다."

"어쩌란 말이냐? 그럼 네가 미끼가 될 것이냐?"

"미끼라…… 도련, 아니 형님! 군이 직접 미끼가 될 필요는 없지 않습니까?"

"누굴 미끼로 놓으라는 말이냐?"

"허수아비를 아십니까?"

나뭇가지와 낙엽으로 허수아비를 만들어 놓고 날이 저물면 멀리서 볼 때 사람으로 착각할 수도 있었다.

"허수아비라…… 해 볼 만한 생각이다."

"혹시 갓과 도포를 벗어 주실 수 있으십니까?"

아산이야 양반의 꿈을 접은 지 오래라 도포를 입지 않았지만, 허수아비를 만들려면 대용이 입고 있는 도포가 필요했다.

"이깟 옷가지, 내겐 아무것도 아니다."

대용은 갓과 도포를 벗어 아산에게 건넸다. 아산은 챙겨 온 톱을 꺼내 나뭇가지를 적당히 자르고 넝쿨을 잘라 엉겨 붙였다. 평소에 이런저런 실험을 많이 해 봐서인지 아산은 능숙한 솜씨로 허수아비를 만들어 갓을 씌우고 도포를 입혔다. 영락없는 양반의 풍채였다.

"하하, 솜씨가 좋구나. 해가 지면 분명히 사람으로 보일 게다. 동아줄을 허수아비의 허리춤에 묶고 길게 늘어뜨리면, 멀리서도 허수아비를 움직일 수 있을 것이다. 그럼 얼른 이걸 고정해 두자."

둘은 계곡 오른편 산기슭에 허수아비를 세워 고정했다. 대용의 말대로 동아줄을 허수아비 허리춤에 단단히 묶고 십 길_{약 30미터} 정도 떨어진 거리까지 늘어뜨렸다. 멀리서 동아줄을 당겼다 놨다 했더니 허수아비가 좌우로 움직이는 것처럼 보였다.

마지막으로 대용은 지니고 있던 부채 끝에서 작은 방울을 떼어 허수아비에 달았다. 허수아비가 흔들릴 때마다 소리가 나면 화적들이 금세 알아차릴 것이다.

이제 모든 준비는 끝났다. 곧 해가 질 테고 주위가 어두워지면 대용과 아산의 성동격서 작전은 시작된다.

"저기, 아산아! 내가 허수아비를 움직일 테니 넌 계곡 아래 몸을 숨기고 있다가 화적들이 이리로 쫓아 올라오면 개를 구하거라."

"아닙니다. 저놈들이 알아챘을 때 형님께서 빨리 도망갈 수 있겠습니까? 십 길 정도는 금방 따라잡힐 겁니다. 죄송하지만 형님께서 계곡 아래 숨어 있다가 개를 구하십시오."

사실 대용은 화적들로부터 날쌔게 달아날 자신이 없었다. 체력으로 치면 누가 봐도 아산이 나았다. 아산의 말대로 하는 게 좋을 성 싶었다.

"좋다. 네 말대로 하자. 뭐 내가 잡힐까 봐 그러는 건 아니고…… 산길은 네가 좀 더 잘 알지 않느냐."

아산은 대용이 민망하지 않도록 못 들은 체하며 슬쩍 웃음이 나오는 걸 힘들게 참았다.

한동안 둘은 바위 뒤에 숨어 계곡 아래의 동태를 살피면서

해가 지길 기다렸다. 해가 서쪽 하늘로 넘어갈 무렵 주위는 급히 어두워졌다. 화적들도 슬슬 쉴 생각인지 모닥불에 장작을 몇 개 올리고는 움막 안으로 들어갔다.

드디어 때가 온 것이다.

"아산아, 아까 우리가 소나무 숲속을 걸어올 때 본 돼지 닮은 바위 기억하느냐?"

아산은 소나무 숲 중간에 커다란 바위가 있었는데 구멍이 두 개 뚫린 것이 꼭 돼지 코를 닮았다며 서로 실없는 농담을 한 것을 떠올렸다.

"아까 잠깐 쉰 곳 아닙니까?"

"일단 지금은 흩어지고 이따가 거기서 만나자꾸나."

아산은 침을 꼴깍 삼키고는 고개를 끄덕였다.

"내가 계곡 밑으로 내려가 움막 쪽으로 돌을 던질 테니 그 소리에 저들이 나오면 동아줄을 당겨서 허수아비를 움직이거라. 알겠느냐?"

"네, 형님도 조심하십시오."

둘은 악수하듯 손을 맞잡고는 서로의 눈을 바라보며 고개를 끄덕였다.

아산은 방금 정한 곳으로 가서 동아줄을 움켜쥐었다. 제법 쌀쌀한 날씨인데도 손바닥에서는 하염없이 땀이 솟아올랐다.

아산의 머릿속에는 하찮아 보이는 개 한 마리 때문에 당장 목숨이 날아가게 생겼다는 생각이 들어찼지만, 금세 대용의 얼굴이 떠올랐다. 아산은 대용의 마음을 따르고 싶었다. 대용이 아산을 도왔던 것처럼.

그사이 대용도 순식간에 미끄러지듯, 그러나 조심스럽게 계곡 아래로 내려갔다. 허수아비 건너편에 꼿꼿이 서 있는 큰 신갈나무 뒤로 몸을 숨겼다. 한손에는 주먹만 한 돌 하나를 쥐었다. 잠시 나무에 등을 기대고 크게 심호흡을 했다. 대용의 심장은 이내 차분해졌다. 그러다 움막 옆에 세워진 번쩍이는 칼날을 보면 심장이 다시 쿵쾅쿵쾅 뛰기 시작했다.

"잘돼야 할 텐데……."

저 멀리 계곡 위에서는 준비를 마친 아산이 손을 흔들었다. 대용은 결심을 하고 움막을 향해 힘껏 돌을 던졌다.

탕! 탁, 타르르르.

돌이 정확히 움막 입구에 맞고 떨어져 구르는 소리가 났다. 움막 안에서 웅성거리는 소리가 흘러나왔다. 곧 화적 하나가 웅크린 몸을 펴면서 움막 밖으로 나왔다.

"뭐여?"

이때 아산이 잡고 있던 줄을 잡아당기자 저 멀리서 방울 소리가 들렸다. 멀리서 보니 정말 갓 쓴 사람 하나가 움직이는 것처럼 보였다.

"대장, 나와 보세요! 저기 누가 있습니다."

그 소리에 나머지 두 명도 부리나케 움막 밖으로 나왔다. 세 사람은 서둘러 칼을 들고 조총을 잡았다.

대장이라 불린 화적이 조총으로 사방을 겨누며 말했다.

"어디냐?"

가장 먼저 나와 있던 화적이 손가락으로 계곡 위의 허수아비를 가리켰다.

"저깁니다."

대장이 한 발 앞으로 나가더니 조총을 들어 허수아비를 겨눴다.

"칠득아, 불 당겨!"

화적 하나가 모닥불에서 장작을 하나 꺼내 조총 심지에 불을 붙였다.

칙, 치직.

심지가 소리를 내며 타 들어가더니 이윽고 천둥소리가 계곡을 울렸다. 하지만 어찌된 일인지 허수아비는 그 자리에서 계속 움직이고 있었다. 화적들은 당최 납득할 수 없다는 듯 당황한 얼굴로 놀란 눈만 끔뻑였다.

대장이 무릎을 꿇고 앉아 허리춤에 찬 주머니에서 화약을 새로 꺼내 총구 안에 넣으면서 말했다.

"어두워서 조준이 어렵다. 누가 직접 가야겠다."

대장의 말이 끝나기 무섭게 칠득이가 칼을 높이 치켜들고 말했다.

"제가 직접 가서 처리하겠습니다."

"한데 한 놈이 아닐지 모른다. 둘이서 조심히 가 봐라. 내가 여기서 엄호할 테니."

대장의 지시에 따라 화적 두 명은 허수아비가 있는 곳으로 뛰어 올라갔다. 대장은 조총을 들고 한쪽 무릎을 꿇어 사격 자세를 취했다.

'아, 안 돼.'

그 모습을 지켜보던 대용은 좌절했다. 성동격서 작전은 사실상 실패했다. 세 명 모두 허수아비 쪽으로 갈 줄 알았는데 예상과 달리 대장은 움직이지 않았다. 그사이 한창 울리던 방울 소리도 멈췄다. 아산도 작전대로 자리를 뜬 것이다.

곧 저 멀리 허수아비 앞에 선 칠득이 소리쳤다.

"대장! 허수아비입니다. 동아줄이 연결되어 있습니다. 방금까지 누가 있던 게 확실합니다. 쫓아가 보겠습니다."

"서둘러라. 그놈이 관아에 신고할지 모른다!"

대장은 계곡 주변을 둘러보며 총구를 이리저리 겨누었다.

'어쩔 수 없다. 개를 구하려면 지금 가야 한다.'

대용은 침을 꼴깍 삼키고 바닥에 바짝 엎드려 천천히 기어갔다. 대장의 눈을 피해 한참을 조금씩 전진했다. 개가 묶여 있는 나무 근처까지 겨우 다다랐지만, 개는 신음 소리를 내면서 대용을 경계했다.

대용은 움막을 지키며 계곡 쪽을 사수하는 대장의 뒷모습과 묶여 있는 개를 번갈아 보면서 들릴 듯 말 듯 속삭였다.

"쉿, 이놈아! 내 널 구하러 온 거란 말이다."

대용은 허리춤 주머니에서 아침에 챙긴 동태전을 하나 꺼내 개 앞에 던졌다. 개는 경계를 쉽게 풀지 않으면서도 땅에 떨어진 동태전에 코를 대고 쿵쿵 냄새를 맡았다. 그러다가 입맛을 한 번 다시더니 동태전을 깨물었다.

대용은 이제 됐다고 생각했다. 그사이 개의 목에 묶인 줄을 풀고는 동태전에 정신이 팔린 개를 들어 품에 안았다.

바로 그때였다.

"깨갱~"

"이런 멍청이."

개가 울음소리를 낸 순간 대장이 바로 뒤를 돌아 조총을 나무 쪽으로 겨눴다.

"거기 누구냣!"

나무에 가려 대용의 모습이 잘 보이지 않는 것 같았다. 하지만 이대로라면 발각되는 건 시간 문제였다.

"도망가야 해."

대용은 무조건 뛰기 시작했다. 어둠이 들어차 있는 숲속으로 뛰어야 했다. 품에 안은 개가 계속 울어댔지만 이제는 어쩔 도리가 없었다. 이제야 대용을 발견한 대장은 총을 내려놓고 허리춤에서 날카로운 단도를 꺼내 들었다. 그리고 대용을 쫓기 시작했다.

대용과 대장 사이는 금세 좁혀졌다. 산에 숨어 지내는 게 일상인 화적을 대용이 따돌리기엔 힘들었다. 결국 얼마 가지 못해 대용은 대장에게 뒷덜미를 잡혔다. 그러면서도 대용은 품에 안은 개를 놓지 못했다.

퍽!

대장이 대용의 배에 묵직한 주먹을 꽂아 넣었다. 충격이 배 속 깊은 곳까지 전해지면서 순간적으로 숨통이 꽉 막혔다. 숨을 쉴 수 없었다. 하지만 몸이 고꾸라지면서도 개를 놓지 않았다. 대용의 절실한 마음 때문인지 개도 대용의 품 안으로 더 깊숙이 자기 몸을 욱여넣으려 했다.

"뭐야? 행색을 보니 어디 양반집 도련님이겠구만. 여기서 뭐하는 거야?"

대용은 남은 힘을 짜내 겨우 대답했다.

"너, 너희가 무엇을 하고 살든 상관없다. 이 개만 내가 데리고 가겠다. 관아에 밀고하지는 않을 것을 약조하마."

"헛소리! 양반 놈들의 거짓말에 내가 또 당할까 봐? 그리고 그 개는 귀중한 식량이라고!"

"절대 말하지 않겠어. 그리고 이 개, 아니 너희 식량 값은 내가 치를 것이다. 몇 푼 받는 게 더 낫지 있느냐. 그러니 날 보내 줘."

대용은 윗옷 안주머니에 넣어둔 엽전 꾸러미를 꺼내 대장 앞에 던졌다. 대장이 얼른 허리를 굽혀 땅에 떨어진 엽전 꾸러미를 주워 들었다.

"겨우 이걸로 살려 달라고? 그리고 난 양반이라면 치가 떨려. 양반 놈들 때문에 세상을 버리고 이런 산속에서 살고 있는 거라고."

대장은 단도를 자기 눈앞에 들고는 혀로 칼날을 핥았다. 시퍼런 날이 별빛에 반짝였다. 대용은 허리를 일으켜 세우고 발에 힘을 모아 땅을 밀었다. 개를 안고 다시 달아나려 했지만, 무거운 발 하나가 대용의 정강이를 짓이기듯 밟았다.

생전 처음 겪는 고통이 다리를 타고 온몸에 퍼졌다. 그는 대용을 살려 둘 생각이 없어 보였다. 대용은 눈을 감고 정신을 집

중했다.

'호랑이한테 잡혀 가도 정신만 차리면…… 그래, 호랑이!'

호랑이를 만났을 때를 대비해 챙긴 고춧가루가 생각났다.

"잠깐! 잠깐! 사실 나한테 보물이 있다."

대용의 외침에 대장은 발에 힘을 풀었다. 나무를 지탱하면서
겨우 몸을 일으킨 대용은 허리춤 주머니를 뒤적여 곱게 접은
종이를 꺼냈다.

"그거야? 보물이?"

대장은 못 믿겠다는 듯 대용의 얼굴과 종이를 번갈아 쳐다
보며 물었다.

그사이 대용은 몸을 살짝 돌리면서 접힌 종이를 살짝 열어
두었다.

"여기 있으니 가져가. 이거 하나면 평생 놀고먹을 수 있을 거
다. 그러니 나와 저 개는 이만 보내 줘."

대장의 얼굴에 의심과 기대가 반반씩 드러났다. 대용은 제발
속아 넘어가 주길 마음속으로 비는 수밖에 없었다.

"헛소리면 죽을 줄 알아."

대장의 반짝이는 눈이 대용의 손바닥 위 종이에 고정되었다.

"그게 뭐냐? 금가루라도 있는 거냐?"

"금보다 더 귀한 거다. 저 멀리 서역 땅에서 들어온 아주 값

비싼 거지. 바스라지기 쉬우니까 직접 가져가."

"그래? 서역 땅에서 들어왔다고?"

적당히 달빛이 비추는 어둠 속에서 대장이 좀 더 자세히 종이를 들여다보려고 대용의 손바닥 쪽으로 얼굴을 가까이 들이밀고 있었다.

지금이었다.

대용은 접힌 종이를 한 번에 펼쳐 고춧가루를 대장의 얼굴에 힘껏 뿌렸다. 공중에 흩뿌려진 고춧가루가 사방으로 날려 그의 눈을 파고들었다.

"으악! 이게 뭐야. 악! 따가워!"

"귀하디귀한 고춧가루다."

대용이 도망갈 수 있는 마지막 기회였다. 재빨리 한 걸음 내딛고는 달렸다. 하지만 얼마 가지 못하고 넘어져 구르고 말았다. 아까 짓밟힌 정강이가 욱신거렸다.

"으악! 이 쥐방울 같은 새끼. 감히 날 속여!"

대장은 자기 눈을 마구 비비면서 허공에 대고 단도를 휘둘렀다. 하지만 눈을 비비면 비빌수록 그의 눈가는 더욱 새빨개졌고 그 고통도 심해지는 것 같았다.

대용은 그 틈을 이용해 바로 옆에서 낑낑대던 개를 들쳐 안고 다리를 절뚝이며 걸어 나갔다.

"으으, 죽여 버릴 테다."

얼마나 지났을까. 도통 속도를 내지 못하고 산길을 겨우 찾아 가던 대용의 귓가에 무언가 빠른 속도로 달려오는 소리가 들렸다.

어둠 속 나무들 사이로 희번덕대는 두 눈이 무서운 속도로 달려오고 있었다. 화적 대장이었다. 깜짝 놀란 대용은 발을 헛딛고는 산길을 구르고 말았다. 그러면서도 품 안의 개는 놓치지 않았다.

넘어져서 드러누운 대용을 벌건 눈을 한 대장이 죽일 듯 노려보았다.

"역시 양반 놈들은 쉽게 믿으면 안 돼."

대장은 어떠한 감정도 없는 사람처럼 지체 없이 단도를 높이 쳐들었다. 대용은 더 이상 할 수 있는 게 없었다. 그저 품 안의 개를 감싸 안고 눈을 질끈 감을 수밖에.

퍽, 털썩.

갑자기 사방이 조용해졌다. 질끈 감은 두 눈을 살짝 떠 보았더니, 대용 눈앞에 대장이 쓰러져 있었다. 그리고 그 뒤로 복면을 쓴 누군가가 몽둥이를 들고 서 있었다.

대장이 끄응, 소리를 힘겹게 내면서 몸을 뒤집고는 입을 뗐다.

"너, 넌 또 뭐야?"

복면을 한 사람이 대답 대신 대장의 얼굴에 발길질을 크게
한 번 하자 그제야 기절하고 말았다.

대용은 화적을 때려눕히고 자신을 구한 것이니 분명 아군임
에는 틀림없을 거라고 생각했다. 하지만 죽음 직전까지 갔던
극도의 긴장이 풀리면서 대용의 눈앞은 희미해져 갔다.

"누, 누구십니까?"

복면을 한 이의 대답을 듣기 전에 대용은 기절하고 말았다.

얼마나 잤을까. 대용이 눈을 뜬 곳은 사방이 어두웠다. 머리
맡에 작은 모닥불이 타닥 소리를 내며 타고 있었다. 주위를 둘
러보니 사방이 돌이었다.

"여긴…… 동굴인가?"

대용은 지끈대는 머리를 감싸 쥐다가 문득 화적 대장한테
쫓기다 복면 쓴 이를 만난 일이 떠올랐다. 그때 아산의 목소리
가 들렸다.

"흰둥아, 이리 온. 이거 먹어 봐."

입구처럼 바깥이 보이는 곳에서 아산이 흰 개와 놀고 있었다.

'저놈들은 가장 고생한 내가 이렇게 정신을 잃고 누워 있는

데…… 저리 순진무구하게 놀고 있다니.'

한편으론 모두 무사해서 다행이라고 생각했다.

그때 대용의 발치로 이상한 기운이 느껴졌다. 고개를 들어 발밑을 보았더니 웬 노인이 대용의 얼굴을 똑바로 쳐다보고 있었다. 흰머리가 산발이 되어 흩어져 있고, 탁해 보이는 눈에는 흰자가 가득했다.

"악! 귀, 귀신!!"

대용은 깜짝 놀라 벌떡 몸을 일으키면서 괴성을 질렀다. 그 소리에 같이 놀란 정체불명의 노인이 듬성듬성 빠진 잇새로 바람 빠지는 소리를 내며 웃었다. 그사이 밖에 있던 아산이 낯선 누군가와 함께 대용에게로 달려 들어왔다.

"떽! 이놈이 사람 보고 귀신이라니?"

"뭐? 그쪽은 누군데 그리 심한 장난을 치는 것이오?"

노인이 대용에게 삿대질을 하면서 나무라자 대용도 웬지 억울한 기분이 들어 단단히 따졌다. 아산은 흥분한 대용의 한쪽 팔을 잡고 혹시라도 벌어질 불상사를 예방했다.

"형님, 진정하십시오. 이분들은 귀신이 아니라…… 저희를 도와준 분들입니다."

그제야 대용은 마음을 조금 가라앉히고는 아산 곁에 서 있는 다른 한 사람을 쳐다보았다. 위아래로 검정색 옷을 맞춰 입고 이마에는 두건을 두른 모습이 대용이 정신을 잃기 직전 마지막으로 본 그 복면 쓴 이였다. 화적 대장을 제압할 때는 강하고 커 보였는데, 이렇게 보니 체구도 작고 얼굴은 수염 하나 없이 하얬다.

그가 화적 대장을 물리치고 쓰러진 대용을 데려온 것이었다. 거기까지 생각이 닿자 대용은 정중하게 고개 숙여 인사했다.

"구해 주셔서 고맙습니다. 저는 양주목의 석실서원에서 공부하는 유생 홍대용입니다."

"정신 차렸으면 어서 가시오."

강해 보이려는 듯 일부러 목을 긁어 거친 소리를 냈지만, 목소리도 외모만큼이나 어렸다.

"지금 몇 시쯤 됐습니까?"

"유시오후 5시와 7시 사이가 넘었을 것이오."

그의 대답을 듣고 있던 아산이 대용을 보고 말했다.

"앗! 형님, 정말 큰일 났습니다. 술시에 사감님께서 유생 수를 세 보실 텐데 저희가 없는 걸 아신다면 서원이 발칵 뒤집힐 것입니다."

"아마 내일은 공부 없는 날이니 괜찮을 거다. 유생들이 저잣거리에서 놀다 늦어도 사감님은 과하게 혼내시지 않더구나. 내일 아침 인사에만 제대로 들어가면 큰일 없을 것이야."

두건을 두른 사내는 노인이 몸을 바로 누일 수 있도록 도왔다.

"할아버지, 어서 누우십시오. 기력이 많이 쇠하셨습니다."

"흐흐흐, 난 알고 있다. 눈도 이제 보이지 않고, 세상에서의 인연을 매듭지을 때가 온 게야."

"무슨 그런 섭한 소리를 하십니까?"

그는 바로 누운 노인에게 이불을 마저 덮어 주고는 대용에게 다가와 말했다.

"늦으면 곤란해질 거요. 어서 가시오."

그때 대용은 알아차렸다. 그가 일부러 목소리를 굵게 내고 있다는 걸.

가만 보니 나이도 대용보다 어려 보이고, 얼굴은 작고 턱선도 가늘었다. 마치 여인처럼.

'혹시 여인?'

그제야 대용은 두건을 두른 사내가 남장 여인임을 알아보았다.

"저, 궁금한 것이 있습니다. 두 분은 무슨 사연이 있어서 이렇게 깊은 산속에 사십니까?"

"그건 알 거 없고, 얼른 여기서 나가시오. 그리고 밖에 나가선 우리를 잊어 주시오."

"날은 춥고 밤길은 어두운데 지금 어찌 내려갑니까?"

"아, 잔말 말고 내려가시오."

남장 여인은 대꾸하는 대용을 채근했다. 하지만 여기가 어딘지 정확히 알 수도 없는 데다 아직 밖에는 화적들이 대용과 아산을 찾아다니고 있을 수도 있었다.

무엇보다 대용은 예를 갖추어 최대한 존대하고 있는데 딱 봐도 어려 보이는 남장 여인이 계속 명령조로 하대하듯 말을 하니 대용도 말이 거칠게 나왔다.

"아니, 댁은 나이가 몇인데 내게 말을 그리 편하게 한단 말이오?"

"나 열다섯이오."

대용보다 한 살이 적었다.

"그게 그거지. 난…… 열여섯이다. 그리고 난 양반이라고."

"칫, 꼴에 양반 대접은 받고 싶은가 보군. 개 한 마리 구하려고 난리를 치길래 조금은 다르게 봤더니, 이런 양반인 걸 알았다면 그냥 죽게 놔둘 걸 그랬어."

대용은 뜨끔했다. 그는 자신을 구해 준 사람이었다.

그리고 아산에게 그간 자신이 했던 말이 떠올랐다. 살짝 고개를 돌려 아산의 표정을 살폈다. 아산이 고개를 획 돌렸다. 하지만 씰룩대는 입꼬리까지 감출 순 없었다.

대용은 머쓱했지만 그렇다고 지금 밖에 나갈 수는 없다. 어느 방향이 산길을 내려가는 길인지 분간하려면 적어도 밤하늘에 북극성이라도 보여야 한다.

"이렇게 어두워서 방향을 알 수 없는데 어찌 간다는 말입니까? 조금만 기다려 보다가 북극성이라도 보이면 나가겠습니다."

그때 누워 있던 노인이 몸을 일으켜 손가락으로 동굴 입구를 가리켰다.

"저기 저 별이 길을 안내할 걸세. 저쪽이 서쪽이야."

노인이 가리킨 쪽을 보자 밤하늘에 별 하나가 유독 밝게 반짝이고 있었다. 대용은 노인에게 다시 물었다.

"저, 어르신. 북극성 말고도 방향을 알려 주는 별이 있다는 말씀입니까?"

노인이 이가 빠진 잇새를 드러내며 웃었다.

"저 별은 금성이라고 하네. 해가 진 후 서쪽 하늘에서 한 시진두 시간 정도 볼 수 있지."

매일같이 밤하늘을 들여다본 대용도 알지 못했던 별이다.

무수히 많은 별들은 같은 자리에서 거의 움직이지 않는다. 그것을 항성이라고 하고, 매일 밤마다 조금씩 움직이는 별이 다섯 있는데 이를 오행성이라고 한다. 오행성은 수성, 금성, 화성, 목성, 토성인데 그 위치까지 알고 있는 노인이 대용의 눈엔 대단해 보일 수밖에 없었다.

대용은 노인 앞에서 넙죽 엎드려 절했다.

"제가 몰라뵀었습니다. 어르신 존함을 알려 주십시오."

"허허허, 그냥 실옹實翁, '실재하는 노인'이라는 뜻이라 부르게."

안 그래도 요즘 젊은 선비들 사이에서는 실학이 유행하고 있었다. 백성의 실생활에 직접 도움이 되지 않는 학문보다 천문학이나 수학을 이용해 백성들의 삶을 보다 윤택하게 만들 수 있는 학문을 공부하고자 하는 선비나 유생들이 점점 늘고 있기 때문이다.

아마 노인의 이름에도 그런 뜻이 담겨 있을 것이다. 대용은 다시 한번 노인 앞에 깊이 고개를 숙였다.

"그래, 무엇을 묻고 싶은 게냐?"

대용의 마음을 읽었는지 노인이 물었다.

"서역 사람들은 우리가 존재하는 이 땅을 '지구'라 부르면서 구형이라고 말합니다. 하지만 땅이 둥그렇다면 반대편, 그러니까 아래쪽 사람은 어찌하여 떨어지지 않는 것입니까? 아니, 이미 다 떨어져 사라진 것입니까?"

대용은 서역에서 들여온 서책에서 지구가 둥글다는 이야기를 처음 읽고 스스로 풀 수 없었던 질문을 했다.

"네가 별 위치로 가늠하고 있는 동서남북의 방향은 누가 정한 것이냐?"

"그거야 해 뜨는 쪽은 동쪽, 지는 쪽은 서쪽이라고 예부터 그리 전해져 오지 않았습니까?"

"그래. 방향은 사람의 기준에서 정한 것이다. 반대로 해 뜨는 쪽을 서쪽이라고 할 수도 있지. 그와 마찬가지로 위, 아래는 누가 정한 것이냐? 바로 사람이다. 구형의 아래쪽 사람이 밟고 있는 땅이 아래가 되는 것이다."

깊이 있는 답이었다. 알 것 같으면서도 아리송했다.

"음…… 그래도 잘 모르겠습니다."

"쯧쯧, 지구의 둘레는 십만 리약 40,000㎞나 된다. 이렇게 큰 지구는 그 중심에 매우 큰 힘을 품고 있다. 그 힘이 물체를 끌어당기는 게지."

대용도 서책에 기록된 지구의 크기를 알고는 있었다. 지구 중심에 안으로 당기는 힘이 있다면 구형의 아래쪽 사람도 땅쪽으로 당겨지고 있을 것이다.

"그럼 해와 달이 매일 뜨고 지는 것은 어떤 연유에서입니까?"

"그것도 마찬가지다. 상대적으로 생각해 볼 수 있다. 우주의 모든 천체가 지구를 중심으로 돌고 있는 것처럼 보인다. 하지만 지구가 우주의 중심이라는 사고를 버려야 한다."

"하지만 실제로 돌고 있지 않습니까?"

"어리석은 것! 어서 일어나 제자리에서 돌아 보거라."

대용은 실옹이 시키는 대로 벌떡 일어나 몇 바퀴 돌아보았다. 세상이 빙글빙글 도는 것처럼 어지러웠다. 대용의 머릿속에서 한 줄기 빛이 번쩍 빛났다.

'상대적인 것!'

자신이 돌고 있는 데도, 자신은 가만 두고 세상이 도는 것처럼 느껴졌다. 대용은 지구가 돌고 있다는 말이 무슨 말인지 깨닫고는 다시 두 손을 바닥에 두고 절하듯 고개를 숙였다.

"어르신 말이 맞습니다. 지구가 자전하는 이치를 어렴풋이나마 이해할 듯합니다."

"용케 알아들었구나. 내 선화에게 듣자 하니 네가 화적 떼로부터 저 흰둥이를 구했다고 하더구나."

남장 여인의 이름은 선화였다. 옆에서 아산이 선화를 휙 돌아보며 말했다.

"여, 여인이었소?"

아산은 선화가 남장 여인이었는지 아직 몰랐던 모양이었다.

선화는 아무 말 없이 밖으로 나가 버렸다.

"예, 저 개가 화적 놈들에게 잡아먹힐 운명이라 측은한 마음이 들었습니다."

"좋다. 넌 양반가의 사내인 것 같고, 저기 저놈은 같은 유생이지만 네게 하는 것으로 보아 서얼인 듯싶은데 둘 사이가 편해 보이는구나."

"예, 저는 하늘 아래 모든 인간이 평등해지는 시대가 올 거라 믿고 있습니다."

"좋은 생각이다. 하지만 부족하다. 너의 그 생각을 더 단단히 다지고 더 넓게 확장하거라."

"무슨 말씀이신지요?"

"인간 입장에서 금수를 보면 인간이 귀하고 금수가 천하지만, 그 금수의 입장에서 인간을 보면 인간이 천한 것이다. 그리고 하늘이 보면 인간과 만물이 모두 동등하게 보이지 않겠느냐."

실옹은 만인의 평등을 넘어서 만물의 평등을 말했고, 그 지혜의 크기는 쉽게 가늠되지 않을 정도로 컸다.

대용은 밤새는 줄 모르고 실옹에게 끊임없이 질문했고, 실옹도 정성껏 대답해 주었다. 실옹은 우주, 생명의 기원, 물질 등 지금까지 대용이 생각해 본 적 없는 새로운 사상과 생각을 나누어 주었다.

서서히 대용의 마음과 머릿속에도 실옹의 사상이 들어와 앉을 자리가 마련되고 있었다. 서원 공부를 하면서 대용의 가슴속에는 커다란 돌덩이 하나가 자리 잡아 어디로 치울 수 없는 답답함 같은 게 있었다. 바로 그 응어리 진 답답함이 풀리는 것 같았다.

지난 수백 년 동안 선조들이 공부해 왔던 것을 답습하여, 사서삼경을 외우고 오직 벼슬에 오르기 위해 노력해 온 것이 부질없게 느껴졌다.

대용은 이제 자기 자신부터 변하고 싶었다. 먼저 백성을 위한 실용적인 학문을 공부하여 언젠가 석실서원을 나와 진짜 세상을 돌아보기로 마음먹었다.

어느덧 동굴 안으로 빛이 새어 들어왔다. 해 뜨기 전 가장 먼저 세상을 밝힌 빛줄기가 동굴 안까지 밝히고 있었다. 대용 옆에서 자고 있던 아산이 깨어났다.

"대용 도련님, 아니 형님, 이제 진짜 서원으로 돌아가야 하는 것 아닙니까?"

밤새 대용과 이야기 나눴던 실옹도 몹시 피곤해 보였다. 사실 대용은 서원에 돌아갈 필요가 없다면 며칠이 되었건 실옹에게 더 많은 가르침을 받고 싶었다.

"어르신, 세상의 이치를 깨닫기 위해 더욱 노력하겠습니다."

"홍대용이라고 했느냐, 네 이름이?"

"네, 어르신."

"부탁 하나 하자."

"네, 어르신. 어떤 일이라도 말씀하십시오."

"내 고향이 강원도 고성이다. 머지않아 거기에 가고 싶구나."

대용은 그것이 실옹이 죽으면 화장한 유골을 고향 땅까지 잘 데려다 달라는 말이라는 걸 단박에 알아챘다.

"할아버지, 얼른 모자란 잠이나 채우셔요. 쓸데없는 소리 그만하고."

때마침 선화가 곁에 와서 밤새 떠든 실옹을 나무라듯 한마디 했다. 실옹은 개의치 않고 선화를 한번 보고는 대용을 향해 이어 말했다.

"허허, 이 아이는 당차다 못해 그 당참이 넘치는 아이다."

"화적 두목을 때려눕히는 건 사내들도 못 하는 일이죠."

"거, 도령이 약해 빠진 거요!"

대용의 말에 선화가 자리를 박차며 역정을 내고는 동굴 밖으로 나가 버렸다. 동굴 밖으로 걸어 나가는 선화의 뒷모습을 실옹이 가만히 바라보았다. 실옹의 눈빛에서 말로 설명할 수 없는 애절한 기운이 느껴졌다.

"어르신, 가르침을 더 받고 싶습니다. 서신으로라도 더 깊은 경지의 가르침을 주시면 안 되겠는지요."

"흠…… 쉬고 싶구나."

대용의 제안이 갑작스러웠는지, 아니면 지키지 못할 언약을 할 마음이 없는 것인지 실옹은 벽 쪽으로 돌아누웠다. 대용은 돌아누운 실옹의 뒤통수를 향해 다시 크게 절을 한 번 하고는 동굴 밖으로 나왔다.

대용 나름의 하직 인사였다.

제3장
어둠의 그림자

석반 후 홍대용은 방 안에서 서책을 들여다보고 있었다.『중용』아래에는 서역의 천문학 서책이 숨겨져 있었다. 실옹 노인과 만난 후 대용의 눈엔 사서삼경이 들어오지 않았다. 마음속에는 실학에 대한 호기심만 가득 채워져 있었다.

대용은 실옹의 정체가 궁금했다. 지닌 지혜를 보건대 틀림없이 양반 출신일 것이다. 실옹은 성리학의 관념성을 비판하고 사실에 입각하여 진리를 탐구하려는 실사구시實事求是의 태도를 강조했다.

그런 태도라면 관직과는 거리가 멀었을 것이다. 아직 조정은 성리학을 중시하고 있기 때문이다. 무엇보다 자신의 유골을 고향까지 데려다 달라는 부탁이, 대용으로 하여금 그가 오래전 유배 온 죄인일 수 있다는 생각을 하게 만들었다.

마침 밖에서 아산이 속삭이는 목소리가 들렸다.

"형님, 가시죠."

"그래, 나가마."

흰둥이를 구한 이후로 아산은 대용과 단 둘이 있을 때 대용을 형님이라고 불렀다.

둘은 서원 뒤의 작은 문을 통해 뒷산을 올랐다. 이제 밤에도 제법 따뜻한 기운이 돌았다. 대용은 최근 선화 편으로 실옹과 서신을 주고받으며 실학에 눈을 뜨고 있었다. 오늘은 선화가 실옹의 서신을 전하러 오는 날이었다. 해가 지고 어두워지면 서원 뒷산에서 만나기로 했다.

약속 장소인 거북바위에 도착한 대용과 아산은 선화를 기다렸다. 대용은 바위 위에 정좌하여 금세 깜깜해진 밤하늘을 올려다봤다. 아쉽게도 오늘은 달이 보이지 않았다. 달빛 대신 작은 별들이 더욱 반짝였다.

대용은 윗옷 안주머니에서 직접 만든 천리경을 꺼내 밤하늘을 바라보았다. 천리경은 서책에서 본 대로 볼록한 유리알을 이용하여 직접 만들었다. 서역의 것에 비하면 성능은 그리 뛰어나지 않겠지만, 맨눈으로 보는 것과는 확실히 달랐다.

밤하늘에 견우성과 직녀성 사이로 길게 강물처럼 흐르는 게 선명하게 보였다. 미리내^{은하수}였다. 미리내도 천리경으로 보니 수많은 작은 별들이 부서져 흩어져 있는 것처럼 보였다.

"아산아."

"네, 형님."

"난 곧 석실서원을 떠날 것이다."

"아니, 무슨 소리십니까? 바로 성균관에라도 들어가시려는 겁니까?"

아산에겐 청천벽력이었다. 놀란 아산이 펄쩍 뛰며 그 이유를 물었다.

"내 고향 집에도 서신을 보냈다."

"형님, 아버님께서 그것을 허락하시겠습니까?"

"실옹 어르신이 돌아가시면 고성에 데려다 드리겠다는 약속도 지켜야 하고, 그 일을 마무리하면 그 길로 전국 팔도를 돌아다니며 실재하는 세계를 바로 볼 것이다."

"내 살다 살다 형님 같은 희한한 양반은 처음 봅니다."

바로 그때 산 아래로부터 인기척이 점점 크게 들려왔다. 선화의 발소리라고 하기엔 너무 크고 소란했다. 대용은 천리경을 들어 산길을 훑어 바라보았다.

아니나 다를까, 선화는 아니었다. 옷차림을 보건대 유생처럼 보이지는 않았지만, 분명 사내 세 명이었다. 가장 앞장선 사내는 감색 비단 옷을 입고 커다란 갓을 쓴 선비로 나이가 제법 들어 보였다. 그 뒤로 검정색 복면으로 하관을 가린 사내 둘이 따랐다. 허리춤에는 칼을 차고 있었다.

"선화 낭자 아닙니까?"

"헙! 칼을 차고 있다. 일단 숨자!"

대용은 커다란 참나무 뒤에 몸을 숨기고, 아산은 거북바위를 훌떡 넘어 잘 보이지도 않는 버섯바위 아래 몸을 숨겼다.

"여기가 거북바위 아니냐?"

앞장선 선비가 주위를 한 번 둘러보더니 말했다.

"맞는 것 같습니다."

"일단 기다려 보자."

세 사람은 숨을 몇 번 고르고는 거북바위에 걸터앉아 준비해 온 수통을 꺼내 물을 마셨다.

"나리, 여기 있으면 그자가 오는 것이 맞습니까요?"

"그럴 것이다. 저 아래 서원이 보이느냐? 노론의 대가 김원행이 최고 스승으로 있는 석실서원이다. 내 들은 게 있다. 서원 유생들이 밤마다 술을 마시러 몰래 나온다고 하니 여기 기다렸다가 그들을 납치하면 될 것이다. 조정을 좌지우지하는 양반 집 자제들이 비행을 저지르다 우리에게 볼모로 잡혔다는 소리가 퍼지면 김원행도 난처해지겠지."

대용은 김원행이라는 이름과 유생을 노릴 거라는 소리를 듣고 어안이 벙벙했다. 이들은 뭔가 위험한 일을 꾸미고 있었다.

그때 저 멀리서 인기척이 다시 들렸다. 대용은 나무 뒤에 숨은 채로 천리경을 꺼냈다.

'아…… 안 돼. 오지 마.'

최악의 상황이었다. 선화였다. 사내들도 선화의 발소리를 들었는지 나지막하게 속삭였다.

"저기 누가 온다. 유생이 틀림없다. 준비해라."

"옙!"

얼굴을 가린 사내 둘이 허리춤에 찬 칼을 서서히 뽑았다. 시퍼런 칼날에 별빛이 부딪혀 유난히 번쩍였다. 어떤 것이든 단칼에 벨 수 있을 정도로 날카로워 보였다. 이대로 가만히 있으면 선화가 위험해질 게 분명했다.

대용이 자기 주먹만 한 돌을 찾아 들었다. 그 모습을 본 아산이 자기 머리를 쥐어뜯다가 금세 결심했는지 어디서 나뭇가지 하나를 구해 왔다. 여차하면 자기도 싸우겠다는 뜻이지만, 아산의 다리는 사시나무 떨듯 바르르 흔들리고 있었다.

대용이 침을 한 번 꼴깍 삼키고는 선화의 발 앞에 힘껏 돌을 던지면서 크게 소리쳤다.

"도망가! 괴한이다!"

"뭐얏! 저기 숨어 있는 놈을 잡아랏!"

그 순간 사내들이 튀어나왔지만 선화가 낌새를 채고 도망가기에는 충분한 시간이었다. 더군다나 어디선가 나타난 아산이 제법 굵은 나뭇가지를 들고 뛰어나와 이리저리 휘둘렀다.

"이놈들!"

하지만 그것도 잠시, 가소롭다는 듯 사내 하나가 아산이 휘두르던 나뭇가지를 칼로 뎅강 잘라 버렸다. 대용 역시 다른 사내에게 목덜미를 붙잡혀 질질 끌려다녀야 했다.

역부족이었다. 사내들은 그냥 어른이 아니었다. 힘이 장사였다. 대용과 아산은 사내의 주먹 한 방에 추풍낙엽처럼 바닥을 뒹굴러야 했다.

비단옷을 입은 선비의 발이 널브러진 대용과 아산의 코앞에 다가왔다.

"나리, 둘을 잡았습니다요. 저 아래로 도망간 놈도 쫓을까요?"

선비는 아무 말 없이 대용과 아산의 용모를 유심히 살폈다.

"놔둬라. 그놈은 벌써 내뺐을 것이다. 그리고 유생의 용모가 아니었다. 잡아 두어도 소용없을 것이야."

대용은 두려웠다. 하지만 침착하게 마음을 정돈했다. 선비가 대용의 얼굴을 유심히 바라보다 물었다.

"네가 석실서원 유생 홍대용이더냐?"

어설프게 양반인 척하는 것으로는 나올 수 없는 위엄과 기품이었다. 말 한마디로 상대를 꼼짝 못하게 누르는 힘이 느껴지는 게, 어느 양반집 대감이라고 해도 믿을 성 싶었다.

'한데 날 어떻게 알고 있지?'

대용은 이 정체불명의 선비가 누구인지 궁금했다. 그래서 정면으로 맞섰다.

"그렇습니다. 댁도 사대부인 것 같은데 선비가 이런 짓을 해도 되는 겁니까?"

"하하, 듣던 대로 겁 없는 놈이군. 넌 어느 집안 사람이냐?"

"내 이름을 알고 있으면서 집안은 모른다고?"

"이것 봐라, 영특하긴 하네. 다치기 전에 어서 말해 보거라."

대용은 온몸이 굳을 정도로 무서웠지만 그리 보이지 않게 일부러 어깨를 펴고 당당하게 말했다.

"돌아가신 할아버지의 존함은 홍, 용자, 조자이십니다."

"오호. 대사간을 지내셨던 홍용조 영감의 손자군. 잘됐어."

"도대체 무엇 때문에 이러는 겁니까?"

선비는 대답 대신 고개를 돌려 아산을 보았다.

"너는 어느 집안 누구냐?"

아산은 겁에 질렸는지 벌벌 떨고만 있었다.

"저, 저는 안동 김씨 집안의 서, 서자이옵니다. 야, 양반이 아니옵니다."

"서자라…… 쓸모가 없군. 혹시 발설할지 모르니 너도 조용히 따라 오거라. 허튼짓하면 몸이 성치 않을 것이야. 저놈들 눈을 가리고 끌고 와라."

선비가 얼굴을 가린 사내 둘에게 명령했다.

"옙!"

사내들이 검은 천으로 대용과 아산의 눈을 차례로 가린 다음 동아줄로 몸통을 단단히 묶었다. 그렇게 둘은 어디론가 끌려갔다.

대용은 어디로 끌려가는지 기억해 두려고 모든 감각을 동원했다. 나무와 풀 냄새가 점점 진해지고 저 멀리서 여우 울음소리가 들렸다. 점점 산속으로 들어서고 있는 것 같았다. 걸음마다 돌부리에 걸려 몇 번이고 넘어질 뻔했다.

한참을 긴장한 상태로 오르고 걸었다.

"저기에다 넣어라."

선비의 한마디에 누군가 몸을 세게 밀어 넘어졌다. 다행히 푹신하게 쌓인 짚단 위로 떨어져 많이 아프진 않았다.

"너희는 나가서 누가 얼씬대는지 잘 지켜보거라."

사내들이 어딘가로 사라지고 선비만 남은 것 같았다. 선비가 대용과 아산의 눈가리개와 동아줄을 천천히 풀었다. 대용은 주변을 둘러보았다. 나무꾼과 약초꾼들이 주로 사용하는 이런저런 기구들을 보아 하니 여긴 움막으로 지어진 광_{잡동사니를 보관하는 공간으로 일종의 창고} 같았다.

대용은 크게 심호흡을 하고는 양반다리로 자세를 고쳐 앉았다. 긴장한 모습을 들키고 싶지 않았다. 아산은 두려움이 가득한 얼굴을 하고 대용 뒤에 숨었다.

"사대부가 이렇게 유생들을 납치해도 되는 겁니까?"

"하하하, 넌 올해 몇 살인고?"

"열여섯 해 살고 있습니다."

"음…… 아직 어려서 모르겠지만 그냥 네가 스승을 잘못 둔 탓이라 생각하는 게 마음이 편할 거다."

"어쩌려고 그러십니까?"

"뭐, 굳이 무슨 짓을 하진 않을 것이다. 여기에 계속 가둬두는 것만으로 충분할 듯싶다. 후후."

광에는 작은 창문 몇 개가 있어 별빛이 들어오고 있었지만 꽤 높이 달려 있고 어린아이가 겨우 오갈 수 있을 만큼 작았다.

"저도 지학_{15세}이 넘었습니다. 무슨 사연 때문에 이렇게 큰일을 벌이시는지요?"

"궁금하더냐?"

"무슨 오해가 있으실 겁니다. 스승님의 올곧은 성품을 생각하면 남에게 해를 입힐 분은 아닙니다."

김원행을 두둔하는 대용의 대꾸에 기분이 나빠졌는지 선비의 미간이 자글자글 일그러졌다.

"그것도 스승이라고, 철석같이 믿고 있구나. 좋아, 그럼 내 진실을 말해 주마."

긴 이야기가 될는지 선비는 한쪽에 엎어져 있는 나무 의자를 바로 세워 앉았다.

"이 세상엔 네가 모르는 세계가 많다. 어른들의 이야기는 네가 생각하는 것보다 훨씬 복잡하다. 너는 붕당이란 것을 아느냐?"

대용은 김원행에게 붕당에 대한 이야기를 들은 기억이 났다. 의견에 따라 당파가 만들어지고 조정의 실권을 잡기 위해 없는 죄도 만들어 낼 정도로 치열하게 다투는 정치 집단이라고 했다.

노론이었던 대용의 할아버지도 소론의 세에 밀려 유배를 갔다가 복직되기도 했다. 김원행도 노론이었다.

"대강은 알고 있습니다. 저희 유생을 잡아 스승님에게 해를 끼치려고 하는 걸 보니, 나리는 소론이겠네요."

대용의 추리에 선비가 의미 모를 웃음을 지었다.

"붕당이란 말만 듣고 내가 소론인 걸 알아내다니 총명하구나. 그럼 내 말도 이해할 수 있겠지. 우리 집에는 황금 거북 한 쌍이 있다. 대대로 내려오는 가보이자 사려면 아주 큰돈이 든다. 얼마 전 그것을 누가 훔쳐 갔다."

"황금 거북이 사라진 건 나리 사정이지 그것이 우리 스승님과 관련 있다고 단정할 수는 없지 않습니까?"

"그렇지. 하지만 황금 거북과 함께 어떤 문서 하나를 보관하고 있었는데, 그 또한 감쪽같이 사라졌다."

"그 문서가 저희 스승님과 관련이 있답니까?"

도통 이해할 수 없다는 듯 대용은 선비의 말에 대꾸했다.

"노론의 손에 절대 들어가면 안 되는 문서거든. 문서의 행방에 대해 네 잘난 스승이 알고 있는 게 분명하다."

유생들을 위협해야 할 정도로 간절한 문서라면 그에게 분명 중요한 문서일 것이다. 노론의 손에 들어가면 안 된다는 것은 소론의 극비를 담고 있는 문서인 게 분명했다.

대용은 지금 돌아가는 상황이 어느 정도 머릿속에 그려졌다. 선비는 자신의 가문, 나아가 소론을 엄청난 위기에 빠뜨릴 문서를 노론, 그중에서도 김원행이 훔쳐 갔다고 여기고 있었다.

"그건 나리의 지나친 추측 아니십니까? 그냥 황금 거북을 노린 도둑의 손에 들어갔을 수도 있고요."

"내 들은 얘기가 있었다. 네 스승 김원행이 지난 일을 앙갚음하려는 거다."

'노론에 첩자라도 있는 건가.'

누군가 노론뿐만 아니라 석실서원에서 벌어지는 일들을 소론에게 소상히 전달하고 있는 것이다. 하지만 김원행은 절대 그럴 사람이 아니라고 생각하는 대용의 머릿속이 더더욱 복잡해졌다.

김원행이 오래전 반대파에게 철저히 당한 뒤로 벼슬을 놓고 조정과 거리를 두고 있다는 걸 대용은 누구보다 잘 알고 있었다. 무엇보다 임금이 내린 벼슬을 극구 사양하고 석실서원에서 유생을 가르치는 데 몰두하는 김원행의 모습에서 대용은 그의 진심을 보았다.

첩자의 이간이 분명했다. 김원행에게 씐 오해를 풀고 첩자도 잡아야 한다.

"스승님은 절대 그럴 분이 아닙니다."

"역시 아무것도 모르는구나, 넌."

"그럼 황금 거북이 사라진 날의 상황을 제게 상세히 이야기해 주실 수 있으십니까?"

선비는 잠시 생각하는 듯 고개를 갸웃대더니 입을 열었다.

"그것들은 내 방 반닫이장롱처럼 물건을 보관할 수 있는 가구 깊은 곳에 넣어 두었다. 중요한 물건이기에 두꺼운 천으로 잘 싸서 가장 깊은 곳에 놓았지. 한데 내가 오랜만에 옆 마을 친우를 보러 하룻밤 집을 비운 사이 사라졌다. 분명 김원행이 어떤 앙심을 품고 사주했을 게다."

김원행의 짓이라는 어떠한 증거도 없는데 왜 이 사람은 무조건 노론의 소행이라고만 생각하는 것인지, 대용은 납득이 가지 않았다. 한편으로는 말로만 전해 들었던 당파 싸움의 실체를 체감하는 것 같아 조금 무서웠다.

"도둑이 들었을 가능성은 없습니까?"

"내 방을 뒤진 놈은 용케도 딱 문서와 황금 거북만 훔쳐 갔다. 돈이 될 만한 것들이 방 안에 수두룩한데 딱 반닫이 안에 있는 것만 챙겨 갔다. 미심쩍은 소리가 나서 두 아들이 나와 봤더니 마침 그놈이 담을 넘어 도망가고 있었다더구나. 하인들과 함께 쫓아갔지만 놓치고 말았다고 한다. 심지어 아들 하나는 그놈이 휘두른 칼에 팔을 크게 베어 상처를 입었다."

"듣고 보니 보통 놈은 아닌 것 같습니다. 한데 옆 마을 친우는 무슨 일로 만나러 가신 겁니까?"

"그건 네가 알 필요 없다. 마침 중요한 일이 생겨 상의하러 갔다."

"나리가 집을 비운다는 건 또 누가 알고 있었습니까?"

선비는 대용의 질문이 영 불쾌한지 자리에서 일어나 괜히 바지를 탁탁 털었다.

"내가 쓸데없는 소리를 했구나. 어찌 됐건 이제 김원행을 만나 담판을 지어야겠다. 네 스승이 흉한 꼴을 너희에게 보이기 전에 순순히 인정하길 바라야 할 것이야."

선비는 그렇게 말하고는 광 밖으로 나갔다. 광 밖에서 선비가 명령조로 말하는 목소리가 그대로 들렸다.

"탈출하지 못하도록 광 안에 물건은 다 빼고, 문을 단단히 잠가 놓거라."

선비의 지시를 투철하게 이행하려는 듯 사내 둘이 광 안으로 들어와 탈출하는 데 도움이 될 만한 의자, 공구, 농기구들을 밖으로 빼고는 문을 걸어 잠갔다.

철커덩.

큰 자물쇠의 걸쇠가 서로 부딪는 쇳소리가 들렸다.

"정신 바짝 차리고 잘 지키고 있거라."

"옛!"

겁먹은 아산이 대용에게 조용히 말했다.

"형님, 이제 우리는 어떻게 되는 겁니까?"

"글쎄, 스승님을 직접 만난다고 하니 일단은 기다려 보자."

하룻밤이 지났다. 광의 작은 창문으로 아침 햇살이 밀려 들어왔다.

눈이 부셔 먼저 깬 대용이 아산을 흔들어 깨웠다. 무슨 꿈을 꾸었는지 아산의 입꼬리가 말려 올라가 있었다.

"아산아, 정신 차려라."

"아이고, 이게 꿈이어야 하는데. 우린 어쩐답니까?"

아산의 얼굴이 울기 직전이었다.

"하늘이 무너져도 솟아날 구멍이 있다고 하지 않았느냐. 우리 방법을 다시 찾아보자."

대용에게도 대책은 없었으나 아산의 마음을 달래는 게 먼저였다.

광 안에는 몇 개의 환기용 창이 나 있었지만 사람이 드나들 수 있는 높이와 크기가 아니었다. 한쪽 구석에 짚단만 덩그러니 쌓여 있었다. 빠져나갈 방도가 없었다.

아산이 문 맞은편의 작은 창을 손가락으로 가리켰다.

"저 창으로 탈출할 수 없을까요? 저 창이 광 뒤쪽으로 나 있으니 어떻게든 나갈 수만 있다면 들키지 않을 것 같습니다."

한 사람이 목말을 태워 올린다 해도 창의 크기가 문제였다.

도저히 몸 하나가 빠질 수 없는 크기였다.

"글쎄다. 힘들 것 같구나."

대용은 잠시 골똘히 생각에 잠겨 있다가 윗옷 안주머니 깊은 곳에서 거울과 천리경을 꺼냈다.

"그걸로 뭘 하시려는 겁니까?"

"일단 여기 엎드려 보거라."

아산이 엎드리자 대용이 아산의 등을 밟고 올라섰다. 그리고 오른손에 든 거울을 높이 치켜올려 문 위에 나 있는 창에 가져다 댔다. 거울로 바깥 상황이 반사되어 보였다. 사내들은 이쪽에는 전혀 관심 없는 듯 저 멀리서 복면을 벗고 이야기를 나누고 있었다.

"아산아, 저 두 놈은 처음 보는 얼굴이다."

그때 사내 하나가 윗옷을 훌렁 벗었다. 한쪽 팔에는 흰 천이 돌돌 감겨 있었는데 피가 많이 났는지 천이 빨갛게 물들어 있었다.

키 큰 사내가 다친 사내의 팔에서 천을 살살 풀자 칼자국이 선명하게 드러났다. 사내는 고통스러운지 인상을 썼다. 그러자 키 큰 사내가 상처 위에 물을 붓고는 조심히 하얀 가루를 뿌렸다.

"으윽, 아악!"

상처가 심한지 그 비명이 그대로 들렸다.

저들은 선비를 '나리'라 불렀다. 선비의 아들 중 하나가 황금 거북과 문서를 훔친 도둑의 칼에 베어 다쳤다고 했다. 대용은 저 모습이 어딘가 의심을 품을 만하다고 생각했다. 키 큰 사내가 다친 사내의 팔에 깨끗한 천을 다시 감아 주었다.

'저들이 혹시 아들인 건가?'

대용은 아산의 등에서 내려왔다. 아들이 아버지를 '나리'라 부르는 경우는 하나밖에 없었다.

"아산이 넌 너희 아버지, 그러니까 너희 집 어른을 뭐라 부르냐?"

"나리……라고 부릅니다."

아산은 괜한 걸 물어본다는 듯 당황한 표정을 지으며 들릴 듯 말 듯 답했다.

"역시. 저들도 서자인가 보다."

아산은 대용이 하는 말이 무슨 뜻인지 알아차렸다.

더 이상 지체할 수 없었다. 대용은 광에서 나가기로 했다. 저 작은 창으로 들어오는 햇빛이 대용에겐 희망처럼 보였다.

"아산아 탈출해 볼 테냐?"

아산이 의아한 눈빛으로 대용을 바라봤다.

"어떻게 탈출한다는 겁니까? 창은 너무 높고, 제 몸이 들어가기에는 턱없이 작습니다."

"당연히 저 창으론 못 나가지. 우리는 문으로 나갈 거다."

대용의 얼굴에 자신감이 가득 찼다. 아산이 보기에도 헛소리
는 아닌 것 같았다.

"형님, 문이 잠겨 있지 않습니까? 그리고 밖에는 저놈들이
지키고 있는 걸요."

"내 장담할 수는 없지만 시도해 볼 만한 작전이 있다. 하지만
이번에도 목숨을 걸어야 한다."

목숨을 걸어야 한다는 말에 아산의 몸이 움찔거렸다. 대용은
자신의 옷자락을 조금 찢어 문 반대편 창틀에 작대기로 걸어
올려 두었다.

"자, 아산 동생! 여기서 문제다. 저놈들이 급히 들어오자마자
바로 보이는 저 찢어진 옷자락을 본다면 어떤 생각을 하겠는
가?"

"음, 우리가 저리로 나간 줄 알 것입니다."

"맞다. 그리고 여긴 짚단이 많으니 우린 짚단 속에 숨어 있다
가 저들이 우릴 찾으러 광 바깥으로 나갈 때 열린 문을 통해 사
라지면 될 것이다."

아산이 얼핏 듣기에 괜찮은 작전 같았지만 허점 또한 많이
보였다.

"혹 저들이 광 바깥으로 안 나가고 짚단을 뒤지면 어떡합니까? 아님 우리를 찾으러 갈 때, 문을 다시 잠그면 어떡하고요? 무엇보다 저들을 어떻게 이 안으로 불러들인다는 겁니까?"

대용은 충분히 예상했다는 듯 입가에 미소를 만들고는 대뜸 천리경을 땅에 던졌다.

파박!

그러고는 부서진 천리경에서 튕겨져 나온 볼록 유리알을 꺼내 들었다.

"한 방에 해결할 방법이 있다. 바로 이것이지."

"그걸로 저들을 부를 수 있다뇨?"

"거 봐라. 아무리 공자 왈, 맹자 왈 외우면 뭐 하느냐? 지금 우리를 구할 수 있는 건 실학이다."

대용이 창으로 밀려드는 햇빛에 볼록 유리알을 갖다 대자 그 빛이 하얀 점으로 모였다.

"볼록 유리알은 빛을 하나로 모아 준다. 여기에 손을 대 보거라."

아산은 대용이 시키는 대로 하얀 점에 손바닥을 갖다 댔다.

"아악!"

잠시 후 아산은 작은 비명을 질렀다. 대용이 깜짝 놀라 검지를 아산의 입에 갖다 대어 막았다.

"쉿! 밖에서 듣겠다. 이렇게 빛이 모이면 매우 뜨거워진다. 불을 붙일 수 있을 정도로."

아산이 왕방울만 해진 눈으로 자기 손과 대용이 든 볼록 유리알을 번갈아 보았다.

"정말 부싯돌도 없이 불이 붙는다는 말입니까? 그럼 요술 아닙니까요."

"으이구, 포도 끓인 물로 색깔도 바꾸는 네가 요술이라니? 서역에서는 이를 과학이라 한다."

"그럼 그것으로 이 광 안에 불을 내신다는 말입니까?"

대용이 고개를 끄덕이고는 말했다.

"불이 난 것을 알고 저들이 놀라서 들어왔다가 창에 걸린 옷자락을 보고 우리를 찾으러 나가면 우린 유유히 여길 빠져나가면 된다, 이거야."

"혹 불이 크게 나면 도리어 우리가 위험해지지 않겠습니까요."

"그러니까 목숨을 걸어야지."

"네…… 네?"

예상하지 못한 대답이었는지 아산의 눈동자가 빠르게 움직였다.

"걱정 말아라. 문밖으로 연기가 폴폴 나갈 정도로만 붙일 것이다. 우리가 탈출한 걸 알면 저들은 제 애비의 불호령이 두려워 정신을 놓고 우릴 찾으려 할 게 분명하다. 혹시 일이 잘못되더라도 내가 아산이 너만큼은 꼭 탈출시키겠다."

입술을 굳게 깨문 아산이 고개를 끄덕였다.

둘은 가장 먼저 볏짚을 광의 양쪽으로 갈라 모아 두었다. 그런 다음 햇빛이 지나는 곳에 유리알을 대고 잘 마른 볏짚에 빛을 모았다. 처음엔 어떤 낌새도 보이지 않았지만, 시간이 흐르자 볏짚이 까맣게 변하기 시작하더니, 살살 연기가 피어올랐다.

"거의 됐다. 아산아, 넌 저쪽 볏짚 안에 들어가 숨어 있어라."

대용의 지시대로 아산이 볏짚 속으로 재빠르게 숨었다. 대용은 연기가 피어오르는 볏짚에 입바람을 후후 불었다. 이윽고 빨간 불씨가 보였다 사라졌다 하더니, 볏짚에 불이 붙었다.

탕탕! 쾅쾅!

대용은 잠긴 문을 주먹으로 마구 쳤다. 그리고 불이 옮겨 붙지 않은 아산 쪽 짚단 속으로 재빨리 몸을 숨겼다. 검고 매캐한 연기가 광 안을 뒤덮으려는 순간 대용의 예상처럼 문이 활짝 열렸다.

"아이고, 형님! 불이요! 불이 났습니다!"

사내들은 코와 입을 우람한 팔뚝으로 가리고는 연기 가득한 광 안을 재빨리 둘러보았다.

"아악, 놈들이 없어! 사라졌다고!"

"형님, 저길 보십시오. 창틀에 뭐가 걸려 있습니다. 천 쪼가리처럼 보입니다."

"맹랑한 것들. 놈들이 탈출한 걸 나리가 알게 되면 큰일난다. 서둘러 잡아야 해."

"네! 한데 어디로 도망갔을까요?"

"일단 서원이다, 석실서원으로 가자!"

대용의 예상대로였다. 두 사람이 몸을 돌려 그대로 광 밖으로 나가려고 하자 대용은 불이 더 번지기 전에 빠져나가려고 몸을 일으켰다.

바로 그때였다.

"아차차, 문은 다시 잠가라! 나리가 캐묻는다면 문을 열어 준 걸로 오해할 수 있을 것이다."

"네, 알겠습니다요."

쿠궁!

문이 닫히고, 자물쇠가 잠기는 쇳소리가 났다.

작전은 실패였다. 대용과 아산은 더 이상 버틸 재간이 없었다. 곧 광 전체로 불이 옮겨 붙을 텐데, 매캐한 연기 때문에 대용과 아산은 정신이 점점 아득해지는 것 같았다.

'이대로 있다가는 불에 타 죽는다.'

대용은 몸을 던져 문에 부딪혔다.

"여기 있다! 우리는 여기 있어!"

대용의 외침도 소용없었다. 바깥에는 아무도 없었다. 사내들은 석실서원으로 향한 것 같았다.

"이런, 아산아! 불을 꺼 보자. 켁켁."

"콜록콜록."

대용도 아산도 웃옷을 벗어 타오르는 불에 휘둘러 바람을 일으켰다. 연기 때문에 눈이 맵고 기침이 나왔다. 엄청난 열기 때문에 온몸에서 땀이 흘렀다. 얼굴에는 검댕과 땀이 뒤섞여 땟국물처럼 주르르 흘렀다. 두 사람이 바람을 일으켜도 불이 꺼지기는커녕, 불씨가 붙은 볏짚이 흩날려 불을 더 번지게 했다.

"형님, 오줌! 오줌을 눠 봐요."

"지금 이 상황에 무슨 망측한 소릴 하느냐. 아니, 오줌으로 불을 끌 수 있는 게 확실한 것이냐?"

하지만 오줌이라도 누어서 불을 끌 수 있다면 충분히 시도해 볼 요량이었는지, 대용은 바지춤을 잡고 내렸다.

그때였다.

콰쾅!

요란한 소리와 함께 문이 열렸다.

"뭣들 하시오? 어서 나오……."

선화였다. 급히 광 안으로 들어온 선화가 처음 본 건 새빨간 화마에 맞서 나란히 서 있는, 반쯤 드러난 대용과 아산의 하얀 엉덩이 골이었다.

선화는 못 볼 것을 본 듯 획, 몸을 돌렸다.

"아앗! 아니, 선, 선화 낭자. 켁켁."

선화보다 더 놀란 대용과 아산은 급히 바지를 추어올리고는 문밖으로 뛰어나왔다.

조금만 늦었어도 큰일 날 뻔했다. 아니, 무모한 작전을 꾀했던 것치고 이렇게 살아 있는 게 행운이었다.

바닥에 픽 쓰러진 대용과 아산은 누가 쫓아오기라도 하는 듯 깨끗한 산 공기를 급히 들이마셨다. 폐 속에 쌓인 연기를 입 밖으로 모두 내보낸 것처럼 점차 두 사람의 숨소리가 안정되었다.

선화는 대용을 두 번이나 살린 것이다. 대용이 몸을 일으켜 선화에게 갔다.

"선화 낭자, 그대가 날 두 번이나 살렸습니다. 이를 어떻게 보답해야 할지……."

진지한 인사였지만 눈물과 콧물이 범벅된 대용의 얼굴을 보고 웃음을 참는 건 선화에게 고역이었다.

"푸하하하, 일단 세수나 하시오. 그리고 그놈의 낭자 소리 좀…… 듣기 거북합니다."

선화는 어젯밤 대용과 아산의 기지로 위험한 상황을 모면할 수 있었지만 그 길로 도망가지 않았다. 광 안에 대용과 아산이 갇혀 있는 상황을 멀리 숨어서 지켜봤던 것이다. 적당한 때를 보고 있었는데, 광 안에서 대용과 아산이 이토록 무모한 짓을 할 줄은 몰랐다.

선화는 광 바깥으로 연기가 새어나오는 모습을 가만히 보고만 있어야 했다. 사내들이 사라지길 기다렸다가 커다란 짱돌을 들고 나타나 자물통을 부순 것이다. 대용과 아산을 가까스로 살릴 수 있어서 다행이었다. 한편으로는 화도 났다. 선화는 대용을 책망했다.

"그렇게 무모한 일을 벌이는 양반이 어디 있소? 둘 다 타 죽을 뻔하지 않았소?"

"으흠…… 아무튼 사내들을 멀리 보냈으니, 선화 낭자, 아니 선화…… 네가 우릴 구할 구실은 됐지 않은가."

선화는 아산을 보며 말했다.

"넌 뭐가 좋다고 이런 양반을 형님이라 부르며 따라다니는 것이냐?"

"물가에 내놓은 아이를 지켜보는 마음입니다. 더욱 제가 돌

봐야 할 것 같습니다."

"아산이 이놈아! 이제 좀 살 만한가 보구나. 그새 형님을 놀리기냐?"

대용은 일단 죽다가 살아났다는 것에 감사할 따름이지만, 얼른 관아와 김원행에게 이 사실을 알려야 했다.

"숨어 있으면서 저들을 지켜봤소?"

"그랬지요."

"뭐, 들은 것 없소?"

"형처럼 보이는 사내가 황금 거북을 어디에 숨겼는지 묻자, 다친 사내가 뒷간 지붕 밑에 숨겼다고 했소."

선화의 말을 듣고 대용의 머릿속에 번개가 쳤다. 대충 상황이 그려졌다.

"어떻게 된 것인지 알겠다. 어서 양주목 관아로 가자! 선화는 어떡할 것이오?"

선화에겐 실옹과 산속에 기거하는 이유가 있을 것이다. 그 사연이 알려지는 게 거북하다면 관아에 함께 들어가지 못할 것 같았다.

"의무려산으로 돌아가겠소."

"알겠소. 조심히 돌아가시고 그럼 다시 봅시다. 오늘은 정말 고마웠소."

그렇게 선화는 산으로 돌아갔다.

대용과 아산은 양주 관아를 찾아가 양주 목사에게 자초지종을 설명했다. 목사는 포졸들에게 납치를 주도한 이들을 잡아 오라고 지시했다.

다음 날 선비와 두 사내가 관아에 잡혀 왔다. 오라로 양손이 단단히 묶여 있는 두 사내와 달리 선비는 양반이라는 이유로 한결 몸이 자유로웠다.

그들에게 납치를 당해 죽다 살아난 대용과 아산뿐만 아니라, 그들이 황금 거북을 훔쳐 간 범인으로 지목한 김원행도 사실 관계를 묻기 위해 불려 왔다.

사내는 사대부의 자존심을 굽히기 싫은지 크게 소리쳤다.

"목사 나리. 아무리 그래도 저는 종5품 관직에 있는 양반이거늘 내 아들들을 저렇게 대해도 된단 말입니까?"

그 말을 들은 정3품의 목사는 관아가 쩌렁쩌렁 울릴 만큼 크게 소리쳤다.

"감히 서원 유생들을 납치해 놓고 큰소리치는 게냐?"

예상치 못한 호통에 놀란 선비는 잠시 목소리를 가다듬더니 한쪽에 서 있는 김원행을 손가락으로 가리켰다.

"그것은 저자들이 저희 가문의 소중한 문서와 황금 거북을 훔쳐 갔기 때문이 아닙니까?"

김원행도 지지 않고 받아쳤다.

"문서와 황금 거북이라니? 전혀 모르는 소리요."

대용이 한 발 걸어 나가 목사 앞에 섰다.

"목사 나리, 제가 그것들의 행방을 알 것 같습니다."

"뭐라? 어서 말해 보거라."

관아에 있던 모든 사람들이 대용의 돌발 행동에 주목했다.

"그보다 먼저 목사 나리, 저분은 뉘십니까?"

대용은 선비를 가리키며 물었다. 목사는 손에 들고 있는 등채무관의 말채찍으로, 나중에는 관리 의복의 일부로 쓰임.로 남자를 가리켰다.

"우의정을 지내신 소론 윤지완 대감의 8촌 윤성이다."

이 대목에서 윤성이 관아 한가운데서 다시 소리쳤다.

"목사 나리, 어린 유생의 말을 들어 뭐 합니까? 어서 제 아들들을 풀어 주시고, 저쪽 놈들 집안을 샅샅이 뒤져 도둑질당한 것을 조속히 찾아 주십시오. 서두르지 않으면 우리 소론 세력이 가만히 보고만 있지 않을 거요."

윤성은 양주 목사를 은근히 협박했다. 그러나 백발의 목사도 산전수전 다 겪은 사람이었다. 정3품의 관직이 아무나 오르는 것은 아니기 때문이다. 목사는 등채를 들고 몇 번 왔다 갔다 하면서 거부 의사를 밝혔다.

"거 서두르지 마시오. 일단 홍대용 유생의 말을 더 들어 봅시다. 유생은 어서 말해 보거라."

목사의 말에 대용은 윤성 앞으로 갔다.

"윤성 어르신이 말한 문서와 황금 거북이 어디 있는지 아직도 모르십니까?"

"그럼 너는 어디 있는지 알고 있단 말이더냐?"

"네, 알고 있습니다."

"뭐라? 그곳이 어디냐?"

대용은 채근하는 윤성의 모습에 잠시 숨을 골랐다.

"제가 질문 하나 하겠습니다. 그 문서와 황금 거북은 나리 가문에서 굉장히 중히 여기는 물건이라 반닫이 깊숙이 숨겼다고 어제 제게 말하셨지요?"

"그랬지."

"그리고 옆 마을에 가신 그날, 하필이면 도둑이 들어 없어졌다고 하셨고요?"

"그래, 그랬지."

"도둑이 들었는데도 방 안은 깨끗했고, 그 중요한 문서와 황금 거북만 감쪽같이 사라졌다고도 하셨지요?"

"그렇다니까. 그래서 결론이 뭐냐?"

"만약 정말 좀도둑이었다면 어디에 귀한 것이 있을지 몰라 온 방을 뒤졌을 것입니다. 그럼 방 안이 어질러져 있었을 것입니다. 하지만 나리의 방 안은 도둑이 들었다기보다 누가 필요한 것만 급히 챙겨간 것처럼 어수선하기만 할 뿐 엉망은 아니었다고 했습니다."

윤성은 대답 없이 커다란 눈동자를 좌우로 굴리고 있었다.

"그 얘기인즉 나리가 반닫이에 무엇을 보관하는지 알고 있는 자가 범인이라는 것입니다. 무엇보다 나리가 출타 중에 벌어진 일이라는 것! 그렇다면 나리의 출타 날을 알고 있고, 평소 나리가 반닫이에 무엇을 넣어 두는지 알고 있는 자를 범인이라 가정하는 것이 이치에 더 맞지 않겠습니까?"

윤성의 눈알이 아까보다 더 빠르게 움직였다. 골치 아픈 일이라도 생각이 났는지 인상을 찌푸렸다.

"나리, '등잔 밑이 어둡다.'라는 속담을 아시지요?"

대용의 한마디 한마디가 윤성으로 하여금 더욱 확신을 갖게 만들었다. 윤성은 죄인 행색으로 무릎 꿇고 있는 두 아들을 무섭게 바라보았다.

"네 이놈들. 이 말을 어찌 생각하느냐?"

윤성의 두 아들은 고개를 가로저었다.

"나리, 저희를 의심하시는 것입니까? 아닙니다요. 저희가 어찌 나리 물건에 손을 대겠습니까?"

"맞습니다요. 분명 도둑이 들었고, 저는 그놈을 쫓다 이렇게 상처도 입었잖습니까요."

둘째 아들이 벌겋게 물든 팔을 들어 보이며 말했다. 윤성이 다시 대용을 돌아보았다. 어디 더 해 보라는 표정이었다.

"맞다. 둘째 놈은 도둑이 휘두른 칼에 상처를 입었다. 그건 어떻게 설명할 것이냐?"

예상했던 질문이라는 듯 대용이 어깨를 한 번 으쓱하더니 다시 나섰다.

"그날 침입했던 도둑을 본 사람은 저 둘 빼고 또 누가 있습니까?"

"하인들도 같이 쫓았다고 했다."

"하인들이 도망가는 도둑을 직접 봤다고 했습니까?"

대용의 질문에 윤성은 입을 떼지 못했다.

"그럼 다시 둘째 아드님께 묻겠습니다. 도둑을 쫓던 중 팔을 베었다고 했지요?"

"그, 그래. 이걸 풀어서 보여 줄 수도 있다."

"아니요. 상처는 됐습니다. 그렇다면 그 도둑이 윤성 어르신 방에서 훔친, 그 소중한 물건을 들고 있는 걸 보았습니까?"

"그, 그래. 그렇다니까."

"한데 궁금한 것이 있습니다. 그리 중요한 것이라면 목숨을 걸고서라도 쫓는 것이 마땅하지 않습니까? 다친 이가 있다 해도 다른 누군가는 쫓을 수 있었을 텐데 말입니다."

"그…… 그건……."

대용의 질문에 말문이 막혔는지 둘째 아들이 대꾸하지 못했다. 대용은 개의치 않고 검지를 들어 보였다.

"아마 그 상처는 직접 냈거나, 다른 사람의 손을 빌렸을 겁니다."

그러면서 대용은 의미심장한 눈빛으로 첫째를 쳐다보았다.

"첫째 아드님은 도둑 들었다는 소리를 고래고래 질렀을 거고, 그 소리에 하인들이 뛰어나왔을 겁니다. 그사이 둘째 아드님이 나리의 방에서 문서와 황금 거북을 챙겨 나왔고, 그때 자기 팔에 칼을 댔다면…… 그럭저럭 말이 됩니다. 아, 물론 제 추론입니다."

대용의 말이 끝나자 둘째 아들이 고개를 숙인 채 흐느끼기 시작했다. 첫째 아들이 당황한 얼굴로 급히 말을 꺼냈다.

"아닙니다, 나리. 저 어린놈도 노론 가문의 자식 아닙니까? 모두 우리 집안을, 우리 소론을 무너뜨리려고 그러는 겁니다요. 저희를 믿지 못하시는지요?"

"이놈이! 어서 이실직고하지 못할까?"

윤성은 얼굴이 시뻘게져서는 첫째 아들에게 윽박을 질렀다. 첫째 아들의 눈가에 눈물과 분노가 한데 맺혀 독기가 가득 오른 것처럼 보였다.

"이제 포기하십시오. 광 안에서 둘이 나눈 이야기를 모두 들었습니다. 훔친 물건은 뒷간 지붕 밑에 숨겼다는 것도 알고 있습니다."

대용은 선화에게 전해 들은 이야기를 직접 들은 것처럼 말했다. '뒷간 지붕 밑'이라는 말에 두 아들이 동시에 대용을 쳐다보았다. 그러고는 합이라도 맞춘 것처럼 둘 다 고개를 푹 숙였다.

"잘, 잘못했습니다요. 용, 용서해 주십시오."

"네 이놈들! 나를 이렇게 욕보이고도 살아남으려 하느냐! 이런 것들도 아들이라고."

이번엔 둘째가 바닥에 넙죽 엎드렸다.

"나리, 죽을죄를 지었습니다. 그 자가 부추기지만 않았어도……."

그러자 첫째가 둘째의 말을 가로막았다.

대용은 누군가 저들을 부추겼다는 말을 분명 들었다. 대용의 가슴에서는 알 수 없는 불안감이 솟아올랐다.

"나리, 변명하지 않겠습니다. 양반도 상놈도 아닌 서자의 삶을 사는 것보다 아직도 종비로 사는 어머니와 떠나고 싶었습니다. 황금 거북 정도의 재물이라면 비싼 값을 받고 팔아 나리 눈에 안 띄는 먼 곳에서 어머니와 살 수 있을 거라 생각했습니다."

"이, 이놈들이 뭐가 부족하다고…… 내가 니들 팔자에도 없는 양반처럼 살게 해 주지 않았느냐?"

"양반처럼 살면 뭐 합니까? 아버지를 아버지라 부르지도 못하고, 아랫것들도 앞에서는 고개를 조아리지만 항상 뒤에서는 어머니 욕을 합니다. 차라리 상놈으로 태어났으면 이런 고통도 없었을 겁니다."

윤성의 얼굴에 불편한 심기가 그려졌다. 윤성은 문득 고개를 돌려 빨갛게 물들어가는 서쪽 하늘을 넌지시 바라보았다.

"저 서자 놈들 짓이렸다. 여봐라, 누가 저치들 집 뒷간 지붕 밑을 살펴보고 오거라. 그리고 이놈들에겐 도둑질도 모자라 양반에게 누명을 씌우려 한 죄로 곤장 쉰 대를 쳐 죄를 뉘우치게 하겠다."

목사의 지시에 따라 포졸이 두 아들을 형틀에 묶으려 하자 김원행이 윤성에게 말했다.

"아무리 서자라도, 그런 자식들이 누군가를 해하려는데 그

주인이 어찌 나랏일을 하겠소? 더군다나 우리 석실서원의 유생까지 볼모로 삼다니……. 내 조정에 당신의 죄를 고하겠소."

윤성의 얼굴엔 분한 마음이 그대로 드러났지만 입은 굳게 다물고 있었다.

이때 대용이 나섰다.

"스승님, 외람된 말씀이오나 이들에게 용서를 베푸시는 건 어떠신지요. 스승님께서도 그러지 않으셨습니까? 군자는 어떠한 일로도 화내지 말고 열 번이라도 용서하라고……. 부디 노여움은 조금 가라앉히시고 이렇게 사지 멀쩡하게 돌아온 저와 아산이를 보고 은혜를 베풀어 주십시오."

황당하면서도 쓸데없이 당당한 대용의 간청에 김원행은 어이가 없었다.

"만날 서역에서 들여온 서책만 보는 네놈이 어찌 군자를 운운하더냐?"

"스승님, 저들을 용서하시는 것으로 군자의 포용을 보여 주신다면 소론이니 노론이니, 하는 이 지긋지긋한 당파 싸움을 직접 매듭지으시는 게 될 겁니다."

김원행은 대용이 그렇게까지 생각하고 있을 줄 몰랐다. 한 대 얻어맞은 것처럼 뒤통수가 얼얼한 기분이었다. 노골적인 당파 싸움에 질려 벼슬도 마다하고 석실서원에서 조용히 후학을 양성하고 있던 그였다. 김원행의 고민이 깊어졌다.

이번에는 대용이 양주 목사 앞에 나아가 머리를 조아렸다.

"목사 나리, 이 나라 조선은 잦은 당파 싸움으로 점점 혼란해지고 있습니다. 분명 이번 일로 여러 사람들이 당혹스러웠을 테지만, 엄밀히 들여다보면 윤성 어르신 댁 두 아들이 약간의 이득을 위해 일으킨 사사로운 죄일 수 있습니다. 무엇보다 이 사사로운 일을 조정에 고한다면 노론과 소론의 다툼은 격렬해질 것이고 결국 이 나라 백성의 안위는 다시 뒷전이 될 것입니다."

의외로 석실서원 유생다운 말이 대용의 입에서 흘러나왔다. 목사 역시 고민이 깊어졌다. 들고 있던 등채로 다른 손바닥을 탁탁탁 치면서 어떤 답을 할지 생각에 잠겼다.

곧 목사는 김원행을 바라보며 입을 열었다.

"이보게 미호김원행의 호 저 유생의 말이 일리는 있는 듯한데, 이번 일은 내 선에서 매듭을 지어도 괜찮겠나?"

김원행은 자신이 억울한 누명을 쓸 뻔한 일이었음에도, 자기 제자가 나라를 염려하는 마음에 대항할 수는 없었다.

"아직 한창 배우고 있는 유생이지만 스승으로서 부끄러워지는 논리를 펼치니 도리가 없지 않겠습니까."

목사는 알았다는 표시로 고개를 한 번 끄덕이고는 큰 소리로 말했다.

"내 저, 저, 누구라고? 그래. 홍대용 유생의 뜻을 받아들여 조정에 고하지는 않을 것이네. 윤성, 자네와 비록 당파는 다르지만, 이 나라 조선과 백성의 안위를 생각하는 마음은 같을 것이라 생각하네. 자중하고 또 자중하길 바라네."

윤성은 고개를 숙일 수밖에 없었다.

"하지만 도둑질과 사람을 가둔 죄에 대한 벌은 달게 받아야 할 것이야. 여봐라. 어서 곤장을 치도록 하라!"

"네!"

바로 그때 아산이 달려와 무릎을 꿇고 머리를 조아렸다.

"목사 나리, 저 형제들도 용서해 주십시오. 서자라는 이유로 이러지도 저러지도 못하는, 안타까운 이들입니다. 그릇된 행동은 마땅한 대가를 치르는 게 옳으나 부디 선처를 베푸시어 용서로써 벌하십시오."

서자라는 이유로 대용 말고 누구도 유생으로 인정해 주지 않았고 괴롭힘만 당했던 아산에게 두 형제는 곧 자신과 다름없었다.

"너는 누군고?"

"석실서원의 김아산 유생입니다. 이왕 아량을 베푸시기로 하셨으니 자식들의 처벌은 그 아비에게 맡기는 것이 어떠신지요?"

김원행이 대신 나서 말했다.

"그렇다는 건, 도둑의 누명을 쓸 뻔했던 김원행 자네와, 광안에 갇혀 죽을 뻔했던 두 유생들 모두 저들의 처벌을 원치 않는다는 말인가?"

"네, 그렇습니다."

김원행과 대용, 그리고 아산이 동시에 대답했다.

양주 목사는 하는 수 없다는 듯 들고 있던 등채를 까딱 흔들었다. 그러자 포졸들이 신속하게 두 아들의 포박을 풀어 주었다.

하지만 관아를 먼저 빠져나가는 윤성과 두 아들의 뒷모습을 보고 있던 대용의 가슴속에서는 정체 모를 불안이 스멀스멀 올라와 그 크기를 키우고 있었다. 대용은 참지 못하고 그들을 따라갔다.

"어르신!"

"아직 볼일이 남았느냐?"

"한 가지 여쭐 것이 있습니다. 문서가 사라진 날 밤에 친우를 만나러 갔다고 하셨는데 혹시 그자에게 미심쩍은 점은 없으셨는지요?"

윤성은 대용의 물음에 잠시 곰곰이 생각해 보다가 뭔가 떠

오른 듯 말했다.

"사실 그자는 며칠 전 내게 접근해 노론에 타격을 입힐 비책을 자신이 갖고 있다고 했다. 그래서 날을 잡고 만나러 다녀온 것이다."

"그자가 누굽니까?"

"모르겠다. 검은 옷과 검은 복면을 쓰고 있어서 날 놀리는 것 같아 크게 역정을 냈더니 자신도 노론이라며 징표를 보여 주었다."

"나리, 복장 말고 그자의 인상착의를 기억나는 대로 설명해 주실 수는 없습니까?"

"얼굴은 모른다. 다만 머리가 요 어깨밖에 안 올 정도로 신장이 작고 몸이 퉁퉁하니 컸다."

윤성의 말을 가만히 듣고 있던 첫째가 뭔가 생각난 듯 끼어들었다.

"나리! 저희를 찾아온 자도 같은 모습이었습니다. 그는 삼백 안에 입술은 검게 보일 정도로 어두웠습니다."

첫째의 증언에 윤성의 눈동자가 커졌다.

"나리, 저희를 부추긴 자가 바로 그자입니다. 황금 거북과 문서를 훔치고 노론 아무나에게 뒤집어씌우면 된다고 했습니다."

이번에는 둘째가 증언했다.

"뭐라? 뒤집어쓴 건 우리구나, 우리가 당했어."

이제야 일이 어떻게 되었는지 깨달은 윤성은 망연자실한 표정으로 멀리 산등성을 바라보았다.

대용은 그자의 정체를 유추했다. 신장이 작고 큰 몸, 그리고 삼백안에 검은 입술이라고 하면 딱 한 사람이 떠올랐다.

이성곤이었다.

이성곤은 본가로 내려간 후 석실서원으로 돌아오지 않았다. 자연스레 다들 성곤을 잊고 있었다. 대용은 이성곤이 정학을 받고 서원을 떠나면서 쏘아보던 원망의 눈빛이 잊히지 않았다.

'무슨 이유로 이렇게 흉흉한 짓을 꾸미고 다니는 것이냐, 이성곤.'

"유생도 아는 치요?"

"아, 아닙니다. 살펴 가십시오."

대용은 작별인사를 하고 몸을 돌려 석실서원으로 향했다. 대용의 머릿속에서는 왠지 이성곤이 감당하지 못할 일을 벌이고 있는 것 같아 불안했다. 다행히 이번엔 해를 입은 사람이 없었지만 언젠가 또 이런 흉계를 꾸밀 수 있다.

"대용이 이놈아!"

등 뒤에서 김원행의 목소리가 들렸다. 대용은 몸을 돌려 김원행에게 고개를 숙였다.

"스승님, 승낙 없이 나서서 물의를 일으켜 죄송합니다."

"아니다, 잘했다."

"네? 정말 그리 생각하십니까?"

대용은 고개를 들어 김원행의 얼굴을 올려 보았다. 항상 차갑게 굳어 있던 김원행의 얼굴이 미묘하게 달라 보였다. 언뜻 미소처럼 보였다.

"스승님께서 군자는 용서를 통해 이긴다고 하시지 않으셨습니까."

"이놈! 조금만 띄워 주면 잘난 체를 하는구나. 군자는 항상 겸허해야 한다!"

김원행의 미소는 금세 사라졌지만 왠지 세 사람이 함께 석실서원으로 향하는 발걸음은 가벼워 보였다.

제4장
백정이라는 죄

초여름의 기운이 풍기기 시작할 즈음, 선화에게서 서신이 도착했다.

실옹이 세상을 떠났다는 비보였다. 그 소식을 듣고 대용은 드디어 석실서원을 떠날 날이 왔다고 여겼다.

지난번 실옹을 만나고 온 후 대용은 김원행에게 자신의 생각을 몇 번이고 전달하였고, 천안의 아버지에게도 수차례의 서신으로 허락을 구했다.

그리고 이제 때가 된 것이다. 대용은 김원행에게 하직 인사를 청했다. 김원행은 대용의 앞날을 진심으로 걱정했다. 훗날 나라를 위해 분명 힘을 보탤 일이 있을 테니 다른 공부도 게을리 하지 말라고 당부했다.

짐은 야밤에 조용히 꾸렸다. 천리경과 돋보기, 천문학과 수학 서책을 챙겼다. 거기에 여벌 옷만 한 벌 챙겼다.

축시새벽 2시경가 되자 잠시 몸을 뉘었던 대용이 조심스레 몸을 일으켜 한쪽에 꾸려둔 등짐을 메었다. 되도록 요란을 떨지 않고 조용히 석실서원을 떠나고 싶었다.

무엇보다 대용이 서원을 떠난다는 소식이 이성곤의 귀에 가 닿으면 여정에 어떤 변수가 생길지 몰랐다. 지난번 윤성 댁 일로 몸을 사리고 있는 이성곤이 슬슬 무언가 계략을 행할 시기일지도 모른다.

대용은 잠시 아산의 방문을 우두커니 바라보았다. 아산의 얼굴을 마주하면 작별하지 못할 것 같아 인사 없이 떠나기로 했다.

"아산아, 비록 여기서 혼자 힘들겠지만 너라면 이겨 낼 수 있을 거다. 네 원하던 실험도, 공부도 계속하여 큰 성취 이루길 바란다."

아산의 방문에 대고 대용이 작게 속삭였다. 그러고는 서원 뒷문으로 가서 빗장을 풀고 바깥으로 나갔다.

바로 그때였다.

누군가 뒤에서 대용의 머리에 무언가를 씌우고 다리를 걸어

쓰러뜨렸다.

"앗, 누구냐! 이거 놔라!"

그는 넘어진 대용의 가슴팍에 올라앉았다. 곧 날카롭고 서늘한 촉감이 대용의 턱밑에 전해졌다.

"조용히 해. 움직이면 염라대왕과 만나 긴 이야기를 나누게 될 거야."

머리에 씌워진 자루 때문에 대용은 아무것도 볼 수 없었다.

대용의 턱밑에 붙은 날카로운 기운이 점점 세게 눌릴수록 대용은 이루 말할 수 없이 공포스러웠다. 곧 아득해지는 정신을 부여잡고 이 상황부터 모면해야 했다.

'이자는 누구지? 낮게 깔아 말했지만 낮익은 목소리다.'

이런 짓을 할 사람은 이성곤밖에 없었다.

'나한테 왜 이러는 거야? 아무도 모를 텐데 누가 말한 거지? 설마 이것도 이성곤의 계략인가?'

"홍대용 네 죄를 알렸다."

그때 다시 낮익은 목소리가 들렸다. 입을 최대한 작게 벌려 말하는 것 같았다. 대용은 순간적으로 허리에 살짝 힘을 주어 몸을 움직였다. 생각보다 가벼웠다.

"누구신데 이런 짓을 벌이는 거요?"

"에헴, 형님, 아니 네 죄를 알겠느냐고."

확실히 알고 있는 목소리였다. 아무리 감추려 해도 특유의 말투가 누군가를 떠오르게 만들었다.

"김아산……?"

의심 가득한 부름에 답이라도 하듯, 대용의 머리에서 자루가 벗겨졌다. 그리고 대용의 눈에 아산의 얼굴이 가장 먼저 들어왔다.

"아, 아산이 이놈아! 놀랐잖아."

"형님, 이러깁니까?"

아산의 눈엔 원망이 가득했다. 자신에게 작별 인사도 하지 않고 혼자 떠나는 게 못내 서운한 모양이었다. 그 모습에 대용도 자못 미안한 마음이 들었다.

"미, 미안하다. 네 얼굴 보면 발이 떨어지지 않을 것 같았다."

"아니, 형님과 제 사이가 이것밖에 안 됩니까? 언제는 반상의 법도를 어기면서까지 형님이라 부르라고 하셨지 않습니까?"

"혹여 누가 이성곤에게 고하면 나뿐만 아니라 아산이 너까지 난처해질지 몰라서 그랬다. 이렇게라도 인사를 했으니, 이제 그만 가 보거라. 언젠가 또 보게 될 거다."

"아니요. 저도 갈 겁니다."

"뭐? 그게 무슨 말이냐?"

그제야 아산이 걸머멘 큰 등짐이 보였다. 아산도 대용을 따르려는 것이었다.

"형님, 야속합니다. 어찌 동생을 버리고 혼자 떠나시려는 겁니까? 죽을 때까지 같이해야 하는 것 아닙니까?"

"네 공부는 어떡하려고 그러느냐. 네 아버지도 노하실 것이야."

"칫, 형님이 저번에 떠난다고 말했을 때, 저도 집에 서신을 보냈습니다. 덕분에 서자답지 않은 풍족한 삶을 살았으니 그 은혜를 잊지 않고 이제 스스로 삶을 찾겠다고 말입니다."

"스승님도 모르시지 않느냐."

"언질 드렸습니다. 못 들은 걸로 하신다고, 하지만 말리진 않겠다고 하셨습니다."

"스승님은 참…… 말이라도 해 주시지."

아산은 황당해하는 대용을 앞에 두고 등짐을 제대로 둘러 멨다.

"어서 가시죠. 의무려산으로 가야 하지요?"

그렇게 대용은 든든한 조력자를 얻었다. 아무래도 아산이 옆에 있다면 분명 의지가 될 것이다.

"할 수 없구나. 얼른 가자."

대용과 아산이 선화가 기거하는 동굴 앞에 도착했을 때, 선화는 이미 떠날 준비를 마친 상태였다. 선화는 인근 암자에서 실옹을 화장했다. 실옹의 유언을 받들고자 작은 유골 항아리를 흰 보자기로 정성들여 싸서 들고 있었다.

대용과 아산이 유골 항아리 앞에서 절을 하는 것으로 실옹의 명복을 빌었다. 곧 선화가 대용에게 무언가를 건넸다.

"할아버지께서 도령에게 남긴 마지막 서신이오."

대용은 서신을 조심히 펴서 읽어 나갔다.

실옹 자신과 선화의 사연이 적혀 있었다. 실옹은 성리학 대신 실용적이고 합리적인 학문에 몸담은 실학자였다. 하지만 뭐든지 처음은 어려운 법이다. 신학문을 한다는 이유로 다른 양반들의 시기와 모함을 받았고, 결국 기나긴 유배 길에 오르게 된 것이다. 서신의 말미에는 대용에게 남긴 부탁이 있었다. 자신의 육신을 화장하고 유골을 강원도 고성 앞바다에 뿌려 달라는 것과 고성에서 나경적을 찾아가 달라는 것이었다.

'나경적은 또 누구지?'

대용은 일단 고성으로 향하기로 하고, 등짐에 서신을 잘 접어 넣으며 말했다.

"선화 낭자, 아니 선화! 이제 나섭시다. 여기서 고성까지는 거의 오백 리는 족히 될 거요. 서두릅시다."

선화는 아직 남장인 채로 상투까지 틀고 있었다.

"근데 계속 남장을 하고 다닐 거요?"

대용의 물음에 선화는 유골 항아리를 등짐에 넣고 으쌰, 소리를 짧게 내면서 어깨에 짊어졌다.

"난 이게 더 편하오."

대용은 납득할 수 없다는 듯 고개를 절레절레 흔들었다.

그나저나 앞으로 세 사람은 먼 길을 밤낮 가리지 않고 함께 해야 한다. 그러면 세 사람의 어중간한 관계가 불필요한 오해를 불러일으킬 수 있었다. 호칭과 관계에 대해 허심탄회하게 얘기할 필요가 있었다.

"먼 길을 떠나기 전에 우리 셋 관계를 정리할 필요가 있을 것 같소만."

"무슨 소리요?"

"내가 선화보다 한 살 많소. 게다가 양반의 행색이니 남들 앞에서는 존대를 지켜 말을 붙이면 좋을 것 같소."

선화는 보통내기가 아니었다. 전혀 주눅 들지 않고 대꾸했다.

"으이구. 할아버지께 배운 지혜는 어디다 다 팔아 먹었수? 그렇게 양반, 상놈 따질 거면 그냥 나 혼자 가겠소."

"그런 말이 아니지 않소. 도대체 선화, 그대는 정체가 뭐요?"

"내 정체는 나도 모르오. 아기 때부터 할아버지와 동굴에서 살았소."

옆에서 보다 못 한 아산이 나섰다.

"아녀자가 남장을 하는 것도 모자라 감히 우리 형님께 뭐라는 거야?"

"하면 니깟 서자 놈이 양반 노릇 하는 꼴도 우습다, 우스워."

아산은 되로 주고 말로 받은 충격 때문인지 자기도 모르게 벌어진 입을 다물지 못했다.

"아, 아니. 형님, 저치와 정말로 함께 가야 합니까?"

대용이 등짐을 들어 어깨에 메면서 선화의 뒤통수에 대고 소리쳤다.

"아무튼 난 이제 선화 네게 편히 하대할 것이니 그렇게 아시오. 아니, 그렇게 알거라."

"맘대로 하시오."

선화가 미련 없다는 듯 툭 내뱉자 옆에서 아산도 껴들었다.

"나도 그럴 것이오."

하지만 무엇이 잘못되었는지 선화가 아산의 눈앞에 자기 얼굴을 들이밀면서 서늘하게 끊어 말했다.

"그러기만 해 봐라."

아산은 범 만난 하룻강아지처럼 꼬리를 내렸다.

그러고는 선화가 먼저 산을 내려가기 시작했다.

"형님! 어떻게 좀 해 주십시오."

"그만 가자. 갈 길이 멀다."

아산도 별수 없는지 대용을 따라 걸음을 옮겼다.

그렇게 양반 유생 홍대용, 서자 유생 김아산, 남장 여인 선화의 동행은 본격적으로 시작되었다.

산속 푸르른 나뭇잎은 크고 파랬으며, 어여쁜 꽃들이 한창 활짝 피기 시작한 여름이었다.

하루를 꼬박 걸었다. 첫날 해가 질 무렵 가평현에 들어섰다. 아직 마을 한복판으로 들어가려면 반 시진한 시간은 더 걸어야 했다. 대용과 아산의 체력은 이미 고갈되었다. 더운 날씨 때문에 땀을 많이 흘렸다.

대용은 저 앞에서 씩씩하게 걷는 선화에게 소리쳤다.

"선화야."

선화는 잠시 멈칫했지만 계속 걸었다. 대용은 더는 걸을 힘이 없었다. 대신 인근에서 하루 묵는 것도 나쁘지 않겠다 생각했다.

　결국 대용은 마을 입구 느티나무 아래 주저앉았다. 아산도 같은 마음인지 인상을 찌푸리며 등짐을 내려놓았다.

　"선화 낭자! 나는 더 못 가겠소!"

　아산의 외침을 들었는지 선화가 걸음을 멈추고 한심한 표정을 지으며 다가왔다.

　"거, 겨우 네 시진여덟 시간 걷고 진이 빠졌소? 체력이 그렇게 약해 어떻게 고성까지 간단 말이요?"

　"우리가 약한 게 아니라 네 체력이 강한 것이다. 일단 여기서 쉬어 갈 곳을 찾아보자."

　선화가 주변을 둘러보았다. 대용은 옆에 있던 아산에게 눈짓을 한 번 하고는 앓는 소리를 냈다.

　"아이고, 다리야. 정강이가 분질러졌는지 힘이 들어가지 않는구나."

　아산도 자기 허리를 두 손으로 받쳐 잡았다.

　"아이고, 형님. 등짐을 오래 메서 그런지 제 허리도 안 펴집니다."

　바닥에서 뭉개고 있는 둘을 보고 선화가 한숨을 쉬었다.

　"으휴, 갑시다, 가! 당장 묵을 곳이 있나 보자고요."

　"그래, 그러자꾸나."

대용은 대답과 동시에 일어나 옷에 묻은 흙을 툭툭 털고는 짐을 멨다. 방금까지 뒹굴던 모습은 온데간데없었다.

세 사람이 마을 안으로 드는 길을 따라 걸었다. 북한강 지류에 자리 잡은 이 마을 사람들은 주로 벼농사를 지으며 모여 사는 것 같았다.

얼마 안 가 저 멀리 주막임을 알리는 깃발이 보였다. 깃발에는 '주酒' 자가 크게 써 있었다.

"형님, 저기 주막입니다."

"다행이다. 어서 가 보자. 한 끼 더 굶었다가는 등에서 배꼽이 만져지겠구나."

주막 마당에는 작은 평상 다섯 개가 놓여 있었고, 석반 때라 그런지 삼삼오오 모여 국밥에 막걸리를 들고 있는 사내들이 다 차지하고 있었다.

대용 일행이 주막으로 들어서자 부엌에서 주모가 바삐 뛰어나왔다. 대용이 쓴 큰 갓을 보고 주모가 허리를 조아렸다.

"아이고, 나리. 지금 빈자리가 나오려면 조금 기다리셔야 합니다요."

"평상은 됐고, 셋이서 하루 묵을 방이 있소?"

"방이야 많습죠. 한데 오래된 방들이라 누추해서…… 그런 방이라도 내어 드릴까요?"

대용은 주모의 말에 살짝 고개를 돌려 선화를 한 번 힐끗 보았다.

"괜찮소. 방 두 칸 주시오."

방 두 칸을 달라는 대용의 말에 주모는 세 사람을 빠르게 한 번 훑고는 고개를 갸웃댔다. 사내 셋이서 방 두 칸을 나눠 쓰겠다고 하니 이상할 법도 했다. 하지만 주모 입장에서 값만 치른다면 안 될 일 없었다.

"네네, 그렇게 준비하겠습니다요. 석반은 어떻게⋯⋯?"

국밥을 숟가락 가득 떠먹는 사내를 보자 대용의 입안에서는 말랐던 침이 솟았다. 그때 아산이 엽전 꾸러미를 꺼내며 기세등등하게 말했다.

"형님, 이걸로 푸짐하게 드시지요."

"아니, 이건 어디서 났느냐?"

"서원으로 건너올 때 받은 용전인데 안 쓰고 모아 두었던 것입니다."

대용도 가진 돈이 없진 않았지만, 고성을 들렀다가 팔도를 유랑하려면 아껴야 했다. 생각지 못했던 아산의 제안에 대용은 조마조마했던 마음이 사르르 녹는 것 같았다.

"그래도 되겠느냐? 오늘은 첫날이니 잘 먹어도 될 것이다."

"그렇습니다, 형님. 잘 먹어야 더 먼 길을 가지 않겠습니까?

하하."

아산은 엽전을 한 냥씩 세다가 뚫어지게 쳐다보던 주모에게 엽전을 한 주먹 가득 모아 건넸다.

"주모, 여기 방 두 칸 값과 세 사람의 오늘 석반과 내일 조반 값까지, 이거면 될 걸세."

주모의 입꼬리가 올라가고 눈매는 초승달처럼 휘었다.

"아이고, 여부가 있겠습니까? 금방 국밥 한 그릇씩 올릴 테니까 들고 계시면 전이랑 오리 백숙 한 마리 큰놈으로다가 올리겠습니다요."

아산은 조금 아쉬운 듯 한 손으로 술잔을 꺾는 시늉을 했다.

"형님, 오늘처럼 힘이 든 날은 한잔해야 하지 않겠습니까? 주모, 이 동네 막걸리 맛 좀 봐야겠네."

"네네. 그럼 석반과 같은 상에 올려 방으로 들이겠습니다요."

그제야 대용이 손가락을 들어 주막 앞으로 흐르는 강물을 가리켰다.

"주막을 감싸고 흐르는 강이 멋있구나. 마침 평상 하나가 방금 비었으니 저기서 들겠소."

"알겠습니다요."

한 주먹 가득한 엽전을 주머니에 쑤셔 넣은 주모가 부엌으로 들어가는 뒷모습에 신난 기운이 가득했다.

세 사람이 방금 빈 평상 위에 올라앉자 어느새 주모가 와서 번개처럼 상을 치웠다. 그러고는 국밥 세 그릇이 올라간 상을 가져와 평상 위에 올렸다.

쉬지 않고 걸었던 데다 온종일 제대로 된 끼니를 챙기지 못했다. 무더운 여름날이었지만 세 사람은 김이 모락모락 나는 국밥에 코를 박고 먹었다. 아산이 금세 한 그릇을 뚝딱 비우고 막걸리 주전자를 잡았다.

"아직 갈 길이 먼데, 술까지 드시면 어떡하오?"

선화는 걱정이 앞섰다.

"이것만 마시고 깊이 잠을 청할 거다."

선화의 걱정에 아랑곳 않고, 대용은 아산이 따르는 막걸리를 하얀 사기그릇 가득 담아 마셨다.

"형님, 이렇게 오래 걷긴 처음입니다. 이렇게 맛좋은 음식과 막걸리가 있으니 하루 쌓인 피로가 싹 풀리는 것 같네요."

"눈앞에 펼쳐진 풍경이 대단하니 더 그렇구나. 저 강물 위에 걸린 초승달을 봐라. 이 얼마나 아름다운가."

대용의 손가락 끝에는 눈썹 모양의 초승달이 밝게 떠 있었다. 초승달은 평온한 강물 위에도 쌍둥이마냥 비쳤다.

"초승달은 금방 지니 눈에 확실히 넣어 두는 게 좋을 거다. 한평생 서원에서 책만 들여다보았다가는 이런 절경을 한 번도 보지 못했을 것이야."

"그렇습니다요, 형님."

하지만 대용과 아산이 막걸리를 주고받는 사이 주막 안에서는 이상한 기운이 감돌았다. 낯모르는 이들 눈앞에 엽전을 꾸러미째 떡하니 꺼내 놓았으니 대용 일행을 힐끔힐끔 노리는 눈이 한둘이 아니었다. 특히 구석 평상에서 조용히 막걸리를 마시던 사내 둘은 대용 일행이 배를 채우고 방으로 들어갈 때까지 엉덩이를 떼지도 않았다.

얼마 후 대용과 아산은 방 안에 들어서자마자 곯아떨어지고 말았다. 아니나 다를까 약속이나 한 듯 구석 평상에 앉았던 사내 둘이 발소리도 내지 않고 살금살금 방 안에 들어왔다. 사실 그럴 필요는 없었다. 법석을 떨었다 해도 만취한 두 사람을 깨우지 못했을 것이다.

다음 날 선화는 대용과 아산을 깨우러 방문을 두드렸다. 아무 기척이 없자 문을 열었다. 방 안은 난장판이었다. 선화는 다급하게 대용을 흔들어 깨웠다.

"이보시오. 대용 도령 일어나시오. 도둑이 들었단 말이오."

선화의 소란에 대용과 아산이 눈을 비비며 일어났다. 머리맡에 두었던 등짐이 풀어헤쳐져 있었다. 먼저 눈을 뜬 아산이 자신의 등짐을 뒤졌다. 전날 낮에 꺼낸 엽전 꾸러미가 사라지고 없었다.

"이럴 수가. 형님, 모두 없어졌습니다!"

대용이 짐 깊숙이 숨겨 둔 은자도 모두 사라졌다.

"내 돈도 모두 없어졌다. 이를 어쩌면 좋으냐."

선화는 기가 차서 말했다.

"그러게 술을 왜 마셔서 이 지경을 만드오? 좀 더 가면 더 크고 안전한 주막이 나올 텐데 그렇게 엄살을 피우더니만."

대용과 아산은 입이 있지만 할 말이 없었다. 어젯밤 딱 한잔만 하자고 한 것이, 나중엔 동이째 가져다 마셨기 때문이었다.

그때 주모가 조반상을 들고 들어오다 어지럽혀진 방 안을 보고 놀랐다.

"아니, 이게 무슨 일이랍니까?"

"간밤에 도둑이 들었소. 누구 의심 가는 이 없소?"

"주막이야, 모두 뜨내기들이라 알 수가 없습죠. 아! 그러고 보니 어젯밤 저쪽 방에 묵었던 사내 둘이 아침부터 한양에 가야 한다더니 아예 새벽부터 보이질 않습니다요."

"아아! 악! 형님, 빨리 관아에 알려야 합니다."

아산은 머리를 쥐어뜯으며 소리쳤다.

새벽에 사라졌다면 벌써 백 리는 걸었을 것이다. 무엇보다 사람 많은 한양에 들어서면 모래사장에서 바늘 찾기나 다름없었다. 쫓을 수 없었다.

대용은 좋게 생각하기로 했다. 자칫 목숨이 위험할 뻔했다. 그렇게라도 생각하지 않으면 고성은커녕 억울해서 십 리도 못 걸을 것 같았다.

대용이 양반다리를 하여 자세를 고쳐 앉고 말했다.

"주모, 조반은 여기 차려 주시게. 잘 먹겠소."

대용은 바로 앞에 놓인 숟가락을 들고 시래기 국을 떠먹었다. 속이 따뜻해지고 기분이 꽤 나아졌다.

"너희도 어서 들어라."

"돈 다 잃고도 참, 속도 편한 양반이오."

선화가 상 앞에 바로 앉으며 빈정거렸다.

"이미 엎질러진 물을 어떻게 담을까. 없는 사람에게 적선한 셈 치련다."

"뭐, 내 돈이 아니니 상관할 바 아니지만……."

대용은 선화의 비아냥에 속이 쓰려서 이내 시래기 국을 한 숟갈 더 떠먹었다. 선화도 보리밥을 한 숟가락 퍼서 입에 넣고, 아구아구 씹었다. 아산은 밥상 앞에 앉았지만, 속이 상해 밥을 떠넘기질 못했다.

기나긴 여정의 둘째 날부터 만만치 않은 고행이 시작된 것이다.

세 사람은 짐을 챙겨 주막을 나왔다. 한 시진을 걸어 가평현 관아가 있는 마을 입구에 도착해 나무 그늘 아래서 쉬고 있었다.

그때 절규하는 노파의 비명 소리가 크게 울려 퍼졌다. 어느새 사람들이 몰려들었다. 누구의 소리인지, 어떤 일인지 모르는 사람들이 하나둘 모여든 것이다. 선화가 운집한 사람들 틈을 비집고 한참을 들어갔다. 거기에는 비명을 지른 노파가 있었다.

"아이고, 육손아! 나리, 우리 아들이 무슨 죄를 지었다고 이리 끌고 가십니까?"

관복을 입은 포졸들이 사내 하나를 억지로 끌고 가고 있었다. 포졸 하나가 바짓가랑이를 잡고 매달리는 노파를 발로 찼다.

"천하디천한 백정 놈이 어딜 감히!"

"어이쿠야! 나 죽네, 나 죽어!"

육손은 쓰러져 뒹구는 노파를 보고 자신을 붙잡은 포졸에게 호소했다.

"엄니! 나리들, 제가 무슨 죄를 지었다고 이러십니까? 아무리 천한 백정이라도 붙잡혀 가는 이유는 알아야 할 것 아닙니까?"

덩치 큰 포졸 하나가 창을 거꾸로 들어 손잡이 끝으로 육손의 복부를 푹 찔렀다.

"컥!"

육손이 배를 움켜쥐면서 고꾸라졌다. 나머지 포졸들은 그 모습이 뭐가 웃긴지 희희낙락대기 바빴다.

"백정 놈이 이유는 알아서 뭣 하려고 그리 묻느냐? 그렇게 순순히 따라오라 할 때 따라오지."

"욱⋯⋯."

아직 고통이 가시질 않았는지 육손은 배를 움켜쥔 채 대답 대신 신음을 토했다.

"오늘 새벽 강가에서 아녀자 시신이 발견됐다. 미선이라고. 그 아비 말로는 네가 주제도 모르고 연심을 품었다지? 네 놈이 죽인 것 아니더냐!"

육손은 얼른 일어나 무릎을 꿇고 머리를 조아렸다.

"나, 나리. 저, 전 그런 짓을 하지 않았습니다. 사람을 죽이다니요."

"어서 일어나라! 관아 현감께서 네 죄를 명명백백히 밝힐 것이다. 어서 끌고 가!"

"네!"

포졸들이 육손의 양쪽 팔을 잡고 일으켜 세웠다. 그러자 언제 일어났는지 노파가 육손을 붙잡고 있는 포졸에게 매달렸다.

"아이고, 사람을 죽이다니요? 우리 육손이는 어젯밤에 집에만 있었구만요."

"엄니, 걱정 말고 집에 계세요. 지은 죄가 없으니 금방 풀려나겠죠."

"저리 비키지 못할까!"

포졸이 밀치자 다리 풀린 노파가 다시 바닥에 주저앉았다.

백정이 관아에 들어간다는 건 죄 없이 들어갔다가 죄인이 되어 갇힌다는 뜻이었다. 아무리 결백을 말해도 모진 고문 끝에 결국 죄를 인정할 수밖에 없기 때문이다.

"아이고, 동네 사람들! 우리 육손이는 죄가 없습니다요."

절규하는 노파를 뒤로하고 포졸들은 육손을 끌고 관아로 향했다. 어디서 수군대는 소리가 노파의 속을 더 뒤집어 놓았다.

"소, 돼지도 모자라 이제 사람을 잡네 그려."

"저런 백정 놈은 허튼짓 못 하도록 쳐 죽여야지."

"미선이만 안됐네. 아무리 모자람이 있어도 감히 백정 놈한테 죽임을 당할 줄은 몰랐을 거 아닌가. 쯧쯧, 딱한 것."

조선에서 백정보다 아래 신분은 없었다. 소, 돼지 잡는 백정이야말로 조선에서 가장 천한 이들이었다.

수군대던 사람들이 흩어지자 넘어진 노파 혼자 남았다. 산발

한 흰 머리카락에 쪼글쪼글한 손, 그리고 해지고 지저분한 옷. 선화는 노파에게서 실옹을 떠올렸다.

"대용 도령, 혹 도울 일이 없나 가 봅시다."

"어허, 아직도 대용 도령이라니?"

"그럼 뭐라고 부르오?"

"오라버니…… 아니, 형님이 괜찮겠소."

선화는 대용의 말을 가볍게 무시하면서 노파 쪽으로 걸음을 옮겼다.

"여기서 시간을 지체할 수 없을 것 같네만. 실옹 어르신을 빨리 고성에 모셔야……."

"할아버지는 신분의 귀천을 따지지 않고 어려운 자를 도우라고 가르치셨소만."

"누가 뭐라고 했느냐? 나도 돕고 싶었는데, 네 눈치를 본 것이다. 에헴. 그럼 무슨 사연인지 들어나 보자꾸나."

대용은 갓을 고쳐 쓴 뒤 부채를 펴 살살 부치면서 노파 곁으로 향했다.

"무슨 딱한 사연이 있길래 아드님과 생이별을 하게 되었습니까?"

노파는 울던 얼굴로 대용을 올려봤다.

"어디 지체 높으신 분 같은데 뉘십니까?"

"그냥 지나가는 나그네입니다."

대용이 부채를 살살 부쳤다. 선화가 대용을 밀치며 앞으로 나왔다.

"그놈의 폼 좀 그만 잡으시오. 할머니, 일단 저쪽으로 갑시다."

선화는 대용이 젠체하는 꼴이 보기 싫었는지 대용의 말을 끊고 노파를 직접 일으켰다.

"선화야, 내가 무슨 폼을 잡았다고……. 안 그러느냐, 아산아."

아산도 대용의 꼴이 우스운지 선화를 도와 노파를 부축했다. 노파의 행색은 말이 아니었지만 선화와 아산은 개의치 않았다.

큰 느티나무 그늘 아래서 이번엔 대용이 부채를 접고 진지하게 물었다.

"할머니, 아드님이 그런 짓을 할 리 없다고 하셨지요? 왜 그렇게 확신하십니까?"

노파는 얼른 고개를 끄덕였다. 하루 종일 아무도 자기 말을 들어주지 않았다. 낯선 이들이지만 이제야 처음으로 자기 이야기를 들어주는 사람이 생겼다는 걸 노파는 깨달았다.

"방 한 칸에서 아들과 같이 잡니다. 새벽에 나갔다면 제가 당연히 눈치챘겠지요. 안 그래도 이 늙은이의 잠귀가 밝아 조금만 거슬리는 소리에도 깨 버리는데, 오늘은 깨지 않고 푹 잤습니다요. 육손이가 나갔다 들어왔다면 분명 그 소리를 듣고 깼을 겁니다요."

대용는 잠시 고민에 빠진 듯 갓 끝을 손가락으로 몇 번 훑고는 고개를 끄덕였다.

"제가 도움을 드릴 수 있을 것도 같습니다."

"아이고, 선비님. 우리 육손이 좀 살려 주십시오. 사또 어른도 이 천한 것들의 말은 믿지 않으십니다. 저 대신 잘 말씀해 주십시오."

"그런 게 아닙니다. 증명을 해야 합니다. 아드님이 범인이 아니라면 증거를 찾아서 결백함을 증명해야 합니다."

"즈, 증명이라는 게…… 전 도통 무슨 소린지 모르겠습니다요."

"그럼 미선이라고 했나, 망자의 집으로 우릴 안내하십시오."

노파는 대용 일행을 강가에 다닥다닥 붙은 초가집 중 하나로 안내했다. 작은 마당 한쪽에는 무언가가 거적으로 덮여 있었다. 그 앞에서 미선의 부모로 보이는 부부가 주저앉아 흐느끼고 있었다. 노파를 발견한 어미의 눈이 휘둥그레 커졌다.

"여기가 어디라고 와?"

아비도 노파를 발견하고는 지지 않고 악다구니를 질렀다.

"이 금수보다 못한 천한 것! 살인자!"

부부가 동시에 노파에게 달려들었다. 대용과 아산이 두 사람을 붙잡았다. 그러느라 대용의 갓이 벗겨져 밟혔다. 선화까지 합세하여 흥분한 부부를 각각 떼어 내었다. 그러는 동안에도 부부는 노파를 향해 험한 욕이란 욕은 다 토해 냈다.

하지만 그 누구도 말릴 수 없었다. 한순간 자식을 잃은 부모라면 누구라도 응당히 그럴 것이다.

"잠시만, 잠시만! 진정들 하시오!"

대용이 목소리를 높여 상황을 정리했다.

그제야 부부의 눈이 노파에서 대용에게 돌아왔다. 노파의 행색과는 다른 대용 일행을 보고는 아비가 차분한 목소리로 물었다.

"뉘…… 신지요?"

대용은 땅에 떨어진 갓을 주워 흙을 털고 구겨진 곳을 손으로 눌러 펴며 답했다.

"지나가는 나그네입니다. 아까 이 노인의 아드님이 관아로 끌려간 것을 보고, 자세한 연유를 알아보고자 여기까지 찾아왔습니다."

어미가 허망하게 세상을 떠난 딸의 시신 앞에 다시 주저앉아 통곡했다.

"흑흑, 나리. 저 할망구의 짐승 같은 자식이 저희 딸을……. 흑흑."

"육손이 놈은 여직 우리 딸을 흠모해 왔습니다. 값도 안 받고 돼지고기나 사골을 종종 갖다 주었지요. 그런데 이놈이……."

아비의 설명을 들은 대용은 조금 의아한 생각이 들었다. 백정이 잡고 남은 고기를 몰래 챙겨서 줄 정도로 애틋한 연심을 품었다면, 그 상대를 그렇게 죽일 이유가 없지 않을까 싶어서였다.

"허나 육손이의 어미인 이 노인 말로는 그날 새벽 육손이가 방 밖으로 나가지 않았다고 합니다. 진짜 범인이 따로 있을 여지가 있다면, 이 역시 명명백백하게 밝혀야 먼저 눈 감은 따님의 원한을 조금이라도 풀 수 있지 않을까 싶습니다."

딸의 시신 위에 엎어져 울고 있는 어미를 감싸 안으며 함께 통곡하던 아비가 대용의 말을 듣고 잠시 멍하니 뭔가를 떠올리려 안간힘을 썼다.

"아닙니다. 범인은 육손이가 분명합니다요. 우리 딸이 이런 꼴로 발견된 저쪽 강가 풀숲에서 관아 포졸들이 피 묻은 칼을 찾아냈습니다요. 칼 손잡이에 '육肉' 자가 쓰여 있었습니다요. 도축장에서 사용하던 칼이라고 했습니다요."

아비의 증언을 듣고 대용이 노파에게 다시 물었다.

"아드님이 평소에 칼을 어디에 보관했었습니까?"

"그야, 도축장에 둘 겁니다요."

"도축장은 어딥니까?"

"저희 집 옆에 작게 있습니다요."

도축장을 자유로이 드나들 수 있는 사람이라면 거기서 칼을 갖고 나올 수도 있을 것이다.

"관아에서 시신을 보고 갔습니까?"

이번엔 아비에게 물었다.

"벌써 보고 갔습니다요."

"뭐라고 합니까?"

"아무 말도 해 주지 않았습니다요."

"그럼 제가 잠시 살펴봐도 되겠습니까?"

아비는 어쩔 줄 몰라 하며 잠시 망설였다. 딸의 처참한 꼴을 낯선 이에게 보이고 싶지 않았던 것이다. 더군다나 아무리 시신이지만 사내에게 딸의 몸 곳곳을 들여다보게 할 수는 없는 일이었다.

"제가 보겠습니다."

그때 선화가 나섰다.

선화가 부부 앞에서 상투를 풀자 검고 긴 머리카락이 어깨 위로 내려왔다. 그 모습을 본 부부의 얼굴에는 어안이 벙벙한 기색이 가득했다.

"그간 사정이 있어서……. 제가 시신을 살펴도 되겠습니까?"

그제야 부부는 고개를 끄덕였다. 대용과 아산은 마치 짠 듯이 두어 발자국 뒷걸음을 치고 몸을 옆으로 돌려 시신을 들여다보지 않겠다는 의지를 내비쳤다.

선화는 심호흡을 크게 한 번 하고 시신을 덮은 거적을 조심히 치웠다. 처참하게 살해된 미선의 얼굴이 보였다. 선화는 잠시 눈을 감고 망자의 명복을 빌었다. 그러고는 본격적으로 시신을 살펴보기 시작했다.

시신의 입가에 핏자국이 사람 손 형태로 그려져 있었다. 손에는 피 묻은 흔적이 없었다. 이 손자국의 주인은 따로 있을 것이다. 예상과 다르게 시신에는 옷이 입혀져 있었다. 딸의 처참한 모습을 보고, 부부가 얼기설기 입혀 놓은 것처럼 보였다.

선화는 저고리와 치마를 들춰 보면서 몸 곳곳에 난 작은 생채기까지 유심히 살폈다. 시신 어느 곳에도 칼에 찔린 흔적이나 출혈로 볼 만한 상처는 보이지 않았다. 그렇다면 입가의 손자국은 범인의 것이고, 어떤 연유인지는 몰라도 피가 묻은 손으로 망자의 입을 틀어막았을 것이다.

목에도 두 개의 멍울이 보였다. 목을 졸랐을 때, 강하게 누른 엄지손가락 자국이었다. 한쪽 멍울에도 미세하게 핏자국이 보였다. 자국의 위치로 보아 왼손이었고, 왼손에 피가 묻어 있었던 것이다.

선화가 시신의 옷을 다시 정돈한 뒤 조심히 거적을 덮고 나서 아비에게 물었다.

"내가 보기에는 없었는데 혹시 따님이 칼에 베이거나 피가 날 정도로 다친 적 있습니까?"

"그런 적은 없습니다."

'미선은 목이 졸려 죽었다. 구타당한 흔적은 있지만 출혈이 날 정도는 아니었다. 그럼 범인의 왼손에 묻은 피는 누구의 피란 말인가?'

잠시 생각하던 선화가 대용과 아산에게만 들릴 정도로 작게 속삭였다.

"망자의 얼굴과 목에 피 묻은 손자국이 있었소. 한데 시신에는 칼에 찔린 상처나 피를 흘린 흔적이 없었단 말이요."

"그것 참 이상하군. 그럼 범인이 자기 피를 묻혀 놓았다는 건가?"

대용이 잠시 생각에 잠긴 사이 선화가 아비에게 물었다.

"옷은…… 처음에 어떤 모습이었는지 여쭈어도 되겠습니까?"

아비는 잠시 머뭇대다 입을 열었다.

"저고리는 풀어헤쳐진 채였고, 아랫도리는 거의 벗겨져서……."

아비는 차마 말을 잇지 못했다.

"아니, 이게 말이 됩니까, 형님? 이런 능지처참을 해도 시원치 않을 놈!"

아산이 울컥한 목소리로 말했다.

대용은 혼란스러웠다. 끔찍하게 죽은 미선 앞에서 진범을 찾겠다고 진실을 하나씩 밝혀 내는 순간순간이 그 부모에겐 또다른 고통일 수 있다. 하지만 미선의 원한을 조금이라도 풀기 위해선 반드시 진범을 잡아 진실을 밝혀야 한다.

대용은 이내 머릿속에 상황을 정리해 보았다.

'범인은 미선이 반항하지 못하도록 구타하여 정신을 잃게 만든 뒤 몹쓸 짓을 했거나, 하려 했을 것이다. 그리고 미선이 범인의 정체를 발설할 것을 우려해 목을 졸라 죽였다. 범인이 남긴 유일한 증거가 바로 저 핏자국이다.'

옆에서 아산이 뭔가 생각이 난 것처럼 손가락을 튕겼다.

"형님! 그럼 육손이에게 피의 흔적이나 상처가 있는지 보면 되지 않겠습니까?"

"그것도 방법이지. 혹시 모르니 난 강가를 한번 둘러보고 와야겠다. 선화 너는 여기서 망자를 지키고 있고, 아산이 너는 저잣거리에 가서 뭔가를 목격한 이가 없는지 다녀 오거라."

선화와 아산은 고개를 끄덕였다.

여름날 강가는 지난해 다 자란 마른 갈대와 이제 막 자라기 시작한 푸른 갈대가 빼곡하게 서 있었다. 이런 곳이라면 그 어떤 요상한 일이 일어나도 눈에 띄지 않을 것이다.

미선의 시신이 발견된 곳에는 여러 사람이 왔다 가서인지 갈대가 뉘어져 있었다. 대용은 작게라도 핏자국이 있는지 차분히 주변을 살펴보았다. 하지만 어디에서도 핏자국은커녕 불그스름한 색을 띈 그 무엇도 보이지 않았다.

아무 소득 없이 강가를 따라 내려오는 길에 대용의 귀에 아이 울음소리가 들렸다. 저 멀리 아까 떠나온 미선네 초가집이 보였다. 울음소리는 그 집과 머지않은 곳에서 들려왔다.

소리를 따라 어느 초가집에 들어갔더니 어린아이가 자기 몸보다 큰 개를 안고 울고 있었다. 누런색 개의 몸은 축 늘어져 있었고, 가슴은 빨갛게 물들어 있었다.

갑자기 대용의 머릿속에 안개가 가득 들어찼다. 무언가 일련의 살해 사건과 연관이 있을 것만 같은 육감이 대용의 머릿속을 자극한 것이다.

'내 머릿속에 들어찬 안개가 걷히면 분명 진실이 보일 것이다.'

대용은 흐느껴 우는 아이에게 다가갔다.

"흑흑, 누렁아, 엉엉."

"아이야. 그 개 이름이 누렁이인 것이냐?"

꾀죄죄한 모습으로 눈물을 닦던 아이는 대용의 질문에 다른 대답을 해댔다.

"누렁이가, 우리 집 누렁이가 죽었어요. 흑흑."

"어디 좀 보자."

대용은 땅에 떨어진 아무 나뭇가지나 주워 붉게 물든 누렁이의 털을 들춰 보았다. 새빨간 피 때문에 잘 보이진 않았지만 분명 아주 날카로운 것이 관통한 상처가 있었다.

"아이야, 누렁이는 어디서 이렇게 된 것이냐?"

아이는 손가락으로 강가를 가리키며 답했다.

"아침에 누렁이가 안 보여 찾았더니 강가에 이렇게 죽어 있었어요. 흑흑. 불쌍한 우리 누렁이"

대용의 머릿속에서 안개가 서서히 걷혔다. 강가에서 발견된 피 묻은 칼, 살해당한 누렁이, 시신의 얼굴에 묻은 핏자국……. 대용의 머릿속에서 이 마을을 발칵 뒤집어 놓은 살해 사건의 진실이 대강 그려졌다.

'범인은 육손이의 도축장에서 칼을 갖고 나왔다. 그리고 오늘 새벽 혼자 강가에 나와 있는 미선을 덮쳤고 그때 건넛집 개 누렁이가 위험에 처한 미선을 보고 범인에게 달려들었다. 그러자 당황한 범인은 들고 있던 칼로 누렁이를 찔렀고, 소리를 지르려던 미선의 입을 급히 틀어막은 것이다.'

여기까지 진실의 조각을 맞춘 대용이 울고 있는 아이의 손을 꼭 잡았다.

"네 이름이 무엇이냐?"

"희동이요."

"그래. 희동아, 그만 울거라. 내가 누렁이를 이렇게 만든 놈을 꼭 잡아 주겠다."

희동이는 흐르는 눈물을 닦으면서 더 울지 않으려 애썼다.

"네, 나리. 우리 누렁이 죽인 놈 꼭 잡아 주세요."

"네 부모도 이 사실을 아는 것이냐? 다른 말은 없었고?"

"네, 아버지께서는 새벽녘에 누렁이 짖는 소리가 유난히 시끄러워서 잠을 못 주무셨다고 했어요."

"새벽녘이라…… 혹시 그게 언제쯤인지 알고 있느냐?"

"글쎄 저는……."

"그래, 너희 집 어른들은 어디 계시냐?"

"좀 전에 관아로 가셨어요."

그때 저잣거리에 나갔던 아산이 대용을 발견하고 뛰어왔다.

"형님! 관아에서 곧 육손이에게 죄를 따져 묻는다고 합니다. 어서 가 보시지요."

"그래. 알겠다. 저잣거리에서 뭔가 알아낸 것은 있더냐?"

"용의자가 두 명이랍니다. 어제 새벽 강가에 있던 이가 있었나 봅니다."

육손이 아니라면 그자가 범인일 수도 있다.

"난 선화를 데리고 관아로 갈 테니, 아산이 넌 여기 누렁이를 잘 수습해서 관아 앞으로 오거라."

"형님, 이 개가 육손이와 관련이 있습니까?"

"이따 보면 알 것이다."

"알겠습니다. 저도 곧 따라 가겠습니다."

대용은 선화가 있는 미선의 집으로 갔다. 선화는 어쩐 일인지 치마와 저고리를 입고 있었다. 영락없는 여인이었다.

"옷이…… 어찌된 것이냐?"

"이 집을 오가는 이들 때문에 곤욕을 치렀소. 아무래도 당장은 남장을 관둬야 할 것 같아서 양해를 구하고 망자의 옷을 잠시 빌렸소."

"그렇구나. 일단 나와 관아로 가자."

대용과 선화는 노파를 데리고 관아로 향했다.

관아 마당에는 제법 많은 마을 사람들이 모여 있었다. 맨 앞에는 두 사내가 무릎을 꿇고 있었다. 벌써 곤장을 몇 대 맞았는지 육손의 바지에는 핏물이 흥건했다. 다른 한 사람은 남루한 옷에 구멍이 송송 뚫린 갓을 쓰고 있었다.

대용이 먼저 와 있던 구경꾼 하나에게 물었다.

"여보시오. 저기 육손인지, 육발인지 말고 저 남자는 누구요?"

대용의 질문을 받은 남자는 대용의 행색을 한 번 훑더니 되도록 공손히 대답했다.

"저자는 김민서라고 이름만 양반입니다. 조선 팔도를 돌아다닌다고 하는데 우리 고을에서는 한 달쯤 전에 처음 보였습니다."

"한데 저자가 왜 저기 있는 거요?"

"저자가 머물고 있던 김 진사 댁 머슴 동쇠가 그러는데, 저자가 새벽녘에 들어오는 걸 보았다고 합니다. 마침 오늘 새벽에 미선네 옆집에 사는 박평이라는 자가 오줌 누러 나오다가 강가에서 저자를 보았다고 했습니다요."

잠시 후 현감이 나와 가운데 비워 둔 의자에 앉았다.

"시작하라!"

"네, 현감 나리."

현감을 보좌하는 향리인 이방은 그리 대답한 뒤 몸을 돌려 많은 사람들이 들을 수 있도록 크게 소리쳤다.

"지금부터 강가에서 발견된 시신의 살해 죄를 묻는 문초가 있겠소. 사건에 대해서는 형방이 발표해 주시오."

관아 마당에서 채찍을 든 남자가 크게 말하기 시작했다.

"오늘 아침 미선이라는 아녀자의 아비가 강가에서 겁탈 흔적이 있는 시신을 발견했습니다. 검시한 오작인시신을 검시하고 사인을 밝히는 지방 관아 소속 하인은 목에 남은 멍울로 보건대 겁탈 후 목을 졸라 죽였을 거라 합니다."

형방이 말을 끝내자, 관아 이곳저곳에서는 '쳐 죽일 놈', '나쁜 놈', '짐승만도 못한 놈' 등 온갖 욕설이 터져 나왔고, 울먹이고 훌쩍이는 소리도 들렸다. 형방은 계속 할 말이 남았는지 채찍을 한 번 휘두르고는 소리쳤다.

"자자, 조용히 하시오. 용의자는 여기 두 명입니다. 양반 김민서는 새벽에 강가 근처에서 목격되었고, 백정 육손은 망자의 집 근처에 제 어미와 함께 살고 있습니다. 평소 망자를 흠모하고 있었다고 합니다. 강가에서는 피 묻은 칼이 발견되었는데, 육손이 소, 돼지를 잡을 때 쓰는 칼임을 확인했습니다."

형방의 말이 끝나자마자 어디선가 돌멩이가 날아와 육손의 등짝을 맞혔다. 형방의 설명이 계속될수록 육손에게 불리했다. 무엇보다 백정이라는 신분은 사람들이 육손을 살인자라고 생각하게 만드는 강력한 증거로 작용했다.

관아가 소란스러워지자 대청 위의 현감이 등채를 높이 들었다. 이방이 급히 좌중을 진정시켰다. 잠시 후 관아가 잠잠해진 틈을 타 자리에서 일어난 현감이 문초를 시작했다.

"육손이 네 이놈! 이렇게 피 묻은 네 칼이 바로 옆에서 발견되었는데 아직도 발뺌이냐! 얼른 이실직고하지 못할까?"

육손은 고개를 들어 현감을 똑바로 보고 절규했다.

"사, 사또 나리, 소, 소인이 어떻게 거, 거짓을 말하겠습니까요. 저, 저는 미선 낭자를 죽이지 않았습니다요."

"그럼 네 칼이 왜 거기서 발견된 것이냐? 설명해 보거라."

"저, 저도 모릅니다요. 저, 전 방에서 자고 있었습니다요."

"그러니 그걸 증명해 줄 사람이 있어야 하는데 아무도 없질 않느냐? 네 어미는 분명 너를 감싸느라 거짓을 말할 테고!"

"사, 살려 주십시오. 전 범인이 아닙니다요."

현감은 이번엔 고개를 돌려 김민서에게 물었다.

"사람들 말로 김민서 자네는 오늘 새벽 강가에 나와 있었다는데. 거긴 왜 간 것인가?"

"네, 현감 나리. 전 어제 밤늦게까지 주막에서 술을 마셨습니다."

"그래. 그건 확인을 했다. 네가 주막에서 자시_{밤 12시경} 넘어서까지 있었다는 건 주모가 확인해 주었다. 한데 김 진사 댁 머슴은 자네가 인시_{새벽 4시경}가 지나서 들어왔다고 했다. 주막을 나와 두 시진_{네 시간} 동안 무얼 했느냐?"

"술을 깨기 위해 잠시 강가를 걸었습니다. 강에 비친 달을 보니 고향 생각이 나서 시를 한 수 지으며 나름의 풍류를 즐겼습니다."

시원찮은 대답이었다. 과연 그것으로 설명이 될까 싶었지만, 현감은 양반의 말이라고 믿는 눈치였다. 그 모습을 보고 있던 대용의 가슴에서 뜨거운 것이 오르락내리락하는 것 같았다.

어디서 나온 자신감인지 김민서는 바로 옆의 육손을 가리키며 말했다.

"현감 나리, 저는 사서삼경을 읽고 삼강오륜이 몸에 밴 선비입니다. 어찌 선비가 살인을 하고 살생을 하겠습니까? 저는 개구리 한 마리 잡지 못합니다. 한데 이놈은 소도 잡고 돼지도 잡는 백정 놈입니다. 사람이라고 별반 다르겠습니까?"

육손의 몸이 벌벌 떨렸다.

"아…… 아닙니다요. 제가 사람을 죽이다니요."

현감은 손에 든 등채로 육손을 겨누고는 호통을 쳤다.

"네 이놈, 육손이! 들리는 것처럼 망자에게 연정을 품은 게 사실이냐? 그렇다면 너 같은 백정 놈을 멀리하려던 망자를 욕보이고 죽인 것이 아니더냐?"

"아이고, 나리. 제, 제가 미선 낭자를 왜 죽입니까요? 어, 억울합니다요."

"이런 고얀 놈을 봤나! 말로 해서 안 되겠군. 여봐라. 이놈을 데려다 곤장을 다시 쳐라."

마당 양쪽에 서 있던 포졸이 육손이를 들어 형틀에 단단히 묶었다. 잠시 후 기다란 곤장을 높이 들어 양쪽에서 번갈아 내리쳤다. 육손의 끔찍한 비명이 관아 가득 울려 퍼졌다.

이대로 놔두면 육손은 죽을 것이다. 대용은 밀집한 사람들을 제치고 현감 앞으로 나갔다.

"현감 나리! 진짜 범인이 누군지 알 것 같습니다."

대용의 한마디에 관아에 있던 모든 사람들의 눈과 귀가 대용에게 모였다. 곤장을 내리치던 포졸들도 순간 동작을 멈추었다.

현감이 대용을 등채로 가리키며 물었다.

"자네는 누구인고? 행색을 보니 반가의 사람인 것 같은데. 그리고 진범을 알고 있다는 말은 곧 저놈이 아니란 얘기인 것이냐?"

대용은 굳이 양반임을 내세우는 게 싫었지만, 지금 올바른 말을 하고 육손을 살리려면 할아버지를 팔아야 했다.

"그렇습니다, 현감 나리. 저는 홍대용이라고 합니다. 제 조부의 존함은 대사간을 지낸 홍, 용자, 조자이십니다."

가평 현감은 종6품이었다. 대사간은 정3품의 당상관이니 모를 리 없었다.

현감의 얼굴에 미소가 생겼다.

"아아! 대사간 어른은 나도 잘 알고 있다. 그런데 그 손주가 우리 고을에는 어인 일인고?"

"양주목 석실서원에 있다가 급히 해결할 일이 있어서 지금은 강원도 고성으로 향하던 중입니다."

현감은 고개를 끄덕였다. 양주에서 고성으로 가려면 가평을 지나야 했기 때문이다.

"그래. 한데 자네가 진범을 어찌 아는가?"

"섣불리 진범을 밝힐 수는 없습니다만, 이 중에 거짓을 고하는 자가 누구인지는 알고 있습니다. 현감 나리의 문초를 유심히 지켜보았습니다. 그때 어떤 자가 거짓을 고하는 걸 보았습니다"

"뭣이야? 그게 누군가? 분명 떳떳하지 못하니 내 앞에서 거짓을 고했구나."

대용은 몸을 돌려 김민서를 바라보았다. 가늘게 난 수염과 기름기가 번지르르 흐르는 얼굴이 대용을 마주 바라보고 있었다.

"김민서, 바로 저자입니다."

대용이 자신을 지목하자 김민서의 째진 눈이 순식간에 커졌다. 그리고 자리를 박차며 일어섰다.

"내가 무슨 거짓을 고했단 말이냐."

"아까 오늘 새벽 강물에 비친 달을 보았다고 했지 않습니까?"

"그랬다."

"주막에서 일어난 때가 자시였으니 분명 새벽에 뜬 달이겠지요?"

"그랬다니까. 달 보는 것도 잘못이더냐?"

대용은 다시 몸을 돌려 현감을 바라보았다.

"현감 나리, 이자가 달을 보며 시를 지었다고 했는데 바로 그것이 거짓입니다."

김민서가 기다리지 못하고 자신의 가슴을 탁탁 치며 소리쳤다.

"현감 나리, 저 수염도 안 난 놈이 왜 저를 모함하는지 모르겠습니다."

대용이 김민서를 똑바로 바라보고 입을 뗐다.

"사서삼경의 말씀을 배우는 것 못지않게 중요한 것이 있습니다. 바로 천문학입니다."

"그깟 천문학인지 뭔지가 왜 나오는 것이냐."

"그깟 천문학인지 뭔지가 당신의 거짓말을 곧 밝혀 낼 것입니다."

대용은 숨죽인 채 이 상황을 구경하던 사람들 앞에 섰다.

"여러분! 여러분은 농사를 짓다 보면 달의 형태가 매일 변한다는 걸 알게 되지 않습니까? 달은 그 형체가 없는 삭으로 시작해서 오른쪽부터 차오르기 시작하지요. 손톱 모양의 초승달, 상현달, 보름달이 되면 꽉 차게 되고 다시 오른쪽부터 빠지기 시작해 하현달, 그믐달로 변합니다. 이 주기는 정확해서 한 달 동안 반복됩니다."

관아에 모인 사람들이 대용의 말을 듣고 고개를 끄덕이며 웅성거렸다.

"여러분, 오늘이 며칠입니까?"

"3일이지요."

노인 하나가 대표로 대답했다. 대용은 노인에게 다시 물었다.

"맞습니다. 그럼 달은 어떤 모양이 되겠습니까?"

"2~3일이 초승달, 7~8일 정도면 상현달, 15~16일 정도가 보름달, 22~23일 정도가 하현달, 28~29일이 되면 그믐달이 됩니다요. 오늘은 3일이고, 어제는 2일이니 초승달이 됩니다."

대용이 다시 말했다.

"맞습니다. 저도 엊저녁 강가에 비친 초승달을 바라보며 석반을 먹었습니다. 한데 그 초승달이라는 것은 초저녁에 떠서 금방 져 버립니다. 새벽에는 초승달을 절대 볼 수 없습니다."

대용은 검지를 쫙 펴서 김민서의 얼굴을 가리켰다.

"오늘 새벽에는 달을 볼 수 없었습니다. 그러니 당신이 달을 보고 시를 지었다는 말은 거짓이거나, 꿈속에서나 가능한 일입니다."

거짓이 들통 난 김민서의 눈알이 빠르게 굴렀다. 대용은 다시 뒤돌아 현감에게 말했다.

"현감 나리, 믿기 어려우시면 조금 더 기다렸다가 이따 떠오른 초승달을 한 번 보셔도 됩니다. 이자는 오늘 새벽 절대 달을 보며 시를 지을 수 없었습니다."

현감은 등채로 한쪽 손바닥을 탁탁 쳤다.

"김민서, 자네 정말로 거짓을 고했는가?"

"수, 술에 취해 깜박했습니다. 달이 아니라 별이었던 것 같습니다. 맞습니다, 별입니다. 분명 별을 보며 시를 읊었습니다."

김민서의 어줍잖은 변명에 대용은 쯧쯧, 혀를 찼다.

"양반으로서 부끄럽지 않습니까? 자기 죄를 고백하고 벌을 달게 받으시오. 거짓으로 계속 상황을 모면하려는 꼴이 흉합니다."

하지만 김민서는 아랑곳하지 않고 오히려 큰소리쳤다.

"어허, 아무리 자네 할애비가 대사간 어른이라 할지라도 명백한 증거도 없이 양반을 모함하다니!"

대용은 고개를 가로저었다.

"이 나라 조선은 당신 같은 양반 때문에 망할 것입니다. 당신이 어찌 금수와 초목보다 낫다고 할 수 있겠습니까?"

"뭐, 그, 금수?"

두 사람의 감정이 격해지자 현감이 근엄한 목소리로 말했다.

"자자, 조금 가라앉히고 생각해 보자. 김민서의 주장에도 일리가 없진 않다. 홍대용, 자네는 김민서가 범인이라는 증거를 여기서 보일 수 있는가? 단순히 거짓을 고했다는 것이 살인자라는 증거가 되지는 않을 것이다."

계획대로 누렁이의 사체와 미선의 얼굴에 남은 핏자국의 관계를 설명하면 될 것이었다. 하지만 이 역시 칼을 더 잘 쓰는 육손이에게 덮어씌울 게 분명했다.

대용의 대답을 재촉하듯 현감이 말을 이었다.

"할 말이 더 없는가?"

"조금 전 망자의 시신이 발견된 강가에서 칼에 찔려 죽은 개가 발견되었습니다."

대용의 말에 관아 안이 다시 소란해졌다.

"자자, 조용! 조용하시오!"

잠자코 서 있던 형방이 사람들을 조용히 시켰다. 대용이 다시 말을 이었다.

"누렁이라고, 망자의 이웃집 개입니다. 그리고 그 근처 육손이네의 이웃집 개이기도 합니다. 평소 마을 사람들에게 예쁨을 받던 개라고 합니다. 그런 개가 누군가에게 달려들었다가 봉변을 당한 것으로 보입니다."

현감은 흥미가 돋는다는 듯 자세를 고쳐 앉은 상태에서 도통 모르겠다는 표정으로 대용에게 물었다.

"그래서, 그게 김민서와 무슨 관계가 있을꼬?"

"김민서가 범인이라는 것보다 육손이가 범인이 아니라는 증거가 더 맞을 듯합니다."

대용이 대답을 마치자마자 대용의 등 뒤에서 누군가 뛰어들었다. 마치 한 줄기 빛이 구름 사이를 뚫고 나오듯 사람들 틈으로 선화가 보였다.

"여기 증거가 있습니다."

"넌 또 누구냐?"

선화는 옆에 선 대용에게 눈짓하며 말했다.

"여기 이분이 제 오라버니입니다."

"뭐? 아…… 아니, 저는 동생이……."

선화는 황당해하는 대용을 아랑곳하지 않은 채 당당히 현감 앞에 섰다.

"알았다, 알았어. 어서 증거가 무엇인지 말해 보거라."

선화는 기다렸다는 듯 두 손을 모아 공손히 인사를 했다.

"나리. 하지만 증거를 말씀드리기 전에 사실 확인을 위하여 이 사람들에게 몇 가지 묻고 싶습니다. 특히 육손이에게 무엇을 시켜 보고 싶은데 잠시 형틀에서 풀어 주셨으면 합니다."

"좋다. 여봐라!"

현감의 얼굴에는 지칠 대로 지친 기색이 역력했다. 포졸들이 육손을 형틀에서 풀어 바닥에 앉혔다. 그러자 육손이 넙죽 엎드렸다.

"육손이 자네는 고기를 썰 때 어떻게 썰지?"

선화가 엎드려 있는 육손에게 말했다.

육손은 선화의 엉뚱한 질문에 고개를 갸웃대다가 자포자기한 듯 말했다.

"네, 아씨. 어떻게라니요, 칼로 썹니다요."

대답을 들은 선화가 손에 든 나무 작대기를 육손에게 건네며 말했다.

"이걸 칼이라 생각하고 고기 써는 시늉을 해 보겠나."

육손은 선화의 황당한 제안에 고개를 갸웃거리면서도 작대기를 받아들었다. 그러고는 허공에 대고 고기 써는 시늉을 했다. 여기저기서 헛웃음 소리가 들렸다.

"좋다. 그만해도 된다."

선화는 육손에게서 작대기를 다시 건네받았다.

"다음은 김민서 어른께 묻겠습니다. 별을 보며 시를 지었다고 했는데 그때 지은 시…… 볼 수 있습니까?"

"어느 양반이 항시 지필묵을 가지고 다닌단 말이냐? 머릿속에 지었다는 말이다."

바로 그때 선화가 손에 든 작대기를 기습적으로 김민서에게 던졌다. 김민서는 재빠르게 왼손을 뻗어 날아오는 작대기를 잡았다.

"이게 뭐 하는 짓이냐? 무례하게."

선화는 아무 말 없이 고개를 끄덕이더니 대청 위에 앉아 있는 현감에게 머리를 조아렸다.

"현감 나리, 저는 방금 이 두 사람이 어느 손잡이인지 실험을 해 본 것입니다. 보신 바와 같이 육손이는 오른손잡이가 분명하고, 김민서 어른은 왼손잡이가 맞을 것입니다요."

"아니, 그게 무슨 소리냐? 오른손, 왼손이 무슨 상관인 것이냐?"

현감은 당혹스러운 얼굴로 선화에게 물었다.

"시신을 살펴보던 중 입가에 핏자국이 묻어 있었는데, 손가락의 위치를 볼 때 왼손바닥과 다름없었습니다. 무엇보다 목에 남은 멍울 자국에도 힘을 잔뜩 준 왼손 엄지손가락 모양으로 핏자국이 남아 있었습니다."

선화의 설명이 김민서의 속마음을 건드렸는지, 김민서는 벌겋게 달아오른 얼굴로 소리치며 날뛰었다.

"이년! 왼손잡이라는 이유로 내가 사람을 죽였다는 말이냐? 목이 졸려 죽은 여인은 피를 흘리지 않았다고 하던데, 그럼 네가 말한 그 핏자국은 누구 것이더냐!"

포졸들이 급히 들어와 길길이 날뛰는 김민서를 막아 세웠다. 현감은 계속 설명을 요구하듯 선화를 바라보고만 있었다.

"누렁이입니다. 아까 저희 오라버니가 말한 바로 그 개의 피옵니다."

그때 관아 입구 쪽에서 소란이 일어났다. 사람들이 웅성대는 소리 때문에 선화는 말을 멈췄다. 아산이 수레를 끌고 나타난 것이다. 수레에는 거적 하나가 무언가를 덮고 있었다.

"옳지, 딱 맞춰 왔구나!"

대용은 괜히 아산이 반가웠다.

"현감 나리, 방금 누렁이의 사체를 가져왔습니다. 관아 안까지 들어가도 되겠습니까?"

"그래, 그럼 한번 보자. 들여보내라."

현감은 입구를 막고 있던 포졸에게 길을 트라고 명했다. 그러자 아산은 수레를 마당 한가운데로 끌고 왔다.

대용이 수레로 다가가 덮인 거적을 들어 올리자 아까보다 더 딱딱하게 굳은 누렁이의 사체가 드러났다. 지켜보던 이들 중에는 마치 못 볼 걸 본 듯 손으로 눈을 가리는 사람과 쯧쯧, 혀를 차며 안타까워하는 사람도 있었다. 선화는 주검이 된 누렁이 앞에서 양손을 모은 뒤 눈을 감았다.

대용은 잘 보이도록 누렁이의 가슴 털을 작대기로 들어 올렸다. 아까보다 피가 굳어 뭉친 털 때문에 상처가 쉽게 보이지는 않았지만, 분명 날카로운 자상이 뚜렷이 남아 있었다.

"제 추론이 맞는지 다들 한번 들어 보십시오."

대용이 당차게 말을 시작했다. 마치 확신이 없으면 결코 꺼낼 수 없는 이야기를 세상에 풀어놓을 것처럼.

"누렁이는 망자의 이웃집 개입니다. 평소 누렁이는 망자만 보면 꼬리를 흔들 정도로 따랐습니다. 한편 망자에게 흑심을 품고 있던 자가 있었습니다. 얼마 전 이 마을에 들어온 양반 김민서는 밤늦게 술을 마시고 거처로 들어가는 길이었습니다. 마침 강가에는 아직 제 집에 들지 않은 누렁이가 서성이고 있었습니다. 그런 누렁이에게 망자는 삶은 닭고기라도 한 입 주려고 집 앞에 나왔던 것이지요. 하지만 김민서의 눈엔 그저 여인만 보였을 테고, 개만도 못 한 짓을 하려다 자신에게 달려든 누렁이를 찔러 죽이고 맙니다. 그런 다음 누렁이의 피가 묻은 손으로 망자를 욕보이고 목을 졸라 살해한 것입니다. 어떻습니까? 제 추론이."

"크크크, 하하하! 억지입니다, 억지."

김민서가 실없이 웃으며 대꾸했다.

"누렁인지 개새끼인지를 죽인 칼이 육손이 저놈 것이라 하지 않았소? 한데 내가 어떻게 우연히 만난 저, 저 누구였더라. 아무튼 그 계집을 겁탈하려다 저 개를 도축장에 있는 칼로 찔러 죽였단 말이오? 뭐, 내가 그 와중에 도축장까지 가서 칼이라도 훔쳐 왔다는 말이오?"

김민서의 변론이 그럴듯하게 들렸는지 사람들이 웅성댔다. 그러자 아산이 대용 곁으로 와서 무언가를 건넸다.

"이거 본 적 없소?"

대용의 손에는 피 묻은 칼 한 자루가 들려 있었다.

"아니, 범인이 버리고 간 칼이 왜 거기 있는 것이냐?"

현감이 당황한 목소리로 물었다.

"이 칼이 누렁이를 찔러 죽인 진짜 칼입니다. 애초에 김민서는 육손이의 칼을 갖고 있지 않았습니다. 이 칼은 망자인 미선 여인이 들고 있었습니다."

"그게 무, 무슨 말이냐. 그럼 미선이 누렁이를 찔렀단 말이냐?"

"그건 아닙니다. 미선 여인은 제 어미의 생신상을 차릴 요량으로 아침 일찍 닭을 잡을 생각이었습니다. 그래서 칼을 갈아 두고 침소에 들려다 집 밖에서 떠돌고 있는 누렁이를 만난 겁니다. 그사이 저자가 나타나 덤벼들었고 마침 그때 손에 잡힌 것이 바로 이 칼이었습니다."

"그럼 관아로 가져온 도축장의 칼은 왜 거기 떨어져 있었는가?"

현감의 질문에 기다렸다는 듯 선화가 나서서 말했다.

"강가에서 발견된 건 저자가 망자와 누렁이를 살해한 뒤 몰래 도축장에 들어가 아무 칼이나 들고 나온 것입니다. 누가 봐도 육손이가 범인일 수밖에 없도록 누렁이의 피를 묻혀 던져 놓은 것이지요."

"그렇다면 그 칼은 어디에서 나온 것인가?"

저자가 머물고 있는 김 진사 댁 이부자리 사이에서 찾았습니다.

"아이고, 억측입니다. 칼이 제 방에서 나오다니요. 그게 제가 직접 저질렀다는 증거는 아니지 않습니까?"

그때 아산이 굳어 버린 누렁이의 입을 벌렸다. 아직 날카로운 누렁이의 이빨을 보이며 말했다.

"나리, 누렁이의 이빨에 피가 묻어 있고 무언가의 살점이 달라붙어 있습니다. 자기 것은 아닐 테고, 범인의 어딘가를 물었을 겁니다. 이 더운 날씨에 웃옷을 걸친 저자의 팔뚝이 영 불편해 보이긴 합니다요."

김민서의 얼굴은 이제 백짓장처럼 하얗게 변했다. 그 순간 그가 아산에게 달려들었다. 순식간에 벌어진 일이었다. 바로 그때 선화가 아산에게 달려드는 김민서의 옆구리를 발차기로 날려 버렸다.

퍽!

"으억!"

김민서는 와당탕 소리를 내며 바닥에 거꾸러지고 말았다. 한 발 늦게 달려온 포졸들이 김민서를 움직이지 못하게 붙잡았다.

자신의 범행을 자백한 것이나 마찬가지였다. 현감의 눈빛에는 노여움이 가득했다.

"여봐라. 당장 저놈의 팔을 들춰 봐라."

포졸들이 몸부림치는 김민서의 웃옷을 벗겨 왼팔을 걷자 팔

안쪽에 시퍼런 이빨 자국이 선명히 보였다.

"저…… 버러지 같은 놈! 당장 저놈을 옥에 가두어라. 저놈이 저지른 극악무도한 짓은 물론 여죄까지 단단히 물을 것이다!"

김민서는 그제야 울먹였다.

"현감 나리, 용서해 주십시오. 술에 취해 그만……."

"술에 취하면 뭐든 해도 된단 말이냐? 술이 문제가 아니라 네 자체가 문제다. 귀중한 생명을 둘이나 욕보이고 살육한 죄, 내가 제대로 물을 것이다. 썩 물러나거라."

포졸들이 김민서를 포박한 뒤 어딘가로 데리고 갔다.

현감이 자리에서 일어나 대용 앞까지 와 섰다.

"홍대용이라고?"

"네, 현감 나리."

"역시 뛰어난 가문의 자손답군. 자네 같은 인재야말로 훗날 조정에 큰 도움이 될 걸세."

"말씀 고맙습니다. 하지만 소인은 주류가 아닌 생을 살고 싶습니다."

"하하! 농하지 말게나."

대용은 농이 아니었지만 현감은 당연히 농으로 받아들였다. 그런 현감에게 일일이 자신의 생각을 설명하는 건 쉽지 않았다.

"그럼 전 잠시 멈춘 유랑 길에 다시 오르겠습니다. 이 마을에 신세 많이 지고 갑니다."

가평을 떠난 홍대용 일행은 다시 걷기 시작했다. 대용이 서둘러 앞서가던 선화와 걸음을 맞추었다.

"선화, 너는 총명한 데다 담력도 참 세더라. 네가 육손이를 구한 거나 다름없다."

"육손이를 구했다기보다, 억울하게 참변을 당한 여인의 원한을 직접 풀어주고 싶었소. 누렁이의 원한도 더해서 말이오. 대용 도령도 고생이 많았소."

"언제는 오라버니라 했다가 왜 다시 도령이라는 게냐?"

"어른 취급을 받고 싶은 거요? 아님 사내 취급 받고 싶은 거요?"

"에헴…… 아니 뭐, 그냥 말해 봤다. 아산아, 뭘 그렇게 꾸물대느냐!"

대용은 민망했는지 괜히 아산에게 윽박을 질렀다.

다시 남장 여인으로 돌아온 선화의 걸음걸이가 시원시원했다. 그 모습에 대용은 왠지 모르게 웃음이 났다.

"두 사람만 공이 크답니까? 저도 적지 않게 도움을 드렸지 않습니까? 형님!"

"하하하, 맞다, 맞아!"

"형님, 길을 떠나면서 줄곧 생각해 봤는데 말입니다. 이렇게 아무도 모르는 내막을 알아내며 유랑하고 있으니 '정탐할 정侦', '찾을 탐探' 자를 써서 우리 세 사람을 '정탐꾼'이라 불러도 좋을 것 같습니다. 어떻습니까?"

"누가 그리 불러 준다더냐?"

대용의 반문에 아산이 대꾸했다.

"처음부터 우릴 그렇게 소개하면 되지 않겠습니까?"

앞에 가던 선화가 아산의 말을 들었는지 뒤돌아 슬쩍 말을 거들었다.

"셋이니 '정탐단'이 좋을 것 같구나."

"그래? 그렇단 말이지. 그럼 내 호를 따서 '담헌 정탐단'은 어떠하냐?"

"왜 도령의 호를 딴답니까?"

"내가 대장…… 아니었나?"

선화는 대용의 엉뚱한 반응을 보고 자기도 모르게 피식 웃음을 터트렸다.

"전 다 좋습니다, 형님!"

"유랑 중에 정의와 공의로 어려운 사람들을 돕는 데 치중하는 게 좋을 것 같소만."

아산의 신난 말투와는 대조적으로 선화가 조심스레 말을 꺼냈다.

"아! 그거 좋겠군. 그게 실옹 어르신의 뜻을 따르는 것 아니겠느냐."

그때 저 멀리서 누군가 내지르는 소리가 메아리처럼 들렸다. 낯익은 사내가 정신없이 뛰어오고 있었다.

"나리, 나리!"

육손이었다. 육손의 큰 몸이 어느새 세 사람 앞에 도착했다. 육손은 숨 쉬는 것도 힘들어 보일 정도로 한동안 헥헥대다가 대룡의 발 앞에 넙죽 엎드렸다.

"아니, 네가 어떻게……"

"헉헉, 나리, 고성까지 가시는 길 제가 모시겠습니다요."

"이놈아, 네 어머니는 어쩌고 왔느냐?"

"엄니는 세 분께 진 은혜를 갚으라며 어서 다녀오라고 했습니다요."

고성까지 가려면 강원도 진부령을 넘어야 한다. 그 길에는 산짐승은 물론 언제 어디서 나타날지 모르는 화적단도 있다. 자칫 산길을 잃는다면 고성에 당도하기도 전에 목숨을 잃을 수 있었다. 무엇보다 일찍이 엽전 꾸러미를 도둑맞은 걸 생각했을 때, 육손과 동행한다면 마음부터 든든할 것이다.

"선화, 네 생각은 어떠냐?"

"담헌 정탐단의 대장이 알아서 하시오."

그렇게 대용의 일행, 아니 담헌 정탐단의 일원이 하나 더 늘었다.

제5장
귀신이 곡할 노릇

아직 해가 뜨기도 전 담헌 정탐단은 춘천도호부를 떠났다. 며칠 동안 넷이서 가평을 지나 춘천을 거쳐 이제 곧 고성이 코앞이었다. 하지만 고성에 이르기 위해선 태백산맥을 넘어야 한다. 소양강을 따라 올라가 오늘 내로 인제현에 도착하려면 새벽부터 부지런히 걸어야 했다.

인제까지는 백오십 리_{약 60㎞}나 더 걸어야 하지만 강원도는 산세가 험하고 도중에 잠시 쉴 수 있는 마을이 마땅치 않아서 거의 여섯 시진_{열두 시간}은 꼬박 걸어야 한다. 사실 백 리만 걸으면 양구현에 당도할 수 있지만, 그곳에서 고성으로 넘어가려면 아찔한 높이의 산들을 넘어야 한다. 반면 인제현에서는 비교적

넘기 수월한 진부령만 넘으면 되었다.

호수 저편에서 물안개가 피어올랐다. 잔잔히 흐르는 물이 수정처럼 투명해 마치 산천어가 노니는 것처럼 보였다. 피어오른 물안개 때문인지 저 멀리 산등성이 흐릿하여 몽환적으로 보였다. 인제를 향해 걸을수록 거대한 호수는 강이 되었고 산길을 따라 그 줄기는 점점 좁아졌다 넓어졌다를 반복했다.

그렇게 세 시진쯤 걷자 강가의 아름다운 경치도 정탐단의 배고픔을 달랠 수 없었다. 게다가 중천에 뜬 해가 배고픔을 놀리듯 강렬한 빛을 발산하고 있었다.

"조금 쉬었다 가자."

대용이 적당한 그늘을 찾아 털썩 주저앉았다. 대용의 등짐을 대신 멘 육손이 대용 곁으로 와 말했다.

"나리, 시장하지 않으십니까요?"

"한데 지금 먹을 것이 없다."

"제가 구해 볼까요?"

"여기서 무얼 구할 수 있단 말이냐?"

"산속에는 동물들이 많지요."

"잡을 수 있겠느냐?"

"녀석들의 길목에 올가미를 달아 놓고 한 시진쯤 기다리면 되지 않을까 싶습니다요."

대용은 난감했다. 인제까지는 겨우 반밖에 오지 못했다. 여기서 한 시진을 허비하면 해가 저문 상태로 산길을 걸을 수밖에 없다.

"대장, 이제 우리도 가진 게 없으니 인제에 도착한들 배불리 먹고 쉴 수 있다는 보장이 없지 않소? 육손이를 한번 믿어 보는 건 어떻습니까?"

옆에서 선화가 말했다. 선화는 이제 도령이나 오라버니 대신 대용을 대장이라고 곧잘 불렀다.

"과연 그렇겠구나. 육손이 너는 적당한 곳에 올가미부터 달고 뭐라도 잡아 보거라. 내가 언젠가 땅 밖으로 드러난 참마 줄기를 본 것 같다. 산을 잘 뒤져 보면 참마를 캐서 요기할 수 있겠다."

아산은 불 피울 준비를 했다. 대용은 선화와 함께 산속으로 들어갔다.

산속에는 손바닥 모양의 떡갈나무, 신갈나무가 가득해서 대낮인데도 어두침침했다. 역시 선화는 급하게 경사진 곳도 능숙하게 잘 올라갔다. 반면 대용은 별 볼일 없는 바위도 제대로 못 밟고 미끄러지고 넘어졌다.

"대장! 여기 있소."

선화는 손바닥만 한 크기의 넝쿨 잎을 가리켰다. 참마 줄기였다. 줄기는 어린 나무를 또아리 틀 듯 감겨 오르고 있었다.

"참마 뿌리는 가느다랗고 잘 부러지니 조심히 캐야 하오. 내가 하는 것 잘 보시오."

선화는 참마 줄기가 시작된 땅 한쪽을 뾰족한 나뭇가지로 파기 시작했다.

"참마를 자르면 하얀 진액이 나오는데 그것이 기력 회복에 좋은 강장제로 쓰입니다."

"넌 어찌 이런 것을 잘 아느냐?"

"내가 어디서 지냈는지 벌써 잊었수?"

그사이 선화는 참마를 탈탈 털면서 뿌리까지 들어냈다. 선화가 캔 참마는 열 치약 30cm 정도 크기로 다듬잇방망이와 닮아 있었다.

"참마를 구워 먹으면 얼마나 맛있는 줄 아시오? 이따 기대해도 좋소."

그 후로 대용과 선화는 몇 개의 참마를 더 캐서 산을 내려왔다. 그사이 아산은 널찍한 바위를 찾아 불을 피워 놓았다. 그때 마침 육손이 멋쩍은 얼굴로 돌아왔다.

"나리, 죄송합니다. 토끼 한 마리도 못 잡았습니다요. 이놈들이 날이 더워서 그런지 어디 시원한 데 숨어 안 나오려나 봅니다."

"하하, 할 수 없지. 대신 참마를 좀 캐 왔으니 이걸로 요기해 보자."

"오호라, 참마라면 적잖이 요기가 될 것 같습니다요."

육손은 참마를 한 아름 안고 강가로 가서 깨끗이 씻었다. 그러는 동안 아산이 피운 불 앞에 하나둘 둘러앉았다.

"제가 이놈을 맛있게 구워 보도록 하겠습니다요."

육손은 씻어 온 참마의 물기를 탈탈 털어 불 사이사이 적당한 곳에 넣었다.

"아마 감자보다 더 맛있을 겁니다요."

선화가 나뭇가지를 벗기고 다듬어 만든 꼬챙이로 불 속에 들어간 참마를 이리저리 굴리며 구웠다.

"아산이 너도 참마를 구워 먹어 봤느냐?"

"나도 못 먹어 봤소."

"하긴 서원 안에서 공부만 하는 유생들이라 먹을 일도 없었겠지."

육손이 선화의 말에 추임새를 넣듯 말했다.

"오랜만에 먹으면 더 맛있을 것 같습니다요. 아씨."

"네가 내 입맛과 같구나."

"멧돼지를 잡아 구워 드리려 했는데……."

"혹시 모르니 이따 올가미를 다시 확인해 보자."

그사이 참마가 구워지는 냄새가 고소하게 퍼졌다. 육손은 뜨겁지도 않은지 맨손으로 참마를 꺼내 검댕을 탁탁 털고 껍데기를 벗겼다. 그러자 모락모락 김을 품은 하얀 속살이 모습을 드러냈다.

"나리, 어서 드셔 보시지요."

"고맙다. 너도 들거라."

대용은 육손이 먹기 좋게 건넨 참마를 받아 들고 한입 베어 물었다. 뜨거운 기운이 입안에 먼저 퍼졌지만 곧 참마가 스르르 녹아내렸다. 선화의 말대로 감자보다 고소하고 부드러웠다.

"이것 참 맛있다."

"형님, 정말 감자, 고구마보다도 맛있습니다."

아산이 대용의 감탄에 대꾸했다.

"내가 뭐라 했소. 실컷 드시오."

선화도 입안을 오물오물 씹으며 말했다.

대용이 등짐을 뒤져 약포지를 꺼냈다.

"소금이다. 이걸 찍어 먹으면 짭짤하니 더욱 맛있을 게다."

네 사람은 앞으로 가야 할 먼 길은 잠시 잊고 참마의 맛에 빠져 참았던 허기를 달랬다. 지친 몸속에 영양이 들어가니 다시 힘이 솟았다. 물론 그만큼 시간도 금방 흘렀다.

"시간이 많이 지체됐다. 서둘러 가자."

강원도의 산속은 해가 빨리 사라졌다. 서두른다고 하지만 어둠이 깔린 산길을 걸어야 하는 건 고역이었다. 마냥 길을 따라 다리를 옮기다 보면 밝지도 어둡지도 않은 느낌이 들었다. 바위와 나무는 형태와 명암으로만 구별되었다.

낯선 공포가 대용의 가슴을 뛰게 만들었다. 진한 이끼와 습기 먹은 낙엽 냄새가 콧속으로 섞여 들어왔다. 저 멀리서 산짐승의 울음소리가 처연하게 들렸고, 풀숲에서는 이름 모를 새 한 마리가 푸드득 소리를 내며 어딘가로 날아갔다.

아산이 떨리는 목소리로 말했다.

"형님, 마을은 아직 멀었을까요?"

덩달아 대용의 목소리도 작게 나왔다.

"글쎄다. 이 길이 맞는지도 모르겠어."

우려한 대로 낮에 배를 채우느라 시간을 많이 허비했다. 고개 하나만 넘으면 마을이 나올 것도 같았으나, 내리막은커녕 오르막만 계속되었다. 심지어 낮에 먹은 참마가 그새 소화가 되었는지 뱃속은 다시 아우성쳤다.

어차피 늦게 인제에 도착한다 해도 당장 숙식을 해결하지 못할 것이었다. 차라리 심마니들이 차려 놓은 움막이나 동굴을 찾아 해가 뜨면 다시 길을 나서는 편이 나을 수 있었다. 물론 그런 곳이 기적처럼 나타날 리 만무했다.

그래도 대용은 지푸라기라도 잡는 심정으로 선화에게 조용히 물었다.

"선화야, 혹시 산속에 움막이나 동굴을 찾을 수 있을 것 같으냐? 그런 곳이 있다면 해 뜰 때까지만 쉬었다 가는 게 좋겠다."

"이 야밤에 그런 곳을 어떻게 찾소?"

"하긴, 그렇지."

대용은 멋쩍은 듯 한숨을 쉬었다.

"쉿! 무슨 소리 안 들립니까?"

선화가 고개를 이리저리 돌리면서 목소리를 낮춰 물었다.

바로 그 순간이었다.

"크아아악!"

"으아아아!"

적막한 밤하늘을 가르듯 굵직한 비명이 들렸다. 그 소리는 담헌 정탐단 쪽으로 점점 가까워졌다. 어안이 벙벙해진 네 사람은 그 자리에 그대로 굳어 소리가 들리는 쪽을 바라보았다. 수풀이 흔들리고 땅이 울리는 진동이 소리를 따라 전해졌다.

몇 발자국 앞으로 나 있는 오솔길에서 백지장처럼 하얀 얼굴이 보였다. 두 사람이었고 사내였다.

"으아아아아!"

"어어어어억!"

둘은 오솔길을 달려 나오다 네 사람을 발견하고 자지러지며 넘어졌다. 네 사람도 갑자기 달려드는 두 사내를 보고 놀라기는 마찬가지였다.

대용은 놀란 가슴을 진정시키고는 두 사내의 행색을 살폈다. 둘은 커다란 등짐을 메고, 목화솜이 달린 패랭이를 쓰고 있었다. 보부상이었다. 그러나 옷 이곳저곳이 찢기고, 몸 곳곳에서는 피가 흘렀다.

대용이 나서 흥분한 사내에게 물었다.

"우리도 놀랐소. 뭐, 어디서 호랑이라도 만났습니까?"

사내 하나가 조금 진정이 되었는지 침을 꼴깍 삼키며 말했다.

"귀, 귀신이요. 저 산등성이 무덤에서 허연 귀신이 곡을 하고 있소."

"귀, 귀신 말이요? 그럴 리가 있습니까?"

대용은 믿을 수 없었다. 하지만 지금 눈앞에 자지러진 두 사람을 보면 거짓은 아닌 것 같았다.

"자자, 찬찬히 말씀 좀 해 보십시오."

"댁들 인제로 넘어가는 중인 거요?"

"그렇습니다만."

"그럼 돌아가쇼. 저 앞에 귀신이 진짜 있다니까."

"보아하니 보부상인 것 같은데 어디 가는 길이오?"

"인제에서 나오는 길이었소. 저쪽 등성이에 심마니들이 머물려고 만들어 놓은 움막이 있다 해서 잠시 쉬어 가려다 귀신을 만났지 뭐요."

다른 보부상이 말을 보탰다.

"안 그래도 이 산에 귀신이 바글바글하다는 소문을 들었던 터라, 이렇게 된 이상 우린 밤길에 자빠지더라도 오늘밤 이 산을 얼른 빠져 나갈 거요."

"우린 인제로 넘어가야만 합니다. 그러니 방금 본 귀신에 대해 소상히 말해 주면 적잖이 도움이 될 거요."

보부상은 잠시 난처한 얼굴을 하더니 최대한 목소리를 낮춰 이야기를 시작했다.

"해가 막 지고 우린 심마니 움막에 도착했소."

보부상 석환과 상재는 인제에 선 장에서 장사를 접고 춘천 도호부로 넘어가는 중이었다. 심마니 움막을 찾아 들어가서 막걸리를 두어 잔쯤 마셨을 때였다. 멀리서 희미한 울음소리가 들렸다. 가늘고 긴 울음이었다. 처음에는 산짐승의 울음소리라 생각하고 무시했지만, 점점 사람의 흐느낌이 그대로 전해졌다. 소리는 점점 두 사람의 귀를 거슬리게 했다.

"도대체 뭔 소리야? 술맛 떨어지네."

석환이 말했다.

"산짐승 울음소리 같다가도 누가 흐느끼는 소리 같기도 한데? 저거 혹시 귀신 아냐? 허허."

상재는 우스갯소리로 말했지만, 진짜 귀신일지도 모른다는 생각에 개운치 않은 기분이 들었다.

"예끼, 이 사람아. 우리가 이 고개를 넘어 다닌 지가 칠 년째네. 여태 귀신은커녕 멧돼지 한 마리도 못 봤지 않은가?"

"농이었네. 막걸리나 드세나."

울음소리는 그치지 않고 계속 이어지다 못해 더욱 또렷해졌다. 분명 여인이 흐느끼는 소리였다. 석환이 질그릇 가득 담긴 막걸리를 입에 털어 넣었다. 턱수염에 묻은 막걸리를 손으로 훔치며 일어섰다.

"우리 가 보세. 신경 쓰여서 안 되겠네. 내 두 눈으로 확인해야겠네."

"이 사람아, 진짜 귀신이면 어쩌려고 그러나?"

"귀신이라면 내 이 손으로 때려잡겠네. 이런 이야기 하나쯤은 가지고 있어야 조선 팔도를 돌아다니는 보부상이라 말할 수 있지 않겠나? 어서 일어나게."

상재는 어쩔 수 없이 일어나 석환을 따랐다.

울음소리가 들리는 쪽은 산속이었다. 수풀이 무성한 길을 따라 갈수록 소리는 점점 커지고 선명해졌다. 깊은 밤 여인의 가느다란 울음소리에 둘의 팔뚝에는 토도독 닭살이 돋았다.

"이보게, 석환. 이거 분명히 산짐승 소리는 아닌 것 같네."

석환 뒤에 걷던 상재가 속삭였다.

"여인이네, 여인 울음이야. 잠자코 따라오게."

확신에 찬 석환이 수풀을 헤치고 조금 더 나아가자 봉긋 솟은 무덤 몇 개가 나타났다. 무덤 앞에는 묘비 하나 없었다.

한쪽 무덤 뒤에서 울음소리가 들렸다. 무덤과 무덤 사이를 가르며 들리는 소리가 석환의 가슴을 뚫고 등줄기를 훑었다. 상재는 두 다리를 후들후들 떨었다.

"이보게 그만 가세. 저기 무덤 위에 도깨비불이 있어. 분명 억울하게 죽은 귀신일 거야."

상재의 눈에는 무덤 위를 떠다니는 도깨비불처럼 헛것이 보였다. 석환은 그 자리에 그대로 굳은 채 다리를 뗄 수 없었다. 하지만 석환은 여기까지 와서 돌아갈 수 없었다.

"조그만 더 가서 뭔지만 보고 가세."

둘은 조심스럽게 다리를 뗐다. 한 발 한 발 소리를 따라 무덤에 가까이 다가갔다. 무덤 뒤로 하얀 소복 자락이 들썩이는 게 보였다. 석환은 무덤 뒤에 웅크려 울고 있는 여인을 발견했다.

상재는 자신의 입을 두 손으로 틀어막았다. 석환은 덜덜 떨리는 손으로 여인을 가리켰다.

"헙! 소, 소복을 입고 있어. 어, 억울하게 죽은 귀, 귀신이로구나."

그 순간 울음소리가 뚝 끊겼다. 석환은 풀어헤친 머리카락 사이로 보이는 여인의 눈과 마주쳤다. 온몸에 찌르르 전율이 흘렀다. 당장 도망가야 했다.

바로 그때 여인이 고개를 휙, 쳐들었다. 밀가루처럼 새하얀 얼굴에 입술은 유독 빨개 보였다. 뭐라도 잡아먹은 게 분명했다. 달빛을 받아 더욱 서슬 같은 눈가에는 핏발이 거미줄처럼 서 있었다. 크고 깊은 두 눈에는 원망이 가득해 보였다. 석환은 찰나에 의문을 풀었다. 이 세상 사람이 아니라는 사실을.

"귀, 귀신이……."

혀가 잔뜩 굳은 석환은 제 말을 끝맺지 못했다. 그러는 사이 귀신은 벌떡 일어나 미끄러지듯 석환에게 다가와 그의 멱살을 잡아 올렸다.

귀신의 시뻘건 입에서 날카로운 소리가 터져 나왔다.

"네가 그랬지? 어디 있어? 찾아내!"

아무도 그다음은 기억하지 못했다. 석환은 잡힌 멱살을 가까스로 풀어낸 것까지 기억했고, 상재는 일찍이 몇 발자국이나 떨어져 눈을 가리고 있었다. 두 사람은 살아야겠다는 일념으로 숲을 헤치고 도망쳤다. 넘어지고 부딪히고 굴러서 팔다리 어느 곳 성한 곳이 없었지만 고통이 느껴지지 않았다. 정신을 챙겨 보니 움막 앞이었고 바로 짐을 챙겼다.

석환은 숨도 쉬지 않고 조금 전 겪은 일을 생생하게 이야기했다.

"그, 그럼 방금은 왜 또 놀라서 뛰어온 거요?"

대용의 물음에 상재가 답했다.

"움막을 나와 뒤도 안 돌아보고 뛰었는데, 그 귀신의 곡소리가 계속 따라오는 거요. 우린 얼른 여길 빠져 나가야겠소."

석환과 상재는 서둘러 등짐을 메고 일어섰다.

"더는 못 있겠소. 여기 내 목을 보시오. 거짓이 아니오."

석환이 자신의 목을 가리켰다. 손톱자국이 선명했다.

두 사람은 주변을 몇 번 두리번거리더니 서둘러 달빛이 비추는 산길을 따라 내려갔다.

"음…… 거짓은 아닌 것 같은데……. 한데 저들이 인근에 움막이 있다고 하지 않았느냐? 음…… 뭐, 얼마 안 남은 것 같으니 그냥 가 볼까 싶구나."

"형님, 늦게라도 마을에 당도하는 게 나을 것 같습니다. 이산은 왠지 기운이 좋지 않습니다."

아산은 잔뜩 겁먹은 목소리로 대용의 심중을 간파하여 답했다. 옆에서 선화가 혀를 차며 껴들었다.

"쯧쯧, 내 둘이 겁이 많은 건 진즉에 알았지만, 이렇게 심한지 몰랐소."

"어허! 누가 겁을 먹었다고. 그냥 혹시 모르니……."

"세상에 귀신이 어디 있소? 여인에게 어떤 사연이 있을 수도 있지 않겠소? 그럼 담헌 정탐단이 나서 진실을 밝혀야 하는 것 아닌가 싶은데……."

선화의 말에 대용은 급소를 찔린 것처럼 뼈아팠다. 자기 호를 붙여 만든 담헌 정탐단을 들고 나와 뺄 수도 박을 수도 없는 못처럼 난감한 상황에 놓인 것이다.

대용이 결심한 듯 말했다.

"그래, 좋다! 가 보자!"

호기롭게 소리쳤지만, 대용은 걸음이 떨어지지 않았다.

"대장, 왜 앞장서지 않으시오?"

"산길에 밝은 육손이가 앞장서는 것이 어떠냐?"

"맡겨 주십시오. 한데 양반도 귀신은 무서워하는구만요."

육손이 씨익 웃더니 대용의 말에 대꾸했다.

"양반은 사람 아니더냐?"

대용이 모난 투로 말하자 육손이 큰 주먹을 만들어 우락부락한 팔뚝을 내보였다.

"걱정마십시오, 나리. 귀신이 나타난다면 이 손으로 콱 잡아보겠습니다요."

그러면서 육손은 맨 앞에 서서 보부상이 도망 나왔던 오솔길로 들어섰다. 풀내음이 더 짙게 풍겼다. 풀벌레 소리도 들리지 않을 만큼 사방이 고요해졌다.

그때 아산이 무언가를 보고는 놀라 주저앉았다.

"으악! 저기 도깨비불이 온다!"

"제가 잡겠습니다요!"

육손은 무서운 게 없는 모양이었다. 도깨비불이라는 말에 곧장 풀숲으로 달려 들어가더니 잠시 후 초록색 불빛 하나를 손에 움켜진 채 돌아왔다.

"육손아, 괜찮느냐?"

육손은 빛이 새어나오는 오른손 주먹을 살살 펴보았다.

"으억!"

육손이 짧게 소리를 지르더니 오른손을 허공에 마구 털며 오두방정을 떨었다. 덩달아 놀란 대용과 아산도 서로 부둥켜안았다. 육손이 난리 치자, 선화가 육손의 다리를 걸어 넘어뜨리며 말했다.

"정신 사납다, 사나워. 무엇 때문에 그리 발광인 것이냐?"

"아씨, 벌레입니다요."

"뭐? 벌레? 반딧불이구나!"

"예, 맞습니다요. 전 벌레가 너무 싫습니다요."

선화는 무서울 게 없어 보이던 육손이 이 작은 벌레에 속수무책이라 생각하니 황당하기도 하면서 웃기기도 했다.

"무지막지해 보이는 네게도 약점이 있구나."

아산과 껴안은 채 멀리 피해 있던 대용이 반딧불이라는 소리에 일부러 더 점잖게 말했다.

"네, 나리. 어렸을 적에 개미집을 잘못 건드려 개미 떼 수백 마리에게 쫓겨 죽을 뻔했습니다요."

개미 때문에 죽지는 않겠지만, 어릴 때 느낀 무서운 경험이라면 쉽게 잊히지 않을 만했다.

"이제 어서 앞장서라."

"아직 벌레가⋯⋯. 아무래도 무섭습니다요."

육손은 전처럼 자신 있게 앞장서지 못했다.

선화가 아무 말 없이 앞서 나갔다. 대용도 선화의 등 뒤에 딱 붙어 쫓아갔고, 육손은 맨 뒤에 선 아산의 뒤꽁무니만 따라다녔다.

조금 더 걷자 보부상이 말한 움막이 보였다. 네 사람은 이제 좀 쉴 수 있겠다 싶었다. 그러나 그것도 잠깐이었다. 움막 앞에 다다르자 어디선가 기묘한 소리가 들렸다.

"잠깐, 지금 무슨 소리 안 들리십니까?"

앞장서서 걷던 선화가 걸음을 멈추고 주위를 둘러보았다. 어찌된 일인지 선화는 목구멍이 갑갑해지는 기분이 들었다.

"컥, 이거 좀 놓으시지요."

언제부터였는지, 대용이 등 뒤에서 선화의 윗옷자락을 꽉 움켜쥐고 있었다. 선화의 목덜미가 조이다 못해 목이 졸렸다.

"콜록콜록, 귀신이 아니라 대장 때문에 죽겠소."

"앗, 미안하다. 혹시 모르니 조심해라."

선화는 움막을 지나 소리가 점점 크게 들리는 쪽으로 걸음을 옮겼다. 얼마 안 가 나무 사이로 무덤이 보였다. 보부상이 이야기한 대로 무덤 뒤에서 울음소리가 들려왔다. 언뜻 하얀 소복 자락도 보이는 것 같았다. 아산이 잔뜩 겁에 질려 속삭였다.

"형님, 선화 낭자. 저, 저기 진짜 귀신이 있소."

"무, 무서운 벌레."

육손이 허튼소리를 내뱉었다. 선화의 입은 바짝 타들어 갔다.

"좀 조용히 있어라."

"선화야, 그만 돌아가자."

대용은 도저히 발이 떨어지지 않는지 선화에게 부탁에 가까운 제안을 했다.

"이빨 벌레."

그 와중에 육손의 허튼 소리는 멈추질 않았다.

선화는 귀신이 아니라 이 사내들 때문에 괜히 더 긴장되었다.

"아산이와 육손이는 움막에 먼저 가 있어라. 대장과 내가 다녀오겠다."

대용도 돌아가고 싶었지만, 아무래도 선화 혼자 보낼 수는 없었다.

"저…… 형님, 괜찮겠습니까?"

"딱딱한 벌레."

"육손이는 벌레를 보고 놀란 후부터 정신이 나갔나 보다. 선화와 내 짐을 가지고 움막에 먼저 가 있거라. 내가 저……."

대용의 말이 끝나지도 않았는데 아산과 육손은 뒤도 돌아보지 않고 움막으로 향했다. 선화가 한숨을 픽 쉬고는 말했다.

"이제야 조용해졌네. 대장, 이제 갑시다."

대용이 미리 들고 있던 약포지를 살살 피자 고운 소금이 반짝거렸다. 각진 굵은 소금을 조약돌로 곱게 빻은 것이다. 저번에 대용을 구한 고춧가루처럼 뭐라도 쥐고 있어야 할 것 같았다.

선화와 대용이 가까이 다가갈수록 무덤 뒤로 소복 입은 여인이 보였다. 풀어헤친 머리카락 때문에 누가 봐도 귀신처럼 보였지만, 사람의 형체가 분명했다.

대용은 점점 오금이 저려 다리가 떨어지지 않았다. 할 수 없이 선화만 몇 걸음 더 다가가 여인에게 말을 붙였다.

"여보시오?"

여인의 울음소리가 뚝 끊겼다.

"야밤에 왜 여기서 곡을 하고 있는 거요?"

그때였다. 귀신이 벌떡 일어나 선화의 목을 졸랐다. 그러면서 드러난 얼굴은 보부상의 말대로 영락없는 귀신이었다.

"컥컥, 컥."

선화는 목이 졸려 고통스러워했다. 더 이상 지체할 수 없었다. 대용은 딱딱하게 굳은 몸을 움직일 수 있도록 용기를 내 중얼거렸다.

"옛날에는 땅이 네모난 줄 알았다. 하지만 월식을 보면 땅은 분명히 둥글다. 지금까지 사실로 받아들여 왔던 것도 잘 생각해 볼 필요가 있다는 소리지. 예부터 귀신이 있다고 생각했지만 오늘 직접 내 눈으로 확인해야겠다!"

대용은 꽉 감은 두 눈을 번쩍 떴다. 그러고는 손에 쥔 소금을 귀신을 향해 뿌렸다.

"사람이면 용서를 구하고, 귀신이면 물러가라."

"꺅! 아악!"

소금이 눈에 들어갔는지 귀신은 선화의 목을 놓고 두 눈을 연신 비벼댔다. 바닥에 자빠진 선화는 목덜미를 쥔 채 그간 막힌 숨을 충분히 내쉬었다. 두 눈을 비벼대는 귀신은 암만 봐도 사람이었다. 귀신이 소금 한 줌에 저리 고생할 리 없었다. 대용은 괜히 머쓱해져서 귀신, 아니 여인에게 물었다.

"누구시오? 누군데 여기 이러고 있던 거요?"

여인은 이제야 앞이 보이는지 재빨리 어둠속으로 사라졌다. 선화도 숨이 트였는지 몸을 일으켜 여인을 쫓아 뛰었다.

"대장, 잡으시오!"

"왜, 왜, 왜, 왜! 따라간다고?"

대용의 시야에서 여인과 선화의 형체가 점점 멀어지고 있었다.

'저리 뛰는 걸 보면 분명 귀신은 아닐 거야.'

대용도 선화를 따라 뛰었다. 여인은 험한 산길을 굽이굽이

미끄러지듯 뛰어 내려갔다. 그 길이 끝나는 곳에 허름한 초가집 한 채가 나왔다. 대용과 선화는 그 집 마당으로 조용히 발을 들였다. 마당에는 사람 사는 집 같지 않게 잡초가 무성했다.

선화가 대용의 옆구리를 찔렀다. 불러 보라는 뜻이었다.

"계시오? 집에 누구 안 계시오?"

잠시 뒤 방문이 열렸다. 방에서는 이마에 흰 띠를 두른 노파가 나왔다. 몸이 성치 않은지 노파는 기력이 쇠해 보였다.

"뉘시오?"

"음…… 저는 홍대용이라고, 지나가는 나그네입니다."

"그놈의 나그네 타령 좀 그만 하슈."

선화가 노파 앞으로 다가갔다.

"혹시 여기 젊은 여인이 지내고 있지 않습니까?"

"젊은 여인이라면 우리 며느리밖에 없는데, 그건 왜 묻소?"

"조금 전까지 저 산 위 무덤가에서 젊은 여인이 곡을 하고 있었는데, 그 곡소리가 기괴하여 귀신인 줄 알았습니다. 그래서 그 여인을 따라오다 보니 이 집이 나와 실례를 무릅쓰고 이렇게 여쭈어 보는 것입니다."

선화의 말에 노파의 얼굴이 일그러지더니 눈에는 눈물이 고이기 시작했다. 대용과 선화가 당황하여 말을 고르는 사이 노파의 얼굴에는 눈물이 흘러내렸다.

"아들 때문이오. 아범이 사라진 지 벌써 달포15일가 지났습니다요. 흑흑……. 불쌍한 내 새끼."

노파는 저고리 끈을 들어 눈물을 찍어내고는 말을 이었다.

"아범이 사라진 데는 이상한 점이 많습니다. 어디서 무얼 하고 있는지, 혹여 어디서 험한 짓을 당한 건 아닌지 걱정됩니다. 마을에선 살해당했다는 소문이 돈다고 합니다."

살해라는 소리에 대용과 선화는 동시에 놀랐다.

"뭐라고요? 살해요?"

노파의 고개가 힘없이 끄덕였다.

"며느리는 정신이 나가서 낮에는 방에 누워만 있고, 밤에는 소복 차림으로 집 뒷산을 오릅니다. 말려 봤지만 소용없습니다."

"저희가 며느님을 좀 만나 봐도 되겠습니까?"

선화가 허락을 구하자 노파가 문 닫힌 방 하나를 가리켰다. 선화는 방 쪽으로 조심히 다가가 방문을 열었다. 머리를 풀어 헤치고 소복 입은 여인이 등을 돌려 누워 있었다. 곡하던 여인이었다.

"우리 착한 며느리는 정신을 놓고 항시 저러고 있습니다. 둘이서 어찌 살지 막막합니다."

대용은 노파에게 다가가 물었다.

"할머니, 아드님이 살해되었다는 소문이 무슨 연유로 돌고 있는지 짐작 가는 게 있습니까? 참, 저희는 조선 팔도를 유랑하면서 미궁의 사건을 해결하는 담헌 정탐단입니다."

"정탐단 말입니까?"

노파는 잠시 뜸을 들이더니 이야기를 시작했다.

"아범은 식초 장수입니다."

노파는 마당 한쪽에 있는 장독대를 가리켰다. 저 많은 항아리 안에서 식초가 발효되고 있을 것이다.

"아범은 여기저기 장이 서는 곳을 찾아다니면서 식초를 팝니다. 식초만 팔아서는 세 식구 입에 풀칠하기 힘들어서 며느리가 품을 팔아 도왔습니다."

노파가 말을 멈추고 침을 꼴깍 삼킨 뒤 다시 말을 이었다.

"인제에서 가장 부자는 김초시 댁입니다. 저희 같은 천한 인생이야 먹고살기 위해서라도 그 댁에 잘 보여야 합죠. 그래서 며느리가 그 댁에서 허드렛일을 했습니다. 한데 그 댁 아들 김중석이라는 자는 인제의 소문난 망나니입니다. 기방에서 술을 마시고, 놀음을 하지 않는 날이 없습니다. 그날도 며느리가 그 댁 방을 치우고 있는데, 그자가 안방 반닫이를 뒤져 금가락지를 들고 나가는 걸 우연히 보았다고 합니다. 허나 그걸 알게 된 김중석이 도리어 우리 며느리가 금가락지를 훔치려 했다며 몰매를 때려 보냈지 뭡니까. 며느리의 몰골을 보고 우리 아범이 억울한 마음에 그 댁으로 달려간 것이지요. 한데……."

노파가 이야기하는 동안 눈가에서는 잠시 멈췄던 눈물이 차올라 있었다.

"우리네 신분으로 양반님 댁에 억울함을 호소한들 무슨 소용이 있겠습니까요. 오히려 금가락지를 조용히 가져가지 못하게 되어 화가 난 김중석은 아범에게 꼬투리를 잡아 몰매를 때렸습니다. 실컷 두드려 맞은 아범은 홧병이 날 지경이었는지 관아를 찾아갔습니다."

"관아에서는 뭐라 합니까?"

"며느리가 금가락지가 어디에 있었는지 알고 있는 게 문제라며, 양반에게 대든 아범을 멍석에 말았다고 합니다. 하늘처럼 높은 나리들이 우리 같은 미천한 것들을 멍석말이한다 한들 그쯤을 어디 흠이라 여기겠습니까?"

노파의 힘없게 쥔 손이 부르르 떨렸다.

"다 죽어 가던 아범은 그래도 먹고살아야 하니 식초 항아리를 지고 장에 나서려 했습니다. 그때 김중석이 여기까지 찾아왔습니다. 관아까지 불려 간 것이 맘에 들지 않았던 모양입니다. 잠시 이야기를 나눈다며 아범을 끌고 나갔는데 그 길로 아범은 돌아오지 않고 있습니다. 아범이 잘못되었다면 분명 그건 김중석, 그놈이…….”

노파는 더 이상 말을 잇지 못하고 눈물을 주룩 흘렸다. 대용은 노파의 사연을 듣는 동안 못된 양반들의 만행에 치를 떨었다. 하지만 조금 냉정한 시선으로 볼 필요가 있었다.

“그래서…… 김중석이 아드님을 납치나 살해를 했다는 증거가 있습니까?”

노파는 떨리는 손으로 눈가에 맺힌 눈물을 찍어 내며 말했다.

“아범은 장에 나가면 아무리 늦어도 사흘이면 집에 들어오는데, 김중석과 나간 후 벌써 달포가 지나지 않았습니까. 김초시 댁에 가 보니 그 댁 빨래를 했던 함평댁이 피 묻은 옷을 빤 적이 있다고 했습니다.”

‘양반 옷에 피 묻을 일이 뭐가 있을까?’

노파의 말대로 분명 의심스러웠다.

“하면 그 사실을 관아에 고했습니까?”

“했습니다. 관아에 불려 나온 김중석은 그날 아범을 불러 내 혼내긴 했지만 바로 돌려보냈다고 말했습니다. 옷에 묻은 피 역시 아범을 매타작할 때 묻은 거라 했습니다. 매타작이라니…….”

대용의 주먹이 자기도 모르게 꽉 쥐어졌다.

“관아에서는 뭐라고 합니까?”

"시, 시신이 없다고 돌려보냈습니다. 살해되었다 한들 시신이 없으니 죄를 물을 수 없다고 합니다. 무엇보다 무거운 식초 항아리를 지고 나갔으니 더 멀리 선 장에 나간 게 아니냐며 기다려 보라고 말했습니다. 아범은 그리 오랫동안 집을 비운 적이 없다고 말을 해도 통하지 않았습니다. 분명 변고를 당했을 겁니다. 아니나 다를까 저만큼이나 며느리도 억울해서 저렇게 정신을 놓은 것입니다. 흑흑."

대용의 가슴에 노파의 억울함이 전달되었다. 선화 역시 꼭 쥔 주먹을 부르르 떨고 있었다.

"알겠습니다. 저희 담헌 정탐단이 알아보겠습니다. 그동안 두 분은 건강부터 챙기셔야겠습니다."

노파 앞에선 그리 말했지만, 대용의 머릿속에 딱히 방도가 떠오르지 않았다. 이미 관아에서도 돌려보냈다고 하니 괜히 사건을 들쑤시면 관아에서도 가만히 있지 않을 것이다. 더군다나 유력한 범인은 인제 최고 부자의 아들이었다.

아무리 인제현의 종6품 현감이라 할지라도, 지역 유지 김초시의 눈치를 보지 않을 수 없다. 확실한 증거를 손에 넣지 못한다면 눈 하나 깜짝하지 않을 것이다.

대용은 섣부른 정의 대신 기회를 엿보며 차분히 때를 기다리기로 했다. 당장 자신들이 할 수 있는 일이 많지 않다는 사실은 선화 역시 알고 있었다. 움막으로 돌아가는 길에 선화는 화를 이기지 못해 허공에 대고 소리쳤다.

"이런 빌어먹을 양반 놈들! 지옥의 악귀도 니들보단 낫겠다!"

"어허, 입이 왜 이리 거친가? 그리고 선화 너도 양반집 처자일 수 있지 않은가?"

"대장도 양반이라고 편드는 거요? 저런 게 양반이라면 나는 필요 없소."

"아니, 그런 뜻이 아니라……. 내일 해 뜨면 다 같이 와 보자."

항상 앞서 걸었던 선화가 대용과 나란히 발을 맞춰 걸었다. 대용은 선화와 같은 분노를 느끼고 같은 의지를 갖고 같은 방향을 향해 걷는 기분이 들었다.

다음 날 벌레 때문에 반쯤 정신이 나가 있던 육손은 아침부터 보이지 않았다. 움막 안에서 세상모르고 자던 아산, 육손과 달리 대용과 선화는 눈만 잠깐 붙이고 나왔다.

육손은 새벽부터 능숙하게 올가미를 길목마다 여럿 두었다.

그중 올가미 몇 개에 산토끼 서너 마리가 걸렸다. 그사이 언제 일어났는지 아산이 불을 피워 놓았고, 육손은 자신 있는 손놀림으로 산토끼를 손질해 능숙하게 구워 냈다.

"나리, 아씨, 도련님, 어서들 이것 좀 맛보시지요."

움막을 둘러싸고 고소한 고기 냄새가 진동했다. 어제 참마를 먹고 아무것도 먹지 못했다. 네 사람은 고민할 겨를도 없이 달려들어 토끼 고기를 깨끗이 먹어치웠다.

"잘 먹었다, 육손아. 생전 처음 먹어 보는 맛이었다."

"입맛에 맞으셨다니 다행입니다요."

대용은 토끼 고기로 먹은 조반이 만족스러웠다. 배를 채웠으니 이제 움직여야 했다. 하지만 어젯밤 대용과 선화가 겪은 일을 아직 아산과 육손에게는 말하지 못하였다. 대용은 담헌 정탐단이 해결해야 할 사건이 있다며 차분히 사건의 내막을 설명했다.

"그리하여 오늘은 식초 장수가 실종된 것인지, 아니면 살해된 것인지를 둘러볼 생각이다."

하지만 진상을 파악하려면 김중석이 있는 김초시 댁에 직접 들어가 봐야 한다. 크게 눈에 띄지 않고 양반댁을 드나들 수 있으려면 서원 유생 신분인 대용 자신과 아산이 알맞았다.

"이번 일은 은밀하게 움직여야 한다. 혹여 소문이라도 난다면 김초시 댁이나 관아에서 일을 그르치게 만들 게 분명하다."

대용의 말에 동감한다는 듯 세 사람이 고개를 끄덕였다.

"일단 나와 아산이는 김초시 댁에 가서 증거가 될 만한 걸 찾아볼 것이다. 선화와 육손이는 김중석이 식초 장수를 데리고 간 날, 뭔가를 본 사람은 없는지 조용히 찾아봤으면 좋겠다. 옷에 피가 묻을 정도로 매타작을 했다면 대단한 소란을 떨었을 텐데 분명 그걸 본 자가 있을 것이다. 자기에게 피해가 올까 봐 입을 다물고 있을 게다."

"반드시 내막을 캐 주겠어. 난 빨래터에 먼저 가 보겠소. 지금이면 아낙들이 모여 있을 테니 떠도는 소문을 들을 수 있을 것이오."

선화가 주먹을 불끈 쥐며 말했다.

"육손이는 저잣거리부터 돌아 보거라. 그리고 중반 때가 되면 요 산 밑 초가집에 모여서 각자 얘기를 듣자."

대용과 아산은 바로 김초시 댁으로 갔다.

도착해서 커다란 대문을 두드리자 사내 한 명이 나왔다. 종은 아닌 것 같고, 뒷짐을 진 채 어깨를 쫙 편 모습이 자못 당당해 보이는 것이 겸인_{양반집에서 잡일을 하거나 시중을 들던 사람}쯤 되어 보였다. 그는 대용과 아산을 위아래로 훑었다. 깨끗한 옷으로 갈아입었다곤 하지만 본능적으로 낯선 이에게 드는 의심이 발동된 듯 보였다.

"무슨 일이오?"

"지나가는 나그네입니다. 잠시 들어가도 되겠습니까?"

"어허! 여기가 어디라고. 당신들처럼 누군지도 모르는 자들이 함부로 드나들 수 있는 데가 아니오. 이 마을에서 최고로 지체 높은 어르신이 지내시는 거처란 말이오. 보아하니 기껏 유생쯤 되어 보이는데 나그네는 무슨!"

양반가의 아랫것이라고 자기가 모시는 양반의 위세가 제 것이라도 되는 양 콧대를 높였다. 대용은 할 수 없이 자기의 위세를 다시 한번 이용하기로 했다.

"내 조부는 대사간을 지내신 홍, 용자 조자이시고 난 손자 홍대용이오. 우리는 어리지 않소. 벌써 나이가 열여섯이고, 양주목의 석실서원에서 공부하는 유생이란 말이오."

석실서원은 조선의 국정을 살피는 노론을 배출한 데다, 끊임없이 그 후학들을 양성하고 있는 조선 최고의 서원 중 하나다. 그가 모를 리 없었다.

그는 아직 거두지 못한 의심의 눈을 지그시 감고는 마지못해 조금 허리를 숙였다.

"아이고, 대단하신 유생님들을 제가 몰라 뵈었습니다. 여긴 무슨 일로……."

"인제를 지나다 목이 말라 물 좀 얻어먹으려 하오."

정말 목이 말라 대문을 두드린 게 아니라는 것은 그도 잘 알았다. 그러나 그는 권력을 가진 자의 의사를 쉽게 거절할 수 없었을 것이다.

대용 역시 권력을 가진다면 말도 안 되는 사유로도 얼마든지 사람을 부릴 수 있다는 사실을 눈앞에 증명해 보이고 싶었다. 마치 김중석이 한 가정을 풍비박산 낸 것처럼.

"일단 들어오시지요."

커다란 대문이 활짝 열리자 넓은 마당이 나왔다. 인제 최고 유지의 집답게 너른 마당에는 아름드리나무와 갖가지 꽃들이 만개해 있었다. 대용과 아산은 뒷짐을 지고 일부러 거드름을 피우며 설렁설렁 마당을 걸어 들어갔다.

"아주 멋들어진 정원입니다."

"이 댁 마님께서 아주 정성이 넘치십니다요. 그나저나 얼른 물을 가져다드리겠습니다."

그는 대용과 아산을 빨리 내보낼 생각이었지만, 대용은 순순히 내쫓길 수 없었다.

"음…… 이렇게 대단한 정원을 두고 어찌 그냥 나갈 수 있겠소. 천천히 둘러보고 싶소만. 오래 걸었더니 조금 출출한 것도 같고……."

대용의 무리한 요구에 그가 망설였다.

"저…… 도련님들, 분명 석실서원의 유생이 맞으시지요?"

대용은 아산에게 한쪽 눈을 찡긋 감아 신호를 보냈다.

"아산 유생, 자네 조부께서 다음 달에 경기도 이천 도호부사로 가신다고 하지 않았나?"

아산도 대용의 말뜻을 알아차렸다.

"어? 아, 아, 거…… 관찰사! 도호부사가 아니라 경기도 관찰사_{지금의 도지사}로 가신다 들었네."

하지만 아산은 순간적인 거짓말에 서툴렀다. 커도 너무 큰 거짓을 지어 냈다. 관찰사는 종2품의 아주 높은 직책이었기 때문이다.

대용은 망했다고 생각했다. 최대한 자연스럽게 내뺄 궁리를 해야 했다. 그런데 오히려 그 큰 거짓말이 전화위복을 만들었다.

"아이쿠, 아이쿠! 어서 여기 마루에 앉으시지요. 잠시만 기다리시면 요기할 것을 가져오겠습니다. 아, 주인어른께 서둘러 알리고 오겠습니다요."

"아니오. 아니오. 우리는 그냥 지나가는 나그네일 뿐이오. 대감님까지 나오실 필요 없소. 서원에서 즐겼던 것처럼 잠시 이 대단한 정원을 눈앞에 두고 차 한잔 하고 싶었소."

"아이고, 알겠습니다요. 그럼 잠시만 기다리시면 다과와 차를 준비해 오겠습니다."

겸인은 숙인 고개를 채 펴지 못한 상태로 정원 앞을 가로질러 어디론가 사라졌다. 아무도 없는 걸 확인하고 대용이 아산에게 말했다.

"이놈아, 관찰사라니? 나중에 들통 나서 경을 치려고 그랬느냐?"

"형님, 어차피 거짓이지 않습니까. 서자인 제가 들키면 제 명을 못 살 수도 있는데 도호부사나 관찰사나 오십보백보 아니겠습니까."

대용은 아산의 말을 듣고 무모하다고 생각하면서, 한편으로 서글펐다.

"으이구, 이놈아. 일단 안채가 저쪽이고 동쪽의 별채가 김중석의 방 같으니 별채 뒤로 돌아가 보자."

둘은 동쪽에 위치한 별채 뒤로 돌아갔다. 별채 뒷마당에는 수국이 가득 피어 있었다. 붉은색 수국 한가운데 푸른색 수국이 피어 있는 광경에 두 사람은 감탄을 금치 못했다.

"참 잘 꾸며진 꽃밭이구나. 붉은색 수국 가운데 푸른색 수국이라."

"그러게요, 형님. 일부러 이렇게 만들려 해도 쉽지 않을 텐데 말입니다."

뒷마당부터 둘러보았지만 별게 없었다. 그날 생긴 흔적이 있다손 치더라도 한참 지났기에 뭔가를 발견하기란 쉽지 않았다.

그때였다. 멀리서 누군가 부르는 소리가 들렸다.

"도련님들, 어디 계십니까?"

겸인이었다. 어느새 별채 뒷마당까지 찾아왔다. 그는 직접 들고 온 다과상을 별채 툇마루에 올려놓았다.

"여기 계셨네요. 다과를 좀 가져왔습니다. 여기 물도 가져왔으니 일단 목부터 축이시지요."

겸인은 물이 철렁철렁 가득 찬 대접을 내밀었다. 대용이 대접을 받아들고는 한 모금 들이킨 다음 능청스럽게 말했다.

"이렇게 아름다운 수국 앞에서 시원한 물을 마시니 물맛이 꿀물처럼 답니다. 하하."

대용의 칭찬이 썩 나쁘지 않은지 겸인은 부탁하지도 않은 이야기를 시작했다.

"정말 아름답지 않습니까? 한데 올해는 참 이상합니다. 제가 이 댁에서 신세를 진 지 5년이 넘었는데 항상 붉은색 수국만 피었다가, 며칠 전부터 저, 저 가운데 붉은색 수국이 서서히 푸른색으로 변하지 뭡니까?"

대용은 수국의 색깔이 변했다는 겸인의 말에 마저 마시던 물을 내뿜을 뻔했다.

"꽃 색깔이 변했다고? 그것도 안 그러던 것이 지난 며칠 만에 저렇게 되었단 말입니까?"

"네, 분명히 붉은색이었습니다. 붉은색 수국이 푸른색으로 서서히 변했습니다요. 한 달포쯤 되었을 겁니다."

대용은 이미 핀 꽃 색깔이 변했다는 소리는 들어 본 적 없었다. 뭔가 수상했다. 어딘가 이 현상과 맞닿아 있을 법한 사례가 생각날 듯했지만, 쉽지 않았다. 미간을 최대한 찌푸린 채 생각에 잠겨 있는 대용 대신 아산이 겸인에게 물었다.

"여기 별채는 누구의 처소입니까?"

"이 댁 김중석 도련님의 처소입니다. 한데 그건 왜……."

"아, 별거 아닙니다. 별채가 깔끔하니 맘에 들어서, 하하. 그건 그렇고 수국 몇 송이 얻을 수 있겠습니까? 워낙 예뻐서 말입니다."

"뭐, 수국이야 널려 있으니 가장자리에 핀 것으로 가져가시면 될 것입니다."

아산은 붉은색 수국 세 송이를 꺾었다. 이를 지켜보던 대용의 머릿속이 갑자기 맑아졌다. 막혀 있는 혈관이 뻥 뚫린 기분이 들었다. 아산이 먼저 수국의 비밀을 알아차린 것이다.

"아이고, 내 정신 좀 봐. 아산 유생, 우리 이제 나서야 하네."

"알겠네. 얼른 가 보세."

216

"지나는 나그네인데 이리 잘 맞아 주셔서 고맙습니다. 물도 잘 마셨습니다. 이제 가 보겠습니다."

대용이 급히 인사하자 겸인은 당황스러운 듯 보였다.

"가져온 다과는 맛보고 가시지……. 여기 포도라도 몇 알 맛보시죠."

"아닙니다. 잊고 있던 일을 급히 해결해야 해서……. 성의를 무시하면 안 되니 이것만 가져가 맛보겠습니다."

대용은 겸인이 준비한 다과상에서 약과와 포도 한 송이를 챙겼다.

대문 밖으로 나온 아산의 손에는 수국이, 대용의 손에는 약과와 포도가 들려 있었다.

"형님, 적잖이 배고프셨나 봅니다. 이 와중에 그걸 챙기다니요."

"먹어야 힘을 낼 것 아니냐? 그리고 내가 포도를 집어 온 이유를 모르겠느냐?"

"글쎄 말입니다. 모르겠습니다."

"쯧쯧, 한데 수국은 왜 꺾어 온 것이냐?"

"실험 때문입니다. 이전에 했던 포도 끓인 물 실험을 수국 끓인 물로 할 수 있을까 싶어 꺾었습니다."

"이놈아! 난 네가 사건을 해결한 줄 알았지 뭐냐. 어찌 됐든 넌 이 사건의 실마리를 찾았다."

아산이 커진 눈으로 물었다.

"형님, 그게 무슨 말이옵니까?"

"네가 서원 뒷산에서 했던 색 변화 실험을 기억해 보거라. 그 때 포도 물에 무엇을 탔더니 색깔이 변했었느냐?"

"그야. 식초처럼 신맛이 나는 물과 양잿물처럼 쓴맛이 나는 물 아닙니까?"

"그래. 근데 아직도 모르겠느냐?"

아산은 곰곰이 생각했지만, 대용의 질문 의도를 간파할 수 없었다.

"지금 우린 누굴 찾고 있느냐?"

"식초 장수 말입니까?"

"그래도 모르겠느냐?"

"헙!"

순간 아산은 떡 벌어진 입을 두 손으로 틀어막았다.

"형님! 그러면 수국 색깔이 파랗게 변한 이유는 거기에……."

"식초 장수가 사라진 것도 달포 전, 수국 색깔이 변하기 시작한 것도 그즈음이라 했다. 우리가 생각한 것이 맞을 것이다."

"김중석, 이 흉악한 놈! 당장 관아에 고해서 그곳을 파 봐야 합니다."

"서두르지 말거라. 아직 추론이 전부다. 명백한 증거를 손에 넣어야 관아에서도 움직일 게다."

"그럼 전 이 수국을 식초 물에 넣어 봐야겠습니다. 이 수국이 파랗게 변한다면 적어도 거기에 식초와 다름없는 무엇이 있다는 증거가 되지 않겠습니까?"

"그래, 얼른 돌아가자."

담헌 정탐단은 식초 장수의 집에 모였다. 노파가 차려 준 중반은 밥과 산나물 몇 가지뿐이었지만 그것으로 충분히 배를 채울 수 있었다.

중반을 마치고 네 사람은 방 안에 둘러앉았다.

"선화야, 뭣 좀 새로운 게 있느냐?"

아까와 달리 선화의 얼굴에 생기가 돌았다. 김중석을 빨리 잡아서 관아에 넘기고 싶어 하는 마음이 얼굴에 그대로 드러났다.

"내가 누굽니까? 아주 귀중한 정보를 찾아냈소."

선화는 마치 비밀을 읊조리듯 목소리를 낮췄다.

"마침 빨래터에 함평댁이 있었소. 피 묻은 옷을 빨았다는 그

함평댁 말이오. 그 옆에서 빨래하는 척 김중석 욕을 해댔더니 아니나 다를까 함평댁도 망나니 놈이라며 김중석을 욕하는 것이 아니겠소. 그러면서 달포 전 그놈의 옷을 빨 때 고생한 걸 생각하면 피가 거꾸로 솟는다고 말하더이다. 그래서 그때 일을 물었더니 뭐라 했는지 아시오?"

"오호라, 빨리 말해 보거라. 뭐라 하든?"

대용이 선화에게 재촉했다.

"그놈의 옷에는 피만 묻어 있던 게 아니라고 했소. 도대체 무슨 망나니짓을 하고 다녔는지 아주 그냥 흙투성이였다고 하더이다. 자기 입으로는 술에 취해 넘어져서 밭에 굴렀다고는 하지만, 뭐 뻔하지 않겠소?"

"뻔하다니?"

아산이 되물었지만 선화는 대답 대신 계속 이어 말했다.

"김중석은 화가 나면 눈에 뵈는 게 없는 양반이었다 하오. 관아에 불려 간 것 때문에 이 집 아들을 데려다 매타작을 했다고 한 걸 보면 그 말이 맞는 것 같소. 하면 함평댁이 빨았다는 옷의 피는 아마 이 집 아들을 매타작할 때 묻었을 것이고, 그 후로 무엇 때문인지 흙을 잔뜩 묻을 수밖에 없는 짓을 했다고밖에 생각할 수 없소."

선화의 추론은 분명 대용의 추론과 닮은 구석이 많았다.

"육손이 넌 뭔가 알아낸 것이 없느냐?"

"네, 나리. 저잣거리에 떠도는 이야기를 하나 주워들었습니다요. 그날 그 집 종 몇몇과 그 김중석이라는 자가 식초 장수 하나를 끌고 가서 매타작을 했다고 합니다. 한데 심하게 맞은 식초 장수가 혼절하자 김중석이 종들을 모두 물렸다고 합니다. 그 후로 식초 장수를 본 자는 없다고 합니다요."

"점점 확실해지는군."

대용이 혼잣말을 하더니 아산을 불렀다.

"아산아, 아직이더냐?"

"거의 다 되어 갑니다."

아산은 수국 한 송이가 꽂힌 호리병을 꺼냈다. 붉은색이었던 수국에 어느새 연한 하늘빛이 돌았다.

"준비는 되었느냐?"

"네, 형님. 이제 갑시다."

"자, 담헌 정탐단이 이 억울한 사건을 풀어 보자."

대용과 아산은 노파를 데리고 관아에 도착했다. 선화와 육손은 증인을 더 찾아보기로 했다. 관아 대청 위에 앉은 현감이 물었다.

"그래. 석실서원 유생들이 무슨 일로 찾아왔는고?"

대용이 한발 앞으로 나가 말했다.

"현감 나리, 달포 전 이 노파의 아들이 사라진 사건 기억하십니까?"

현감은 다 끝난 사건을 다시 들추어서인지 인상을 구겼다. 그러고는 잔뜩 짜증 섞인 목소리로 말했다.

"그 일은 이미 알고 있다. 허나 당사자인 식초 장수가 감쪽같이 사라진 데다 시신조차 발견되지 않은 상황에서 양반가 자제에게 죄를 물을 순 없다. 그리고 식초 장수가 호랑이 같은 산짐승에게 해를 입었을 수도 있지 않느냐? 시신이 없다면 살인도 없는 것이다."

"하면 시신만 있다면 살인도 성립하는 것 아닙니까? 제가 알고 있습니다. 시신이 있는 곳."

대용의 말에 현감이 벌떡 일어섰다.

아들의 시신이 발견되었다는 말에 노파는 다리가 풀려 주저앉았다.

"뭐라고? 거기가 어디냐?"

대용이 침을 한 번 꿀꺽 삼켰다.

"김초시 댁 동쪽 별채 뒷마당입니다. 그곳 수국밭 아래 묻혀 있습니다."

"그래? 네가 땅이라도 파 보았느냐?"

"아닙니다."

"그럼 누가 파묻는 것을 보았느냐?"

"아닙니다. 하지만 분명히 거기 있을 겁니다."

현감은 대용이 목격이라도 한 줄 알고 잔뜩 놀랐다가 추론에 불과하다는 사실을 깨닫고는 김이 빠졌는지 다시 자리에 앉았다.

"너는 어떻게 보지도 못한 시신이 거기 있다고 생각하느냐?"

"자연의 이치입니다."

"자연의 이치? 설마 나와 말장난을 하자는 것이냐?"

"직접 보여 드리겠습니다. 아산아!"

대용의 부름에 아산은 챙겨 온 보따리를 풀어 뭔가를 준비했다.

그동안 대용은 현감에게 수국 두 송이를 들어 보였다. 한 송이는 붉은색이었고, 다른 한 송이는 푸른색이었다.

"여기 수국 두 송이가 있습니다. 두 송이의 차이를 아시겠습니까?"

"날 놀리는 것이냐? 붉은색 꽃과 푸른색 꽃이 아니더냐."

"이 수국은 둘 다 붉은색이었습니다. 하나는 언젠가부터 푸른색으로 변한 것이지요."

"뭐라? 색깔이 변한다고? 그런 소린 여태 들어 본 적 없다."

"이것이 바로 자연의 이치입니다. 이 푸른색 수국은 조금 전까지 붉은색이었습니다만 식초와 만나 이렇게 되었습니다."

"알아듣기 쉽게 설명해 보거라."

대용이 아산에게 턱짓을 하자 아산이 포도 한 송이를 꺼내 포도 물을 만들었다. 사기 그릇에 포도 물을 넣고, 식초 물과 양잿물을 차례로 넣었다. 식초 물과 양잿물을 넣을 때마다 포도 물의 색깔이 시시각각 변했다.

현감은 처음 보는 광경에 연신 감탄사를 내뱉었다.

"어허, 정말 기묘한 일이다."

대용은 아산이 현감에게 보인 색 변화 실험이 자신들의 추론을 충분히 뒷받침할 거라 생각했다.

"현감 나리, 저희는 오늘 아침 김초시 댁에 갔었습니다. 그 댁 겸인 말로는 별채 뒤에 온통 붉은색 수국만 있었는데 어느 날 갑자기 꽃밭 가운데 수국들만 푸른색으로 변했다고 했습니다. 붉은색 수국은 식초 물과 만났을 때 푸른색으로 변할 수 있다는 것을 방금 보인 실험을 통해 알 수 있었습니다."

관아 안의 모든 사람들이 어리둥절한 얼굴로 눈만 끔뻑였다. 현감은 이제야 이해가 되었다는 듯 고개를 끄덕였지만 그 역시 어리둥절한 얼굴을 감출 수는 없었다.

"현감 나리! 이 노파의 아들은 식초 장수입니다. 그날도 식초 항아리를 지고 나갔다고 했습니다. 그리고 그 집 종이 말하길, 김중석은 별채 뒷마당으로 식초 장수를 끌고 와 매타작을 했고 혼절하자 종들을 돌려보냈다고 합니다. 이후로 식초 장수를 본 사람은 아무도 없다고 합니다. 바로 이 푸른색 수국이 별채 뒷마당에서 꺾어 온 것입니다. 식초 장수의 시신과 그의 짐을 수국 아래 묻었다면 분명 식초 항아리도 있을 것입니다."

현감은 두 손을 모아 턱에 괴고 눈을 끔벅이면서 잠시 생각했다.

"음…… 그것 참 신묘하구나. 수국 밑을 한번 파 볼 필요가 있겠구나. 여봐라! 어서 김초시 댁으로 가서 별채 뒷마당을 파 보거라. 김중석은 발견 즉시 이리로 데려 오너라!"

십수 명의 포졸들이 일사분란하게 관아 밖으로 뛰어 나갔다.

"한데 너는 어찌 저 노파와 식초 장수를 위해 이렇게까지 하는 것이냐? 그저 미천한 자들일 뿐인데."

대용은 현감 앞에 허리를 굽혀 답했다.

'세상에 귀한 인간, 천한 인간이 어디 있겠습니까? 모든 인간은 귀한 존재이옵니다.'

대용은 머릿속에 제일 먼저 떠오른 말을 속으로 삼켰다.

"그저 사대부의 도리로 딱한 처지를 들었더니 모른 체할 수 없었습니다."

"허허, 훌륭한 생각을 가진 유생이구나."

바로 그때 포졸 하나가 관아로 뛰어 들어왔다.

"나리! 나, 나왔습니다요!"

"이, 이런 변고가 있나. 김중석은, 그놈은 어찌되었느냐?"

"네, 아침부터 산에 올랐다 하여 지금 잡으러 갔습니다요."

대용은 주저앉아 울고 있는 노파의 거친 손을 잡았지만 그 어떤 말도 꺼낼 수 없었다.

노파 역시 아무 말 없이 다른 손으로 대용의 손등을 두어 번 톡톡 치는 것으로 말을 대신했다.

얼마 뒤 오라에 묶인 김중석이 관아에 들어섰다. 평생 백성의 고혈을 빨아먹었을 얼굴에는 심술보가 가득했다. 게다가 자신의 죄를 부인하며 제멋대로 소리를 내질렀다.

"현감 나리, 제가 식초 장수인지 소금 장수인지 그놈을 죽이고 제 집에 묻었다는 게 말이나 됩니까? 제가 했다는 증거도 없지 않습니까? 누가 제게 누명을 씌운 겁니다!"

바로 그 순간 시끌벅적한 소리가 멀리서 들려왔다.

마을 사람들이 관아로 몰려오고 있었다. 단단히 화가 난 사람들이 너도나도 김중석의 악행을 증언하겠다며 소리를 질렀다.

"제가 봤습니다. 식초 장수를 죽이고 거기에 묻는 것을 분명히 봤습니다요."

"제가 그 피와 흙이 묻은 옷을 빨았습니다요."

"술에 취해서 우리 며느리를 겁탈하려 했습니다요."

"우리 집에서 배불리 처먹고 돈 한 번 낸 적이 없습니다요."

증언은 끝이 없었다. 평소의 행실이 업보가 되어 돌아온 것이었다. 모든 증언들의 사실 여부를 따지려면 밤을 새워도 모자랄 판이었다.

대용과 아산은 혼란한 틈을 타서 관아 밖으로 나왔다. 마침 선화와 육손이 기다리고 있었다.

"용케 사람들을 설득했구나."

"설득도 필요 없었소. 방금 김중석이 잡혀 갔다고 하니 모두 들고 일어섰을 뿐이오."

"잘했다. 덕분에 식초 장수의 원한을 풀어 줄 수 있었다."

"이제 그 여인도 남편의 죽음을 받아들이고 뒷산에 오르지 않았으면 좋겠소."

"시신을 찾았으니 다행히 장례를 치를 수 있을 거다. 부디 노파와 여인의 앞날에 더 이상 굴곡이 안 졌으면 좋겠다."

"그나저나 오늘 이곳을 떠나 진부령을 넘기는 힘들 것 같습니다. 어쩐답니까?"

아산이 끼어들어 말했다.

"대장, 오늘 석반이나 걱정하시오."

선화가 채근하자 대용은 아까 챙긴 약과를 꺼냈다.

"내가 누구냐! 담헌 정탐단의 대장 담헌 아니냐? 귀한 약과를 구해 왔다."

"에계? 그걸 누구 코에 붙이겠소."

선화의 면박에 마음이 상했는지, 대용은 약과를 치우며 대꾸했다.

"뭐라? 그럼 넌 먹지 말거라."

그러자 선화가 재빨리 달려들어 약과 하나를 빼앗아 들었다.

"농이요. 농 한 번 한 것으로 죽자고 달려드네."

그렇게 약과를 하나씩 들었지만 역시 네 사람의 배고픔을 달랠 수는 없었다.

육손이 갑자기 그 큰 주먹을 불끈 쥐었다.

"젊은 혈기를 부리려면 고기를 먹어야 합니다요. 멧돼지 한 마리 잡아 오겠습니다요."

"맛 좋은 고기!"

아산이 맞장구를 쳤다.

"좋다. 고기를 먹자!"

대용도 크게 외쳤다.

제6장
미신과 과학

늦여름의 강원도 산속은 여전히 사방이 녹색이었다. 소나무 숲이 나오더니 곧 떡갈나무, 신갈나무가 나타났다. 깊은 산 지천의 나무마다 도토리가 열려 있었다.

아름드리나무 위에선 검정 청설모가 빠른 손놀림으로 도토리를 까먹고 있었다. 도토리는 쓴맛이 강해 그냥 먹을 수 없었다. 일단 말려서 고운 가루로 빻아 물에 끓여야 쓴맛이 사라진다. 아무리 배가 고프더라도 청설모처럼 도토리를 그냥 먹을 수는 없었다.

"대장, 일단 이거라도 드시오."

선화가 개암 열매 몇 개를 내밀었다. 풋내가 조금 났지만 매우 연하여 씹으면 부드러웠다. 호두처럼 고소하고 기름진 맛이었다. 몇 알 더 먹으면 좋겠다고 생각했지만 숲길에서 볼 수 있는 개암나무는 가뭄에 콩 나듯 적었다.

그렇게 지치고 배고픈 몸을 이끌고 담헌 정탐단이 겨우 도착한 곳은 바로 진부령 꼭대기였다. 탁 트인 전경이 잠시 배고픔을 잊게 만들었다.

저 멀리 동해가 보였고 곳곳에 작은 집들이 옹기종기 모여있었다. 넷은 잠시 쉴 요량으로 그늘진 바위 위에 누웠다. 계절이 가을로 접어들수록 푸른 하늘이 높이 솟아 보였다. 산봉우리 사이로 독수리들이 커다란 날개를 펴고 자유로이 날았다.

육손이 하늘을 보며 말했다.

"저 독수리도 잡아먹을 수 있을 텐데 말입니다요."

옆에 누운 아산이 대꾸했다.

"저 독수리가 널 잡아먹겠지."

"아산 도련님, 지금 같아서는 호랑이라도 눈앞에 보이면 잡아먹을 수 있을 것 같습니다요."

그때 머지않은 곳에서 푸드드득 소리가 들렸다. 새 한 마리가 날아와 수풀 속에 앉았다. 붉은색 대가리에 목은 푸른빛이 났다. 긴 꼬리 깃털로 보아 꿩이었다. 아산이 꿩을 가리키며 말했다.

"저것은 장끼^{수컷 꿩} 아닙니까?"

아산의 말에 육손이 벌떡 일어서 작은 돌 하나를 주워 들었다.

"꿩고기는 닭고기보다 쫄깃하지요."

어느새 대용도 선화도 아산도 돌 하나씩을 쥐고 있었다. 제대로 된 끼니를 먹은 지 오래다. 눈앞에 꿩 한 마리를 놓치고 싶지 않은 마음은 네 사람 다 같았다.

네 사람이 조심조심 꿩이 내려앉은 풀숲으로 다가가자 기척을 느끼고 다시 푸드득 날개를 치며 꿩이 날아올랐다.

운이 아주 없지는 않았는지 그 순간 아산이 던진 돌이 날아오르던 꿩을 맞혀 떨어뜨렸다.

"오호라! 형님, 제 솜씨가 어떻습니까?"

"꿩 도망간다. 어서 잡아라."

돌에 맞고 떨어진 꿩이 비틀대더니 다시 날아오르려 하고 있었다. 그 순간 어디서 나타났는지 육손이 몸을 날려 꿩을 붙잡았다.

"헤헤, 잡았습니다요."

"잘했다! 잘했어."

"조금만 기다리십시오. 최고의 꿩고기 준비하겠습니다요."

오랜만에 육손이 장기를 발휘할 시간이다. 단순해 보이지만 정이 많고 항상 해맑은 육손이 대용은 퍽 맘에 들었다. 대용은 문득 육손의 나이가 궁금했다. 워낙 몸집이 크고 새까만 얼굴을 보면 스무 살은 족히 넘어 보였다.

"육손아. 네 나이가 올해 몇이냐?"

"열여섯입니다요."

"뭐라? 스물여섯이 아니고? 나랑 나이는 같구나. 한데 왜 이렇게 늙었느냐?"

"그렇습니까요. 저 같은 백정이 젊어 보인다 한들 뭔 소용이 있겠습니까요. 허허."

"백정도 사람이다. 양반도 서자도 백정도 여인도 모두 평등한 세상이 언젠가는 올 것이다."

대용의 말에 육손이 깜짝 놀라 낮은 목소리로 말했다.

"아이고, 큰일 날 소리 마십시오. 국법에도 신분을 정해 놓지 않습니까요. 저는 천민이자 백정이지만 절 구해 주신 나리를 모실 수 있게 된 것만으로 좋습니다요."

"서역의 천주학에서도 모든 인간을 평등하다고 가르치고 있다. 앞으로 서역의 학문을 더 많은 이들이 공부한다면 분명 조선도 변할 것이다."

선화가 관심 없다는 듯 나뭇가지를 뾰족하게 갈아 이를 쑤시며 끼어들었다.

"대장, 말로만 평등을 주장하면 어떡합니까? 실천을 해야지.

육손이 너 지금부터 나한테 아씨라 하지 말고 선화라고 부르
려무나."

"헉, 어찌 제가 아씨의 존함을 부른단 말입니까?"

"뭐 어떠냐? 어차피 평등해질 거 우리가 먼저 그렇게 해 보
자."

잠시 난감한 표정을 짓고 있던 대용이 입을 열었다.

"그럼 나한테는 형님이라 불러라."

"아이고, 안 될 일입니다요."

육손은 양손으로 제 귀를 막고 최대한 멀리 도망쳤다. 대용
은 그런 육손의 뒤통수에 대고 소리쳤다.

"아님 대장이라고 하든가. 하하."

자기도 모르게 웃던 선화가 정색하며 화제를 돌렸다.

"대장, 오늘 서두르면 해 질 때쯤 고성에 들어갈 수 있을 거
요."

이제 진부령을 내려가는 일만 남았다. 드디어 고성이었다.

고성이 코앞이지만 대용의 다리는 점점 무거워졌다. 먹은 것
이 적으니 힘이 나지 않았다. 선화가 흐느적거리며 걷는 대용

에게 말을 붙였다.

"대장, 그렇게 걸어서 오늘 안에 도착하겠소?"

"조금 쉬었다 가자. 이제 이십 리 남지 않았더냐?"

"빨리 따라오시오. 할아버지가 고성에 가면 찾아가라는 나경적 어른을 만나지 못하면 길바닥에서 노숙해야 한단 말이오."

"알았다. 가자, 가!"

그렇게 걸어 해가 서쪽으로 넘어갈 무렵 담헌 정탐단은 고성에 입성했다.

고성군은 강원도 동해를 품고 있는 곳으로 산속의 인제현보다 훨씬 컸다. 바닷가를 끼고 있어 다른 곳보다 풍부한 식량을 구할 수 있다 보니 사람들이 많이 모여 살았다.

고성 어귀 이곳저곳을 구경하며 걷던 중 저 멀리서 검은 연기가 피어오르는 게 보였다. 조금 더 가까이 가 보니 초가집 한 채가 불에 타고 있었다.

"저기! 불이다!"

"어서 가던 길이나 가시지요. 우린 이제 막 도착하지 않았습니까. 어서 나경적 어른을 찾아야 할 것 아니오."

선화는 대용이 괜한 오지랖을 부릴까 봐 선수를 쳤다.

"사람이 다쳤을지도 모르는 일인데 왜 그리 매정한 것이냐?"

"매정하다니. 무슨 소리를 하는 거요? 우린 먼저 해야 할 일이 있소. 지나온 행보를 보시오. 며칠 걸으면 되는 길이었는데, 이런저런 일로 날을 보내다 결국 계절이 바뀌었지 않소?"

선화의 말도 일리 있었다. 힘들고 배고팠지만 그래도 좋은 일 한다는 생각으로 결국 고성까지 온 것이다. 하지만 선화 말 대로 섣불리 시간과 돈을 흘려버리지 않았다면 이미 고성에서 볼일을 마쳤을 것이다.

"혹시 우리가 도움이 될 수도 있지 않겠느냐? 그리고 당분간 여기에 머물 텐데 도착한 마당에 한 번 들여다보는 건 과하지 않을 것 같구나?"

선화는 길을 나설 때부터 실옹이 말한 나경적을 찾고 싶었다. 나경적은 분명 선화의 출신에 대해 알고 있을 것이고, 그와 관련된 이야기를 이곳 고성에서 찾을 수 있을 거라는 기대감 때문이다.

말없이 서 있는 선화를 보고 대용이 말했다.

"그럼 이렇게 하자. 나와 아산은 불이 난 쪽으로 가 볼 테니, 넌 육손이를 데리고 나경적 어른을 찾아 보거라."

"알았소. 곧 해가 질 테니 그렇게 하는 것이 좋겠소."

선화와 육손은 저잣거리로 나가고 대용은 아산을 데리고 연기가 피어오르는 곳을 찾아 갔다.

여러 사람들이 물동이와 바가지에 물을 길러 오가느라 아수

라장이었다. 한쪽에선 여인들의 곡소리가 들렸다. 여인 둘이 주저앉아 땅을 치며 울고 있었다.

"흑흑, 아이고! 숙희 아부지 살았으면 나와 봐요! 흑흑."

"흑흑, 아버지······."

아이의 아비가 아직 집 안에 있는 것 같았다. 큰 불로 번지지는 않아 다행이었지만 초가집은 거의 다 타서 검은 연기만 피어오르고 있었다. 남자들이 괭이 하나씩 들고 남은 불씨들을 끄고 있었다. 불구경을 나온 아이들은 뭐가 신이 났는지 뛰어다녔다. 그 어미들은 혹 누구에게 경을 칠까 자기 아이를 잡아 볼기를 때리고는 데려갔다.

누군가 소리를 크게 질렀다. 그 순간 물길 갈리듯 사람들이 양쪽으로 갈라섰다. 그 사이로 녹색 비단옷을 입고 커다란 갓을 쓴 남자 하나가 걸어왔다. 통통한 얼굴에는 심술보가 가득 내려와 있었다.

"에라잇! 빚도 안 갚고 뒈져 버렸겠네. 관아에서는 왜 아직도 안 오는거얏! 소식을 전하긴 한 게냐?"

그가 불만 가득한 말투로 말하자 아랫것처럼 보이는 이가 서둘러 대답했다.

"옙! 칠성이가 관아로 갔습니다요, 대감님."

"에잇, 날마다 정의니, 공의니 자기 잘난 소리만 해대던 현감이 이런 일도 제대로 처리하지 못해서야. 쯧쯧."

양반을 따른 이들 중 한 명이 까만 재만 남은 초가집 쪽으로 걸어갔다. 여러 가지 색깔이 화려하게 뒤섞인 옷을 입은 여인이었다. 희번덕거리는 눈으로 집 이곳저곳을 살피는데 감히 말 한마디 꺼내기 힘들 정도로 매서워 보였다. 여인은 방울 달린 막대를 들고, 꿩 깃털이 달린 빨간 갓을 쓰고 있었다. 무당이었다.

무당은 불탄 초가집을 앞에 두고 방울을 연신 흔들며 중얼거렸다. 잠시 후 접신이 된 것인지 몸을 부르르 떨었다. 그러고는 갑자기 뒤를 돌았는데 무당의 두 눈이 뒤집혀서 흰자위만 보였다. 이를 지켜보던 사람들은 모두 놀라 입을 틀어막거나 눈을 가렸다. 서둘러 자리를 뜨는 이들도 있었다.

무당이 아니라 귀신처럼 보였다. 무당의 입에서 괴상한 목소리가 흘러나왔다.

"이놈들! 이 불장군의 말을 거역하는 놈들은 죄다 태워 죽일 것이다!"

무당이 엄포를 놓자 사람들은 놀라 바닥에 넙죽 엎드렸다. 반면 아까 그 양반은 눈앞에 벌어지는 광경이 만족스러운지 엎드린 사람들을 향해 소리쳤다.

"봤느냐? 이놈들아! 내 돈 떼어먹는 놈은 내 불장군께 아뢰어 모두 태워 죽일 것이다. 그러니 빌려 간 돈이 있다면 이자까지 붙여 얼른 갚도록 해라."

양반의 한마디에 엎드린 사람들이 이마를 연신 바닥에 찧으며 말씀하신 바를 받들겠다고 대답했다. 이 많은 사람들이 두려움에 떤다는 건, 결국 저들 대부분 저 양반에게 돈을 빌렸다는 것이다.

무당은 다시 몸을 부르르 떨었다. 흰자 가득했던 눈은 원래대로 돌아왔다. 하지만 대용의 눈에는 지금 무당이 하는 짓이 진짜처럼 보이지 않았다.

'악덕한 양반과 무서운 무당이라⋯⋯.'

백성들의 고혈을 빨아먹기에 딱 좋은 조합이었다.

때마침 포졸들이 나타났다. 포졸을 이끌던 형방이 양반 앞으로 와서 고개를 숙였다.

"나리, 나오셨습니까?"

"이놈아, 서둘러 다니지 않느냐?"

"죄송합니다, 나리. 현감께서 워낙 이것저것 까다롭게 따지셔서⋯⋯."

종4품 군수가 다스리는 고성군의 실무는 종6품 현감이 대부분 처리했다.

"현감이 어쩌건, 네놈이 그 자리에 있는 것도 다 내 덕택인 걸 잊으면 안 된다."

"네, 지당하신 말씀입니다."

포졸들이 까맣게 그을린 방문을 열고 이미 심하게 타 버린 시신을 들고 나왔다. 제 아비의 처참한 시신을 본 딸은 혼절했고, 어미는 더 크게 통곡했다.

"방에 독한 냄새가 나는 술병이 열댓 개나 있습니다요. 취해서 호롱불을 넘어뜨렸나 봅니다."

포졸의 보고를 듣고 형방이 고개를 끄덕였다.

"다른 흔적은 없더냐?"

"모두 타 버렸습니다요. 술병과 술잔, 그릇 몇 개만 남았습죠."

"그럼 술에 취해 일어난 실화실수로 일어난 화재 사고구나."

"그렇게 보입니다요."

가만히 듣고 있던 양반이 끼어들었다.

"아무튼 형방! 뒈진 저놈은 내게 백 냥 빚졌으니 대신 저 마누라와 여식을 노비로 데려다 쓰겠네. 현감께는 자네가 잘 말씀드리고."

"하, 하지만 현감께서는 법도를 따라야 한다고……."

짝!

양반의 통통한 손이 형방의 따귀를 갈겼다.

"이놈 좀 봐라. 군수가 내 편인데 그깟 현감이 문제렸다! 현감 따위 알아서 구슬리라고 내가 널 그 자리에 앉힌 거 잊었느냐?"

"예, 그렇게 전하겠습니다요……."

형방은 고개를 연신 숙였다.

이 상황을 멀리서 지켜보던 대용의 머릿속에 여러 의문들이 자리 잡았다. 백성들 편에 서야 할 관아가 양반의 권세 앞에서 아무런 힘도 못 쓰는 꼴이 어이가 없었다. 빚진 가정을 파탄 내는 양반의 횡포와 지방관청의 부조리를 대용은 가만히 두고만 볼 수 없었다.

"내가 가만 보니 의문이 많은 화재이온데 급히 실화라고 하다니 그것 참 이상합니다. 오작인의 검시가 제대로 행해지긴 한 것입니까?"

모든 시선이 대용에게로 모였다. 양반도 불쾌함이 가득한 눈으로 대용을 위아래로 훑어보았다.

"못 보던 얼굴인데 자넨 누구인가?"

"지나가던 나그네올시다."

대용의 대답에 양반의 심술보가 두꺼비처럼 커졌다.

"어허! 감히 여기가 어디라고 말장난을 부리느냐!"

"아닙니다, 나리. 그럴 생각은 추호도 없습니다."

"그럼 어서 썩 꺼져라! 형방! 형방, 뭐 하는 게야?"

형방이 대용 앞으로 나섰다. 의문을 품는 낯선 나그네가 고까운지 손가락을 치켜들고 대용의 얼굴을 가리켰다.

"이놈이 어디서 관아를 무시하는 게냐? 끌려가서 치도곤을 맞아 봐야 정신을 차릴 테냐?"

어째 분위기가 험악해지고 있었다. 이대로라면 대용은 괜히 곤란한 상황에 처할지도 모른다. 아산이 서둘러 앞으로 나가 대용을 조용히 끌었다.

"아이고, 이제 그만 가던 길을 가시지요. 나·으·리."

아산이 일부러 대용을 부르는 소리를 들었는지 형방의 목소리가 작아졌다.

"양반이었수? 말을 하지. 한데 이처럼 빤한 화재가 어디 있다고, 뭐가 이상하다는 거요? 대체."

"오작인이 제대로 검시한 게 맞소?"

"저 까맣게 타 버린 시체를 보시오. 검시한다고 뭐가 나오겠소?"

"그래도 절차는 지키고 봐야 망자도 억울함 없이 눈을 감지 않겠소."

"술병이 열댓 개 나왔소. 삼척동자도 다 알 것이오."

대용은 포졸이 방에서 가지고 나온 술병을 하나 들어 코에 갖다 댔다.

"냄새를 맡아 보니 소주처럼 꽤 독한 술 같은데."

형방은 날카로운 목소리로 답했다.

"그렇소. 소주 열 병이면 천하장사라도 인사불성이 될 겁니다. 그러니 당연히 불이 나도 빠져나오지 못한 것이겠지요."

대용은 형방의 말을 듣는 둥 마는 둥 엎드려 울고 있는 어미에게 다가갔다.

"부인, 한 가지만 여쭙겠습니다. 혹시 집에 돈이 될 만한 게 있었습니까?"

어미는 눈물 맺힌 눈으로 고개를 흔들었다.

"돈 한 푼 없습니다요. 저 아이도 사흘을 굶어 뼈만 남았지 않습니까?"

어미의 말을 듣고 대용은 형방을 돌아보았다.

"이렇게 찢어지게 가난한 집안에서 어째 그 비싼 소주를 열 댓 병이나 사 마실 수 있겠소."

형방이 보기에도 대용이 의문을 품을 만했다. 지방 향리인 자신의 녹봉으로도 소주를 저리 많이 사 마실 수 없었다. 이도 저도 대꾸하지 못하는 형방을 보고 사람들이 수군거리기 시작했다.

"맞아. 나도 소주는 한 번도 마셔 본 적 없어."

"그러게, 저 집은 소주는커녕 막걸리 사 마실 돈도 없었을 텐데 말이야."

금세 어수선해진 분위기에 멀찍하게 떨어져 있던 양반이 나섰다.

"누가 저 많은 술을 샀다고 했는가? 훔쳤을지도 모르지! 천한 것들은 틈만 주면 훔치는 게 버릇이지 않은가."

대용은 양반에게 시선을 옮겼다. 여기서 기세가 꺾이면 안 되었다.

"맞습니다. 소주 열 병을 사려면 꿩장히 큰돈이 듭니다. 이 마을에서 분명 소주 열 병이 한꺼번에 팔리거나 사라졌다면 금방 소문이 날 겁니다. 관아에서 그것을 알아보면 되겠지요."

"에잇, 어차피 자살을 맘먹은 자가 뭔들 못 하겠어!"

"자살이라니, 그게 무슨 말입니까? 그걸 나리께서 어떻게 아십니까?"

양반이 내뱉은 한마디가 대용의 가슴속을 왈칵 뒤집었다.

"왜긴, 돈 한 푼 없으니 죽으려 했겠지. 내게 갚아야 할 원금뿐 아니라 이자조차 못 갚고 있었단 말이다. 그럼 어떻겠나. 할 수 있는 게 아무것도 없는 자였다고."

양반은 피도 눈물도 찾아볼 수 없는 자였다.

대용은 한쪽에 아무 말 없이 서 있는 무당을 가리켰다.

"저 무당은 나리께서 데리고 왔습니까?"

"그래. 이 마을 무당이다."

"아까 무당이 불장군을 운운했습니다. 분명 나리도 돈을 안 갚으면 불장군께 아뢰어 태워 죽인다고 했습니다. 아까는 불장군이 노하셨다 하고, 지금은 자살이라니, 왜 전후가 다른 것입니까?"

양반의 퉁퉁한 심술보가 붉게 변했다. 자기가 내뱉은 말에 모순이 생겼다는 걸 스스로 깨달은 것이다.

"어허! 이놈 봐라! 네가 감히 날 가르치려 드느냐?"

난처해진 상황을 모면하기 위해 큰소리부터 치는 것이 어째 악덕한 양반의 특징인 듯 보였다. 이에 대용이 질 리 없었다.

"나리, 정확히 말씀하십시오. 자살입니까? 불장군입니까?"

"네 이놈! 가만 안 두겠다. 네놈부터 정체를 밝혀라. 네놈은 누구냐?"

안 되겠다 싶었는지 아산이 다시 나섰다.

"저희는 양주목 석실서원 유생입니다."

아산의 소개를 듣고 양반이 움찔했다. 언제 화가 식었는지 방금 전 내보인 기세는 온데간데 없었다. 이번에도 뒷배 좋은 석실서원 유생을 잘 활용한 격이다.

"아산아, 왜 자꾸 쓸데없는 소리를 하느냐. 어디 신분이 밥 먹여 주더냐."

대용의 꾸지람에 아산이 눈을 흘겼다. 기껏 도와줬더니 면박을 주느냐는, 반항 어린 신호였다. 대용도 속마음은 안 그렇다는 식으로 한쪽 눈을 찡끗거렸다.

아직 심술보는 그대로였지만 양반은 한층 누그러진 목소리로 말했다.

"유생이면 공부나 하지, 왜 남의 마을에 와서 참견인고. 양반집 자제라도 이 마을에서는 몸조심하는 게 좋을 거다. 안 그러면 진짜 불장군께서 노하실 게야."

"그런 미신 같은 건 믿지 않습니다. 오직 눈으로 확인할 수 있는 것만 믿지요."

양반이 대용의 대꾸를 듣고 콧방귀를 한 번 뀌었다.

"형방! 난 가네. 신경 안 쓰이게 잘…… 알아들었지?"

양반과 그 종들이 사람들 사이를 헤치고 이내 사라졌다. 양반이 안 보일 때까지 고개를 숙이고 있던 형방에게 대용이 다가가 말했다.

"저 시신을 어서 관아로 옮기시오. 현감께서 판단할 것이오."

형방은 안 그래도 그러려고 했다는 듯 한숨을 푹 쉬고는 포졸들을 불러 세웠다.

"어서 시신을 잘 수습해 관아로 옮기거라."

포졸들이 분주하게 움직이는 모습을 지켜보던 대용과 아산

옆으로 누군가 조용히 다가왔다. 무당이었다. 무당의 째진 눈이 대용의 얼굴을 노려보았다.

"나리, 미신이라니요? 불장군께서 들으시면 노하십니다."

대용이 평소보다 힘을 주어 말했다.

"난 내 눈에 보이는 것만 믿소."

"흐흐흐, 그러시다면 언제 저희 당집에 한 번 들르시지요. 신묘한 광경을 직접 보게 되실 겁니다."

대용은 무당의 제안이 뜻밖이었지만 그 기세에 밀릴 수 없었다.

"내 그러리다. 아산아, 우리도 어서 가자. 다들 기다리겠다."

아산의 입이 나와 있었다.

"형님, 앞으로 이런 일에 끼어드실 거면 일단 양반임을 밝히십시오."

"나중에 밝히는 것이 더 극적이지 않더냐?"

아산은 말없이 고개를 절레절레 흔들었다.

나경적은 고성 무시골 아래 살고 있었다. 마을 사람들은 나경적을 괴상한 양반이라 부르고 있었다. 선화와 육손은 사람들이 일러 준 대로 산길을 따라 무시골로 들어가다 깊은 산속과 어울리지 않는 기와집 한 채를 발견했다.

지금은 네 사람이 함께 나경적의 집에 당도했다. 이미 해가 지고 주위는 완전히 어둠에 빠졌다. 혹여 나경적이 실옹을 모른다고 하거나 네 사람을 피한다면 꼼짝없이 굶고 노숙해야 했다.

대용이 큰 숨을 한 번 내뱉고는 굳게 닫힌 대문을 두드렸다. 잠시 후 겸인으로 보이는 사내가 나와 문을 열었다.

"이 늦은 시각에 뉘신지요?"

"저는 홍대용이라고 합니다. 실옹 어르신께서 나경적 어른을 찾아 뵈라 하셔서 찾아왔습니다."

"실옹 어르신이라…… 난 잘 모르겠소만……."

"하면 나경적 어른께 전하기라도 해 주시면 안 되겠습니까?"

"그럼 일단 들어와 기다리시오."

대용이 마당에 들어와 기다리는 동안 겸인이 안채에 들어갔다. 곧 흰 수염이 덥수룩한 노인이 부랴부랴 뛰어 나왔다. 나경적은 일흔은 족히 넘어 보이는 노인이었다. 하지만 노쇠한 기색 없이 정정해 보였다.

"아니, 이게 어찌된 일인가? 실옹이 보냈다고? 그럼 실옹은 지금 어디서 무얼 하는가? 아니, 어서 안으로 들게나."

누구보다 마음이 급한 나경적은 대용의 인사도 받기도 전에 질문을 쏟아 냈다. 잠시 후 네 사람은 겸인의 안내를 받아 안채로 들어갔다. 그곳에서 나경적은 못다 한 이야기를 시작했다.

나경적은 실옹과 함께 벼슬에 올랐다. 둘 다 실학에 관심을 두고 학문을 닦았으나 그 결은 조금 달랐다. 나경적은 서역의 신문물을 만들고 개발하는 데 몰두한 반면, 실옹은 새 시대를 열 수 있는 정치개혁을 부르짖었다. 이미 기득권을 가진 관리들에게 실옹과 같은 급진파는 눈엣가시였다.

결국 실옹은 관리들의 모함으로 이곳 고성으로 귀양을 와야 했다. 반면 나경적은 관직에서 물러나 실학 연구에만 몰두하기 위해 고성에 터를 잡았다. 옛일을 회상하면서 그의 눈가는 촉촉해졌다.

"벌써 삼십 년이 넘었구만……. 실옹도 이제 제 생을 다 살고 떠날 때가 되었겠지."

선화의 얼굴에 불안한 기색이 가득 들어찼다. 붉으락푸르락한 얼굴로 주먹을 쥐었다 폈다 했다. 혹 나경적의 이야기 속에 자신의 출신을 가늠할 수 있는 대목이 있지 않을까 노심초사하는 듯 보였다.

대용은 그런 선화가 안쓰러워 대신 물어보았다.

"어르신, 한데 고성에 계셨던 실옹 어르신께서 무슨 일로 양

주까지 와 계셨던 겁니까? 그리고…… 이 아이 이름은 박선화
인데 아기 때부터 실옹 어르신께서 키웠다고 합니다."

　예상하지 못한 대용의 질문에 뜨끔 놀란 것은 선화만이 아
니었다. 나경적은 선화의 이름을 듣고 화들짝 놀랐다. 그러고
는 목소리를 최대한 낮추어 말했다.

"그 이름……. 목소리 낮춰 말하게."

　나경적은 선화의 얼굴을 요모조모 따져 보았다.

"남장 여인이었구나. 그러고 보니 눈매가 닮았군……."

　나경적은 예정에 없던 이야기를 시작했다.

　고성에서 실옹은 귀양을 살았고, 나경적은 실학을 닦았지만
둘은 사람들의 눈을 피해 자주 만났다.

　15년 전 고성에는 박덕흠이라는 자가 군수로 부임해 왔다.
바로 선화의 친아버지였다. 박덕흠은 젊은 나이에 관직에 올라
군수 자리에 앉을 정도로 능력 있고 깨어 있는 양반이었다.

　어느 날 고성에 귀양을 살러 온 자들을 살피다 실옹을 만났
고, 뜻이 비슷한 실옹의 사상에 감명 받았다. 귀양을 사는 자는
자신의 처소를 떠날 수 없지만 박덕흠은 특별히 실옹을 관아
까지 모셔 대접했다.

　하지만 이러한 새 군수의 행보에 불만을 품은 자가 바로 지
역 유지인 고상덕이었다. 고상덕은 백성들을 상대로 이자 놀음

을 하고 빚진 이들을 사지로 내몰며 악덕을 일삼던 양반이었다. 이런 실상을 알게 된 박덕흠은 백성 편에 서기로 했다.

고상덕 역시 가만히 당하고만 있지 않고 흉계를 꾸몄다. 고성 군수가 죄인을 관아로 불러들인다고 강원도 관찰사에게 고했다. 그리고 화적단을 관군으로 위장시켜 고성 군수를 조사하기 위해 진부령을 넘는 관찰사 일행을 습격한 것이다. 이것이 박덕흠의 짓이라 여긴 조정은 군사를 고성에 보냈다.

결국 박덕흠은 붙잡혀 죽임을 당했고 그의 식구들은 노비로 팔려 갔다. 급박한 사정을 알게 된 실옹은 박덕흠의 외동딸만 품 안에 숨겨 고성을 떠난 것이다.

선화의 눈에서는 내내 눈물이 솟았다. 제 부모의 얼굴도 기억할 수 없었던 이유를 이제야 알게 되었다. 선화는 원통하고 분한 마음을 입술을 꽉 깨무는 것으로 대신했다. 빨간 피가 입술을 물들였다. 당장이라도 고상덕에게 달려갈 기세였다.

"선화야, 참거라. 네 아비는 죽임을 당했지만, 어미는 함경도 명천에 관비로 갔다고 들었다. 어미라도 찾는 것이 낫지 않겠느냐."

선화는 말이 없었다.

머릿속에 많은 생각이 맴돌고 있었다.

다음 날 해가 뜨자마자 선화는 육손을 데리고 마을로 내려 갔다.

"내가 대장처럼 여기저기 오지랖 부릴 것 같으오? 그냥 박덕 흠에 대해 좀 더 알아보려는 것이오."

혹시라도 선화가 허튼짓을 벌일까 봐 육손을 데리고 가라는 대용의 말에 선화가 대꾸했다. 산 아래로 사라지는 둘의 뒷모 습이 대용의 눈에 자꾸만 밟혔다.

그때 나경적이 대문 밖으로 나왔다.

"걱정 마시게. 자네 우려와 달리, 선화의 눈에는 복수보다 제 부모를 기리는 측은함이 더 가득하네. 이 늙은이를 믿어 보게 나."

"네, 어르신."

다시 마당에 들어온 대용은 어젯밤 어두워서 알아보지 못한 광경을 보고 놀랐다. 넓은 마당에는 죄다 기묘하게 생긴 것들 이 즐비했다. 대용은 숫자가 차례로 쓰여 있는 나무틀에 물을 흘려보내면 그 높이의 차이로 시각을 알 수 있는 물시계를 알 아보았다.

"어르신, 이건 물시계 아닙니까?"

"허허, 용케 알아보는구먼. 내가 조금 개량했지."

대용은 책에서만 봐 왔던 물시계를 신기한 듯 이리저리 보았다.

"이런 것에 관심 좀 있나?"

"네, 사실 저도 혼천의를 만들고 있습니다."

"혼천의? 젊은이가 참 대단하구먼. 그럼 내가 몇 개 더 보여 주지. 작업장으로 가세나."

나경적을 따라 사랑채를 끼고 돌아가자 집보다 더 큰 별채가 있었다.

"저기가 내 작업장일세."

작업장의 천장 높이는 대용의 키 세 배는 족히 되어 보였다. 매우 넓은 공간의 한쪽에는 지금 나경적이 만들고 있는 기기들이 보였다. 직접 철을 제련하는지 한창 달궈져 있는 가마도 보였다. 가마 앞에서 대용보다 나이가 조금 많아 보이는 두 사내가 쇠로 만든 판을 자르고 있었다.

"스승님. 오셨습니까?"

"그래. 잘되고 있는가?"

"네."

나경적은 공손히 고개를 숙여 대답하는 두 사내에게 대용을 소개했다.

"대사간을 지내셨던 홍용조 영감의 손자 담헌 홍대용이네."

"안녕하십니까? 홍대용입니다."

대용이 먼저 인사했다.

"내 제자들이라네. 이쪽 작은 이가 안처인이고, 큰 이가 천용득일세."

둘 다 몸집이 크고 탄탄해 보였다. 특히 천용득은 그 덩치가 천하장사 못지않았다. 나경적도 나이에 비해 정정한 걸 보면 그들이 벌이고 있는 일이 쉽지만은 않은 일 같았다.

대용은 안치인과 천용득에게 공손히 말했다.

"반갑습니다. 앞으로 많은 가르침 부탁드립니다."

"이제 너희들은 하던 걸 마저 하거라."

나경적의 말에 둘은 잠시 멈춰 놓은 일을 계속했다.

"자, 담헌. 보게나 그간 내가 만든 것이네."

나경적은 멀지 않은 곳으로 대용을 데리고 가서 무엇인가를 소개했다.

절굿공이가 달린 쇠 팔이 절구 안에서 스스로 움직였다. 대용이 놀라 입을 벌리고 있는 걸 보고 나경적이 말했다.

"이 기기의 이름은 자용침自舂砧일세."

"제 이름대로 스스로 절구질을 하는군요. 깜짝 놀랐습니다, 어르신. 어째서 절굿공이를 움직이는 데 사람의 힘이 조금도 필요하지 않은 것입니까?”

“자네 수차라고 들어 보았는가?”

“수차는 큰 바퀴 모양처럼 생겨서 물이 높은 데서 낮은 곳으로 떨어지는 힘을 이용해 동력을 얻도록 만들어진 기기 아닙니까? 그 힘으로 방아를 찧는 것을 한 번 본 적이 있습니다. 한데 이 자용침은 물 없이 움직이고 있습니다.”

“쇠를 어떻게 제련하느냐에 따라 스스로 움직일 수 있는 힘을 만들 수 있다네.”

나경적은 얇은 철판이 달팽이처럼 말리는 모습태엽의 옛 모습을 직접 보여 주었다. 철판을 작게 그러모았다가 한 번에 두 손을 놓으니 팽, 하는 소리를 내면서 원래대로 펴졌다.

“힘을 받아 접힌 철에 힘을 제거하면 저절로 팽창하는 습성을 이용하셨군요?”

나경적은 자용침 뒤에 달린 네모난 상자의 한 면을 열었다. 안에는 여러 개의 톱니바퀴가 맞물려 돌고 있었다.

“톱니 수에 따라 더 작은 힘, 또는 더 큰 힘을 가할 수 있지.”

대용의 가슴속에 어마어마한 감동이 밀려들었다. 청에는 이미 이런 기기가 있다는 소리를 언젠가 들어 보았지만 두 눈으로 보지 않고는 그 실체를 믿을 수 없었다.

“대단하십니다. 혹시 다른 기기도 보여 주시겠습니까?”

"물론이지. 이리로 오게나."

이번에는 칼 따위를 날카롭게 연마할 때 쓰는 숫돌이 둥그렇게 균등한 거리를 두고 달려 있는 기기가 보였다. 나경적이 한가운데 의자에 걸터앉아 아래 발판을 연신 밟자 숫돌이 돌기 시작했다. 작은 철판 하나를 돌아가는 숫돌에 갖다 대자 불꽃이 일며 철판이 갈렸다.

"자전마自轉磨일세."

"스스로 돌아가는 숫돌이라……. 딱 맞는 이름입니다, 어르신."

"지금 청에는 서역 사람들이 많이 들어와 있다고 하네. 그들은 눈이 녹색이고 머리카락이 황색이라고 하는데 들어는 봤나?"

"네, 색목인이라 불리는 이들로 발달된 과학, 수학, 천문학 지식을 지녔다고 들었습니다."

"그들이 명 때 지은 과학서『기기도설奇器圖說』을 청에서 구했네. 거기에는 작은 힘으로 큰 힘을 내거나, 물을 높은 곳까지 길어 올릴 수 있는 기기에 대한 설명이 기록되어 있지. 난 그걸 보고 익혀 더 나은 것으로 만들고 있네."

"제 생각도 어르신과 같습니다. 논에 물을 대거나 밭을 가는 데 쓸 수 있는 기기가 보급된다면 백성들의 경작량은 크게 늘 것입니다. 또한 제 혼천의는 나무로 만든 것이어서 약하고 부정확합니다. 어르신께서 도움을 주신다면 철판을 잘라 혼천의를 만들고 싶습니다."

나경적은 대용의 생각과 태도에 감동 받은 눈치였다. 두 사람은 실학의 방식에 대해 오랫동안 각자의 생각을 주고받았다.

중반 후 대용은 아산와 함께 마을로 내려왔다. 무당을 만나볼 요량이었다. 저잣거리 사람들 말로는 무당이 말한 당집은 마을 북쪽 어귀에 있다고 했다.

당집을 찾아 나선 대용과 아산은 거대한 당나무 앞에서 걸음을 멈췄다. 당나무 가지에는 붉은색, 푸른색, 노란색 천 조각들이 축축 늘어져 있었다. 누가 봐도 무당의 집이 가까운 곳에 있었다.

저잣거리에서 만난 사람들은 무당의 신력을 높이 평가하는 것 같았다.

손을 안 대고 가만히 있는 것을 움직인다거나, 무거운 석상을 손쉽게 들어 보이는 등 모시고 있는 장군신의 힘을 빌려 신묘한 일을 벌인다고 했다. 마을 사람들은 그런 무당에게 경외

심을 보였다.

대용과 아산은 살짝 겁이 났지만 어제 무당 앞에 뱉어 놓은 말이 있어 큰 기침을 몇 번 하고는 허세를 떨어 보았다.

"어허, 거 당나무가 제법 크구나."

아산은 잔뜩 겁먹은 눈알을 좌우로 부지런히 굴리며 이리저리 둘러보았다.

"형님, 여긴 영험한 곳인 것 같습니다. 이따 무당을 만나면 성질대로 하지 마시고 조심, 또 조심하십시오. 전 뭔가 괜히 불안합니다."

"어허, 허튼소리! 당집은 어디 있는 게냐?"

아산은 손가락으로 산속을 가리켰다.

"사람들 말로는 이 당나무를 지나 숲으로 조금만 들어가면 된답니다."

대용은 당나무 아래에 잠시 멈춰 섰다. 워낙 큰 당나무 아래서는 머리 위에 뜬 해도 잘 보이지 않았다. 그 때문에 당나무 근처는 큰 그늘이 생겨 제법 어두웠다. 대용은 불길한 기분이 들어 괜히 쿵쿵 길을 밟으며 걸었다.

습한 향이 가득한 오솔길을 걸어 올라가자 큼지막한 너와집 하나가 나왔다. 조금 전 지나온 당나무와 마찬가지로 색색의 천 조각들이 집 앞 나뭇가지에 걸려 있었고 여러 개의 촛불이 켜져 있었다.

"형님, 저깁니다."

열린 대문 안으로 들어선 대용에게 흰옷 입은 여인이 다가왔다.

"약조를 먼저 하지 않으시면 장군 보살님을 만나실 수 없습니다."

무당을 장군 보살이라 부르는 모양이었다.

"보살님께 어제 불난 집에서 만난 홍대용이 왔다고 전해 주시게."

여인은 살짝 고개를 숙이고는 사라졌는데, 잠시 후 다시 나타나서는 둘을 안채로 안내했다. 안채에는 창문이 없어 빛이 들어오지 않았고, 수많은 촛불이 켜져 있어 신묘한 분위기를 자아내고 있었다.

장군 보살은 저번보다 훨씬 더 화려한 옷을 입고 방 안에 앉아 있었다. 장군 보살 뒤로 불타고 있는 장군상이 그려져 있고, 각양각색의 집기들이 어지러이 모여 있었다. 대용과 아산은 생경한 광경 때문에 정신을 집중할 수 없었다.

"앉으십시오."

장군 보살의 쪼그라드는 목소리가 방 안을 울렸다. 대용과 아산은 장군 보살 앞에 놓인 방석 두 개에 나란히 앉았다. 곧 방문이 열리고 둘을 안내한 여인이 찻잔이 놓인 소반을 가져다 놓았다.

"드시지요. 긴장을 푸는 데 효험이 있는 차입니다."

아산은 찻잔을 들어 후루룩 차를 마셨지만, 대용은 찻잔에는 손을 대지 않았다. 정신을 바짝 차리고 뭐든 조심할 생각이었다. 오히려 대용은 자기 가슴 앞에 팔짱을 끼고 허리를 곧게 세워 여유를 부렸다.

"차야 천천히 마시면 되고…… 여기로 찾아오면 보살께서 신비한 걸 보여 준다고 하지 않았소?"

"조선 왕조뿐 아니라 단군께서 이 땅에 나라를 세운 옛적에도 만물에는 신의 기운이 담겨 있다고 했습니다. 나리는 그것을 믿지 않으십니까?"

"믿지 않는다기보다 여태 내 눈으로는 보지 못했소. 난 실제로 보고 듣는 것을 중요하게 생각하오."

"호호호. 요즘 나리처럼 생각하는 양반들이 많아졌다지요?"

"쓸데없는 소리 그만하고 어서 보여 주시오, 그 말로만 떠든 신의 힘을."

대용은 장군 보살이 이런저런 말을 이어가면서 계속 대용의 찻잔을 힐끔거리는 게 느껴졌다. 대용이 찻잔을 들어 천천히 입으로 가져가자 보살이 하던 말을 잠시 멈추고는 대용의 입가를 노골적으로 훔쳐보았다.

대용이 차를 마시는 척 꼴깍 소리를 냈다. 최근 청에서 환각을 일으키는 찻잎이 들어왔다는 소리를 들었던 터라 대용은 더욱 경계할 수밖에 없었다. 상대의 호의를 저버리는 일이 될지라도 어쩔 수 없었다.

"큭큭큭. 원래 제가 봐 드리는 점은 값이 많이 듭니다. 하지만 신을 믿지 못하는 나리를 위해 특별히 봐 드리겠습니다. 선녀야! 장군님의 눈물을 내오거라."

잠시 후 아까 그 여인이 넓은 백자 대접에 물을 가득 채워 들고 왔다. 대접에는 무시무시하게 생긴 도깨비 형상이 그려져 있었다.

"자, 그럼 장군님을 불러 보겠습니다!"

장군 보살은 양손에 방울을 들고 흔들기 시작했다. 쩌렁쩌렁 울리는 방울 소리는 방 안을 가득 채우고도 모자라 대용과 아산의 귓속을 파고들었다. 방울 소리가 더 격해질수록 아산이 무서운지 대용에게 계속 몸을 붙였다.

한참을 그렇게 방울을 흔들면서 알 수 없는 주문을 외우던 보살의 눈이 뒤집히면서 흰자위를 보이고는 부르르 몸을 떨었다. 바로 옆에서 두 손을 연신 비비며 치성을 드리던 선녀가 물었다.

"장군님 오셨습니까?"

보살의 입에서 굵은 목소리가 터져 나왔다.

"괘씸한 놈들이 왔다고?"

보살은 웅크리고 있던 몸을 벌떡 일으켜 대들보에 매달린 밧줄을 한 손으로 잡았다.

"이런 고얀 놈! 여기가 어디라고 감히 불장군을 의심하는 것이냐!"

보살은 한 손으로 방울을 계속 흔들고 다른 한 손으로는 대들보에 매달린 밧줄을 잡아당겼다. 그러자 건너편에 밧줄과 연결된 동물 모양의 석상이 슬쩍 들렸다. 한눈에 봐도 무거운 석상이었으나, 보살은 어렵지 않게 밧줄을 당겼다 풀었다를 반복하며 석상을 끌어올렸다.

보살은 노인이었고 여성이었다. 그런 보살이 저토록 무거운 석상을 한 손으로 들어 올리는 것은 불가능했다.

대용은 납득할 수 없는 상황에 숨이 턱 막혔다. 불안감이 싹텄다. 아산은 아예 자리에 넙죽 엎드려 두 손을 연신 비벼댔다.

"아이고, 불장군님. 죄송합니다요."

"네 이놈들! 내 힘을 보았느냐?"

보살의 눈썹이 바짝 올라가고 목소리는 더욱 굵어졌다. 어느 늙은 장수의 모습이 연상되었다. 이미 아산은 겁을 먹을 대로 먹었다.

"네, 그러하옵니다. 저희를 용서하십시오."

보살은 다시 몸을 부르르 떨더니 자리에 앉아 대바늘 하나를 꺼냈다.

"네놈들의 미래를 봐 주지."

선녀가 가져온 대접 물 위에 보살이 대바늘을 올렸다. 대바늘은 쇠로 만들어져 응당 물에 가라앉기 마련인데, 어찌된 일인지 보살이 올린 대바늘은 물 위에 둥둥 떠 있었다. 그뿐만이아니었다. 보살이 양 손바닥을 대접 가까이에 가져다 대고는알아들을 수 없는 말로 주문을 외웠다,

그때였다. 물에 둥둥 떠 있는 대바늘이 손바닥이 움직이는대로 움직이기 시작했다. 빙글 돌기도 하고, 이리저리 방향을바꾸기도 했다. 생전 처음 보는 기묘한 모습에 대용과 아산은아무 말도 할 수 없었다.

보살이 아산을 손가락으로 가리켰다.

"네 이놈!"

아산이 고개를 바닥에 바짝 묻었다.

"아이고, 불장군님."

"네놈은 사람을 잘못 만나 위험에 처할 운명이야. 옆에 있는양반 놈이 주제도 모르고 날뛰니 그 뒤치다꺼리를 하느라 고

생하는구나."

"헉, 맞습……."

아산이 손으로 입을 틀어막았다. 아산의 대답을 못 들었는지 대용은 물 위에 둥둥 떠 있는 대바늘만 노려보고 있었다.

"그럼 저는 어떻게 해야 합니까?"

"저 양반의 기행을 막아야지, 이놈아."

"아이고, 알겠습니다요."

이번엔 대용을 노려보며 윽박질렀다.

"이 양반 놈!"

대용이 깜짝 놀라 어깨를 잔뜩 움츠렸다.

"전통과 법도를 무시할 때, 큰 화를 입을 것이야. 알겠느냐?"

대용의 대답이 없자 보살이 자리에서 벌떡 일어났다.

"이놈! 양반이라고 고개가 뻣뻣하구나! 내 힘을 다시 봐야겠느냐?"

보살이 다시 밧줄을 잡고 석상을 들어다 났다 했다. 아까는 처음 보는 장면에 정신이 빼앗겨서 상세히 보지 못했지만, 이번에는 대용의 눈에 무언가가 눈에 띄었다. 석상이 움직일 때마다 끼기긱, 하는 소리가 어렴풋이 들렸다.

밧줄이 매달린 대들보를 올려다보았다. 무언가 돌아가는 게 보였다. 바퀴 몇 개가 맞물려 돌아가면서 끼기긱, 소리를 냈다.

"이걸 보고도 이 불장군을 의심하느냐? 그럼 내 너를 불태워 죽일 것이다! 아니, 고성 전체를 활활 불태워야 믿을 테냐?"

보살은 대용에게 무시무시한 저주를 퍼부었다. 아산이 대용의 팔을 잡아끌었다.

"혀, 형님! 어서 엎드리지 않고 뭐 하십니까?"

대용의 머릿속에 석연치 않은 장면이 맴돌았지만 분명 더 확실한 증거를 기다려야 했다.

"네, 조심하겠습니다."

"좋다. 불장군이 계속 지켜볼 것이니 네놈 행동거지에 신경 쓰거라."

그러고는 보살이 풀썩 주저앉았다. 선녀가 보살을 얼른 일으켰다.

"괜찮으세요? 보살님?"

보살은 다시 원래의 얼굴을 하고 있었다. 그러고는 모든 힘을 다 쓴 것 같은 목소리로 대용에게 말했다.

"나리, 이제는 믿음이 생기셨습니까? 괜히 장군님의 심기를 건들지 마십시오. 저도 우리 장군님을 막을 수 없답니다."

육손 같은 장정도 겨우 들 수 있을까 말까 한 석상을 한 손으로 움직이고, 쇠바늘을 물 위에 띄우고 움직였다.

'정말 미신이 아니란 말인가?'

대용은 잠시 골똘히 생각에 잠겼다가 마음을 굳힌 듯 입을 뗐다.

"알겠소. 이제 우리는 돌아가리다."

대용이 자리를 털고 일어났다. 그러자 아산이 한 번 더 엎드려 외쳤다.

"아이고, 불장군님! 우리 형님과 제게 품으신 노여움을 푸십시오."

"어서 가자."

대용은 당집을 빨리 벗어나고 싶었다. 선녀가 집 앞까지 나와 인사했지만 대용과 아산은 뒤도 안 돌아보고 당나무까지 와서야 한숨을 돌렸다.

"형님, 이제 천천히 좀 가시죠. 얼마나 숨이 턱턱 막혔던지, 죽을 뻔했습니다."

대용은 보살이 보인 광경을 바른 이치로 설명하지 못한 것이 분해 아산에게 핀잔을 주었다.

"이놈아. 그깟 미신에 넙죽 엎드려서는 벌벌 떨고, 내가 다 창피하다."

"아니, 형님. 그 보살은 진짜였습니다. 아까 못 보셨습니까?"

"나도 봤다."

"그럼 뭘 더 말합니까? 보살이 불장군에 빙의하여 그 무거운 석상을 움직이고 쇠바늘도 물에 띄워 움직이지 않았습니까?"

대용은 처음부터 찬찬히 생각해 보기로 했다.

처음에 선녀가 차를 내왔다. 대용이 차를 마시지 않자 장군 보살은 분명 대용의 찻잔을 주시하며 이런저런 이야기로 시간을 끌었다. 마치 대용이 차를 마실 때를 기다린 것 같았다.

"아산아, 아까 그 차 맛은 어떠했느냐? 마시고 뭔가 이상한 기분이 들거나 하지 않았었느냐?"

"글쎄요. 차 때문인지는 모르겠으나 숨이 턱 막혔던 것 같습니다. 지금 생각해 보니 머릿속이 부한 것이 약간 취한 기분이 들었습니다."

대용의 고개가 끄덕였다.

"아산이 너는 지금부터 마을 사람들에게 장군 보살에 대한 얘기를 좀 더 듣고 오거라."

"네? 불장군이 저주를 내리면 어떡하시려고 그러십니까?"

"이놈아, 불장군한테는 아산이 넌 용서하고 나만 죽이라 할 테니 걱정 말거라."

"아, 그런……. 아까 불장군 말이 딱 맞습니다."

"뭐가 말이냐?"

"제가 사람 잘못 만나 위험에 처한다고 하지 않습니까요."

"이놈이! 내가 널 동생처럼 대했는데, 이제 와 이러기냐!"

"형님이 위험에 빠질까 걱정되어서 그렇지 않습니까?"

"아산이 너도 담헌 정탐단 일원 아니더냐?"

"맞습니다."

"지금 일어나는 일을 사건이라 생각해야 한다. 저 보살은 고상덕과 한패란 말이다. 고상덕의 악행을 밝히고, 또한 선화의 슬픔을 조금이라도 풀어 줘야 할 것 아니냐?"

아산이 대용의 얼굴을 물끄러미 바라보았다. 또 이 양반의 이상한 술수에 말려들었다고 생각했다.

"그럼 전 무얼 조사하면 됩니까?"

"장군 보살에게 점을 본 적 있는 이들을 찾아 아까 우리가 겪은 일과 어떤 차이가 있었는지 알아 보거라. 그리고……."

대용이 손가락 두 개를 딱, 하고 튕겼다.

"아까 네가 마신 차가 아무래도 의심스럽다. 청에서 환각을 일으키는 찻잎이 들어왔다고 하니 그것에 대한 이야기도 들을 수 있다면 듣고 오거라."

대용은 왼 손가락에 낀 금가락지를 빼 아산에게 건넸다.

"이게 뭡니까요?"

"어머니께 받은 가락지다. 저잣거리 가서 엽전으로 바꾸거라. 아무나 잡고 이야기를 들을 수는 없지 않느냐. 뭐라도 사 먹여 듣고 오거라"

"그래도…… 이건 너무 큰돈입니다."

"이번 일은 쉽지 않을 것 같다. 철저히 대비해야 할 것이다."

"알겠습니다. 형님."

대용은 나경적에게 『기기도설』을 빌렸다. 보살의 술수를 알아낼 수 있지 않을까 하는 기대 때문이었다. 책에는 생전 처음 보는 기기들과 장치들의 그림과 원리가 가득 설명되어 있었다. 특히 작은 힘으로 무거운 것을 쉽게 들 수 있도록 만든 기기의 원리에 눈이 갔다.

'도르래'라 불리는 바퀴를 이용하면 작은 힘으로 큰 힘을 낼 수 있다는 내용이 대용의 머릿속을 시원하게 만들었다. 대용은 당집 대들보에서 분명 책에 그려진 도르래와 비슷하게 생긴 바퀴를 보았다.

"이 도르래를 이용한 거야."

그때 방 밖에서 아산의 목소리가 들렸다.

"형님, 아산입니다."

"들어오거라."

방문을 연 대용의 눈에는 아산뿐 아니라 선화와 육손도 보였다.

"저잣거리에서 만났습니다."

"잘됐구나. 그럼 고상덕의 악행을 만천하에 알릴 준비를 하자."

넷은 방 안에 둘러앉았다. 선화가 기다리기 힘들었다는 듯 입을 열었다.

"대장이 금가락지를 내놓았다 들었소."

"별거 아니니 개의치 말거라."

"대장은 대장인가 보오?"

칭찬 같지 않은 선화식 칭찬에 대용이 뒷머리를 긁적였다. 고상덕에게 복수하겠다고 난리 치며 돌아다니면 어떡하나 걱정했는데 선화의 얼굴을 마주 보니 대용은 괜한 걱정을 한 것 같았다.

"내 얼굴에 뭐 묻었소?"

"내가 알던 선화가 맞나 싶다. 아산이 넌 새로 알아낸 것이 있느냐?"

"장군 보살은 고상덕의 집에서 철마다 굿을 하는 무당이랍니다. 돈이 필요한 사람들에게 점을 봐 주면서 고상덕에게 빚을 지게끔 유도하는 것 같다는 사람도 있었습니다. 고상덕 역시 돈을 빌려줄 땐 한없이 시원시원하지만 그 빚을 갚지 못하면 장군 보살을 대동해, 불장군이 불태워 죽일 거라며 협박해 왔다고 합니다. 결국 빚을 갚지 못한 집 식구들은 여기저기 노비로 팔려 간다고 합니다."

"음…… 생각보다 일이 심각한 것 같구나. 점을 본 사람들도 아까 우리가 본 장면을 보고 보살 말을 철썩같이 믿게 된 것이라 하더냐?"

"그런 것 같습니다. 차를 마시고, 보살이 불장군에 빙의하면 석상을 들고 쇠바늘을 물 위에 띄우는 장면을 보여 줬다고 합니다."

"역시, 그런 술수로 사람들을 현혹하다니."

대용은 『기기도설』을 펼쳐 보였다. 도르래 그림이 큼지막하게 보였다.

"보살은 서역의 기술을 미리 알고 있었을 거다. 이와 같은 도르래를 만들어 석상을 들었을 테지."

"역시 그랬나 봅니다. 한데 쇠바늘은 어떻게 물 위에 띄워 움직였답니까?"

"그건 직접 해 보자."

육손이 세숫대야에 물을 가득 담아 떠왔다. 대용은 바늘을 구해 와서 세숫대야 물 위에 조심스럽게 올렸다. 바늘은 몇 번 이고 물속으로 가라앉았다. 그러던 중 어느 순간 바늘이 물 위에 떴다.

"대장! 떴소. 이게 어떻게 된 일입니까?"

선화가 깜짝 놀라 물었다.

"소금쟁이도 물에 뜨지 않느냐?"

"그거랑 이거랑 같소?"

대용은 아직 떠 있는 바늘을 좀 더 가까이 살폈다. 물과 바늘 사이에 아주 얇은 막이 보였다.

"물에는 자신의 부피를 최소한으로 줄이고 싶어 하는 속성이 있고, 이를 위해 물 안쪽의 힘이 물 표면을 잡아당기는 힘표면장력이 존재한다고 들었다. 물방울이 둥글게 맺히는 것도 물의 이런 힘 때문이라고 한다. 한데 보살은 더 크고 무거운 대바늘을 어떻게 그리 쉽게 띄웠을까?"

육손이 대바늘을 꺼내 들더니 자신의 기름진 머리카락에 비볐다.

"나리, 그건 제가 압니다요. 바늘에 이렇게 머릿기름을 묻히면 어떻겠습니까요? 물과 기름은 상극 아닙니까요."

"그거 말이 된다! 기름은 물에 뜨지 않더냐."

대용의 맞장구에 육손이 기분이 좋아졌는지 씩 웃어 보이고는 대바늘을 물 위에 올렸다.

살포시 물과 만난 대바늘이 가라앉지 않고 그대로 떴다.

"육손아, 네가 한 건 했구나."

"고기 썬 칼을 물로 닦아 낼 때마다 고생한 게 기억이 났습니다요. 헤헤."

옆에서 뭔가 골몰하던 아산이 말했다.

"형님, 그런데 보살은 아까 물 위에 뜬 대바늘을 이리저리 움직였습니다."

"그건 더 쉽다. 지남철^{자석} 아니냐."

"아! 그 쇠붙이를 끌어당긴다는 돌 말씀하시는 겁니까?"

"그래. 보살의 저고리는 소매가 넓고 유독 길었다. 아마 지남철을 소매에 넣어 두고 손바닥으로 움직이는 척 소매를 이리저리 움직였을 거다."

이제 모든 의문이 풀렸다. 아산은 작은 주먹으로 방바닥을 한 번 내리쳤다.

"이런 나쁜 놈들! 죄 없는 사람들을 이런 식으로 속이다니. 형님, 그 요망한 보살은 이런 기술들을 어찌 알고 만들었던 겁니까?"

이런 서역 기술의 원리를 이해하고 기기를 만들 수 있는 곳은 한 군데밖에 없었다. 바로 나경적의 작업장이다.

"나경적 어르신이다."

"네? 그럼 어르신도 장군 보살과, 고상덕과 한패라는 말입니까??"

"그럴 리가 있느냐. 어르신은 그럴 분이 아니다. 백성들을 위해 실학 연구에 매진하시는 분 아니더냐."

"그럼 누가?"

"어르신의 제자가 둘 있었지 않았느냐. 안처인과 천용득이었지, 아마?"

대용이 두 사람의 이름을 기억해 내자 아산의 눈이 커졌다.

"방금 뭐라 하셨습니까? 천용득이라 하셨습니까?"

"왜 그러느냐. 천용득이란 자에 대해 들은 바가 있는 것이냐?"

"아까 마신 찻잎과 관련해 수상한 소리를 들었습니다. 어떤 자가 자신을 통해 청의 물건을 구해다 줄 수 있다며, 그중엔 요상한 찻잎도 있다는 말을 하고 다녔다는데, 그자의 이름이 천용득이었습니다. 아마 밀무역을 하고 있었던 것 같습니다."

아산의 말을 주의 깊게 듣고 있던 대용의 얼굴에 점점 확신과 자신감이 차올랐다.

"자, 천용득이 그 보살과 어떤 관계인지는 모르겠으나 그자가 환각을 일으키는 찻잎을 구해 장군 보살에게 전달했다면, 아마 나경적 어르신에게 듣고 배운 실학 기술과 원리도 전했을 것이다."

아산이 대용의 말을 받았다.

"그렇게 구하기 힘든 찻잎을 우려 여의치 않은 이들에게 대접했다는 것부터가 수상합니다. 분명 머릿속을 멍하게 하고 기묘한 장면을 눈앞에 보여서 마음을 혼란하게 만들었을 것입니다. 저도 아까 무서워서 죽는 줄 알았습니다요."

"네 말이 맞다. 정신이 아득해지고 제대로 판단하지 못하는 상태에 이른 궁핍한 사람들이, 고상덕에게 빚을 지고 불장군의 저주라고 하는 술수를 앞세운 협박까지 당한 것이다. 고상덕은 온갖 악랄한 방법으로 독촉하여 돈을 갚지 못한 자는 물론 그 식구까지 노비로 팔아넘긴 거지."

"그럼 설마 어제 불에 타 버린 집도…… 그자들의 짓일까요?"

"음……. 속단하기 이르지만 그럴 수도 있을 것 같구나."

이를 악물었는지 선화의 볼이 실룩거렸다. 그저 아무 말 없이 치미는 분노를 참고 있었다.

"내일 우리 담헌 정탐단이 관아로 가서 현감을 만나 담판을 지어야겠다."

"형님, 어떻게 하시려고요?"

대용은 자기 가슴 앞으로 팔짱을 끼고 눈을 가늘게 떴다.

"그전에 시신 검시를 해 봐야겠어."

"네? 검시라뇨?"

"내 일전에 들어 보니 화재로 죽은 사람은 연기를 들이마셔 콧구멍 속과 기도에서 검댕이 묻어 나온다고 한다. 그것을 반드시 확인할 거다. 또한 장군 보살의 술수를 제대로 밝히고, 천용득을 증인으로 세울 생각이다."

"천용득이 쉽게 나오겠습니까?"

"이미 관아에는 고상덕의 첩자가 많을 거다. 그러니 우리가 고함과 동시에 천용득은 몸을 숨길 것이다. 그래서 육손이가 필요하다. 육손이 네가 이곳 작업장에서 천용득의 동태를 살펴야겠다."

육손이 꾸벅 고개를 숙였다.

"천용득은 체구가 거대하고 단단하여 육손이 너도 만만히 보면 안 된다."

"전 열 살부터 소를 잡았습니다요. 힘으로 안 되면 칼이 있습죠."

순간 육손의 얼굴에 살기가 내비쳤다. 대용은 얼른 눈을 피해 선화를 쳐다보았다.

"선화야, 넌 어떻게 했으면 좋겠느냐?"

"난 혼자 더 알아볼 것이 있소."

'도대체 무엇을 알아본다는 것일까?'

대용은 선화가 걱정됐지만, 지금껏 믿음을 저버린 적 없는 선화를 이번에도 믿어 보기로 했다.

"그래, 부디 조심해라."

아침이 밝았다. 대용과 아산은 등짐에서 깨끗한 옷을 꺼내 갈아입고 갓을 챙겨 쓰는 것으로 군수와 현감을 마주할 준비를 마쳤다.

관아는 고성 한가운데 있었다.

"난 천안 사는 홍대용이요. 군수님을 좀 뵈러 왔소."

입구를 지키는 포졸이 대용의 행색을 한 번 훑어보고는 단칼에 거절했다.

"군수님은 아무나 못 만납니다."

"왜 못 만난단 말입니까?"

"군수님은 이제 임기를 마치고 한양으로 곧 떠나십니다. 새로 부임하는 군수님께서 오늘 내일로 도착하신다고 전해 들었습니다."

"어허, 그런 일이 있군. 그럼 현감님은 만날 수 있겠소?"

"안에 고해 보겠습니다."

잠시 후 포졸이 관아 안을 들어갔다 나왔다. 관아 안으로 들어가도 좋다고 했다.

동헌의 높은 대청 위에 앉은 현감이 보였다. 부채를 들고 있어 눈밖에 보이지 않았다. 어딘가 기분 나쁜 느낌이 드는 눈이었다.

현감 앞쪽으로는 향리들이 갈라져 서 있었고, 십여 명의 포졸들이 관아 곳곳에 창을 들고 서 있었다.

현감 가까이 다가가려 했으나 포졸이 가로막는 바람에 현감의 눈만 간신히 보이는 거리에 서야 했다. 대용은 마치 죄인이 되어 끌려 온 것만 같은 기분이 들었다.

현감은 멀리서 대용과 아산을 양반이 아닌 천민 대하듯 고압적인 태도로 노려보았다. 대용의 마음속에서 왠지 모를 불안감이 솟았다. 현감은 들고 있던 등채로 대용을 가리켰다.

"자네는 무슨 일로 여기를 찾았는고?"

"네, 이곳 양반 고상덕의 악행을 고하러 왔습니다."

"그래, 그자가 무슨 악행을 저질렀는가?"

"그자는 무당을 이용하여 기묘한 현상으로 사람들을 현혹하고, 그것을 빌미로 고혈을 빨아먹고 있습니다. 그로 인해 여러 가정이 파탄 나는 지경에 이르렀습니다."

현감의 얼굴에 기분 나쁜 웃음이 서려 있었다. 마치 다 알고 있는 듯, 대수롭지 않아 하면서도 대용과 아산을 조롱하고 있는 것 같아서 대용의 가슴속에 뭔가 뜨거운 것이 치밀었다.

"조선 양반들이 그러하니 어쩌겠느냐? 네 말대로라면 모든 양반을 잡아들여야 하지 않더냐?"

'그래, 그렇다 치자. 하지만 조선 양반이라면 살인을 해도 되는 것인가?'

대용은 끓어오르는 분노를 잠시 식히고 어제 있었던 화재로 주제를 돌렸다.

"어제 저쪽 초가집이 불타는 사고가 있었습니다. 그 안에서 발견된 시신의 검시는 어떻게 된 것입니까?"

"오작인이 검시했다. 하지만 너무 훼손되어 불에 타 죽은 흔적밖에 찾을 게 없었다."

"젖은 솜을 콧구멍 깊숙이 넣어 닦으면 좀 더 분명한 사인을 알 수 있는 것으로 압니다. 불이 났을 때 그자가 살아 있었다면 숨을 쉬었을 테고, 그렇다면 연기를 들이마셔 콧구멍 안에서 검댕이 묻어 나올 것입니다. 나왔습니까?"

"피부가 달라붙어 콧구멍이 사라졌다. 그러니 그 검시는 하지 못했다."

"칼로 도려내서라도 해야 하지 않습니까?"

"그걸 말이라고 하는 것이냐? 아무리 불타 죽은 사람이라도 그렇지, 어찌 망자의 몸에 칼을 댄단 말이냐?"

"그렇다면 죽임을 당했을지도 모르는 억울함을 그냥 묻어 둬도 된다는 말입니까!"

"킬킬킬. 황당하기 그지없군. 그래서 어쩌란 말이냐? 검시를 다시 하라는 말인 게냐? 더 이상의 검시는 없다."

'킬킬킬? 분명 현감이 비웃었다. 이게 무슨 상황이지?'

대용은 백성의 주검에 대해 얘기하면서 웃고 있는 현감을 이해할 수 없었다.

바로 그때 아산이 덜덜 떨리는 목소리로 대용을 불렀다.

"혀, 형님. 저 혀, 현감은…… 이성곤입니다. 석실서원의 그 이성곤 말입니다."

"뭐라? 그게 무슨 소리냐?"

그제야 현감은 들고 있던 부채를 내렸다. 검은자가 작은 삼백안, 투실투실한 코와 검은 입술이라면 가까이 가지 않더라도 확인할 수 있었다. 이성곤이 분명했다.

"하하하, 홍대용과 김아산을 여기서 만나다니. 반갑구나."

웃어젖히던 이성곤의 얼굴이 금세 일그러졌다.

"여봐라, 저 두 놈을 당장 포박해라."

현감의 명령에 따라 포졸들이 달려와 포승줄로 둘의 몸을 묶었다. 대용이 힘을 다해 소리쳤다.

"이성곤! 아니, 현감! 무슨 죄로 우리를 묶는 것이오?"

"조선은 반상의 법도가 있는데 양반이 서자 놈에게 형님이라고 부르게 하질 않나. 양반 무서운 줄 모르고 무고를 하지 않나. 망자의 몸에 칼을 대라고 하질 않나. 쯧쯧, 네 죄를 네가 알렸다!"

"말도 안 되는 소리 하지도 말거라! 지난날 내게 품은 원한을 이렇게 푸는 것이냐!"

"어허, 저놈은 현감 무서운 줄 모르는구나. 현감을 업신여긴 죄도 추가다. 여봐라. 이놈들을 형틀에 묶어라!"

"놔라! 이런 법이 어디 있느냐! 놓으란 말이다!"

대용이 고래고래 소리쳤다. 그때 누군가 내지르는 목소리가 들렸다.

"이게 무슨 소란이냐!"

고성 군수였다.

"군수 나리, 이자는 홍대용이라 하온대 어제 불에 타 죽은 사내를 고상덕 나리가 살해했다는 무고를 하고 다니고 있다 하여 잡아들였습니다."

대용도 지지 않고 말했다.

"군수 나리! 시신을 제대로 검시하기만 하면 됩니다. 피부가 붙어 코가 뭉개졌다면 칼로 도려내 콧구멍을 찾고 젖은 솜을 넣어 보면 확실한 사인을 알 수 있습니다."

이성곤과 대용의 서로 다른 주장이 그저 귀찮다는 듯한 표정이 군수의 얼굴에 떠올랐다.

"아무리 그래도 어찌 망자의 몸에 칼을 댄단 말인가? 허락할 수 없다!"

"시신입니다. 시신에 칼을 대는 게 뭔 대숩니까? 억울하게 죽임을 당한 망자라면 그것이 더 원통하지 않겠습니까?"

"내가 있는 동안은 안 된다."

군수는 이성곤을 보고 단호하게 말했다.

"내일 신임 군수가 도착한다고 하니 지금부터의 일은 그때 처리하거라."

"넵!"

조선의 녹을 먹는 자들이라고 백성의 편에 서서 일을 하는 것이 아니었다. 그저 자신이 지게 될 책임이 두려워 남에게 떠넘기는 군수를 누가 믿고 따를지 생각하니, 대용의 가슴이 헛헛해졌다.

한편 군수의 지시로 인해 불행인지 다행인지 대용과 아산에게 죄를 물을 생각이었던 이성곤의 계획도 하루 미뤄졌다.

"이놈들을 당장 옥에 가두어라."

감옥은 축축했다. 생경한 냄새가 났다. 대용에겐 죽음에 가까운 냄새처럼 느껴졌다. 먼저 들어와 있던 죄인들의 몸에서는 피고름이 보였다.

'어찌 이성곤과의 악연이 여기까지 이어졌단 말인가.'

이성곤이 따라 들어왔다. 그러고는 옥에 갇힌 대용에게 자신의 옷소매를 걷어 팔을 보였다. 칼자국이 무수히 새겨져 있었다.

"네놈들이 내 자존심, 아니 우리 집안의 권위를 처참히 뭉개 버리는 바람에 난 그 잘난 석실서원으로 돌아갈 수 없었다. 본가에서 개망나니처럼 지내다가 할아버지가 마련해 주신 벼슬길에 오르기로 했다. 돈과 권력밖에 없는 우리 집안에 내가 앉을 자리 하나 만드는 건 식은 죽 먹기였지. 난 그동안 너희 같은 유생들을 짓밟아 줄 생각만 하여, 맺힌 원한을 몸에 새겼어! 한데 이렇게 일찍 네놈들을 만나게 될 줄은 나도 몰랐다."

"우리에게 이리도 험한 해코지를 할 정도로 억울했단 말이냐?"

이성곤은 눈알을 부라리며 아산을 가리켰다.

"저놈은 서자라고! 난 양반으로서 당연한 권리를 말했을 뿐

이야. 그런데 네놈은 날이 갈수록 못 봐줄 정도로 나대더군. 양반이면 양반답게 처신 잘하지 그랬나, 홍대용."

이를 악물고 말하는 이성곤을 바라보는 대용의 머릿속에 황금 거북이 떠올랐다.

"그래서 모두가 나락으로 떨어지도록 서원을 들쑤셔서 당파 싸움을 조장한 것이냐?"

"흐흐흐, 그때 사라져 줬으면 내가 이딴 변방까지 오지 않아도 됐잖아."

"설마 우리 따라 고성으로?"

"후후, 당연하지. 고성 현감을 자청했지. 내가 말했지 않은가, 돈과 권력이 모자람 없는 양반이라면 조선에서 안 되는 게 없다고. 내일 새 군수가 오면 네 죄를 따져 물을 것이며, 넌 치도 곤 맛을 보게 될 것이다. 아, 한 가지 미리 말해 주지. 너흰 아마 태백산맥을 넘어 강원 감영으로 압송될 텐데, 그때 기대하시게. 내가 품은 복수심은 치도곤 몇 대로 끝나지 않는다네. 후후."

이성곤은 준비한 악담을 다 퍼부었는지, 한껏 가벼운 몸놀림으로 빙그르르 돌아 밖으로 나갔다.

"형님, 죄송합니다."

"네가 왜 사과하는 것이냐. 저 옹졸한 놈 때문이지."

"이제 꼼짝없이 죽게 생겼습니다요."

"하늘은 스스로 돕는 자를 돕는다고 했다. 무언가 방법이 있을 거다."

자기도 모르게 잠이 든 대용을 누군가 깨웠다. 햇빛이 들지 않아 지금이 낮인지 밤인지 분간조차 할 수 없었다.

"따라오십시오."

포졸이 대용과 아산을 깨워 일으켰다.

"하루가 지난 것이오? 신임 군수께서는 오셨습니까?"

"지금 마을 어귀에 도착했다고 들었소."

대용과 아산은 포승줄에 묶여 동헌 앞마당으로 끌려갔다. 거기에는 이성곤이 이미 나와 있었다.

"신임 군수께서 마을에 당도하셨다고 한다. 조금만 기다리거라. 자유분방하게 뚫린 그 입으로 내게 사죄하며 후회하게 해줄 것이다. 후후후."

갑자기 관아 밖이 떠들썩했다. 신임 군수 일행이 도착한 듯보였다. 포졸들의 우렁찬 기합 소리가 들렸다.

대용은 죄인의 행색으로 신임 군수를 만날 수 없었다. 억울하고 부당한 처사를 직접 보여야 한다는 생각이 들었다. 모두가 관아 정문을 바라보고 있었다. 대용은 동헌으로 들어오고 있는 신임 군수 앞을 향해 달렸다.

챙!

군수의 가마를 호위하는 무사가 칼을 꺼내 대용의 목에 겨누었다. 대용은 멈칫하여 바닥에 엎드렸다.

"웬 놈이냐!"

"군수 나리, 이 마을에 부당한 일이 일어나고 있습니다. 부디 제 이야기 한 번 들어 주시고 억울한 사람이 없게 해 주십시오."

신임 군수가 가마에서 내려와 섰다. 군수의 몸짓에서는 품위가 느껴졌고 대쪽 같은 결기가 얼굴에 드러나 있었다.

그때 이성곤이 부랴부랴 달려와 군수에게 머리를 숙여 인사했다.

"고성 현감 이성곤, 군수께 인사 올립니다. 이놈은 죄인입니다. 허해 주시면 제가 알아서 처리하겠습니다. 먼 길 오시느라 피곤하실 텐데 어서 들어가 여독을 푸시지요."

군수가 잔뜩 무거워 보이는 입을 열었다.

"죄인은 잠시 고개를 들어 보거라."

대용은 고개를 들어 군수의 얼굴을 바라보았다.

"목소리가 낯익다. 석실서원 유생 홍대용 아니더냐?"

군수의 말에 대용의 눈이 번쩍 뜨였다. 바로 앞에 서 있는 군수는 대용이 황금 거북을 찾아준 윤성이었다.

"앗, 어르신⋯⋯. 아니, 군수 나리."

"아니, 자네가 왜 여기에 잡혀 있는가?"

대용의 눈앞에 우연의 우연이 겹친 일이 일어나고 있었다. 대용은 금세 상황을 판단하여 윤성에게 정식으로 고했다.

"군수 나리, 여기 있는 고성 현감이 이성곤입니다. 나리의 두 아들에게 황금 거북을 훔치게 만들고, 첩자 노릇을 한 검은 복면을 쓴 사내 말입니다."

이성곤도 이제야 윤성을 알아보았는지 들고 있던 등채를 떨어뜨리고는 슬슬 뒷걸음쳤다. 그때 아산이 포박된 몸을 뉘어 뒷걸음치는 이성곤의 뒤로 기어갔다.

"아악!"

이성곤은 미처 발견하지 못한 아산의 몸에 걸려 뒤로 자빠지고 말았다. 그 모습을 본 윤성이 소리쳤다.

"저, 저 찢어 죽여도 시원찮을 놈! 이성곤, 저놈은 조정과 왕실까지 능멸한 놈이다. 어서 붙잡아서 옥에 가두어라! 내 한양에 직접 고할 것이다!"

"아이고, 살려 주십시오."

포졸들에게 잡혀 끌려가는 이성곤은 대용에게 소리쳤다.

"네놈 때문이다! 모두 네놈 때문이라고!"

"이놈아, 이게 왜 나 때문인 게냐. 간계를 부리고, 고성까지 찾아온 것은 네 의지 아니더냐?"

이성곤은 곧 한양으로 압송되어 그간의 죗값을 치러야 할 것이다. 무엇보다 더 이상 대용의 앞길을 방해하지 못할 것이다. 하지만 대용에겐 할 일이 남아 있었다. 고상덕의 악행을 제대로 밝혀서 선화의 복수를 해야 한다.

윤성은 대용과 아산의 포박을 풀고 이들의 이야기를 찬찬히 들어 주었다. 부임 후 첫 사건이자 첫 민원이었다.

"시신을 이리로 가져 오고 오작인도 부르거라."

윤성의 명령에 따라 포졸들이 시신을 옮겨 오고 오작인도 따라 들어왔다.

"홍대용 유생이 오작인에게 직접 물으시오."

거적을 들추자 숯처럼 새카맣게 탄 시신이 드러났다. 대다수가 고개를 돌린 채 제대로 쳐다보지 못할 정도로 그 모습은 처참했다. 대용 역시 깜짝 놀랐지만 정신을 가다듬고 오작인에게 물었다.

"사인은 무엇이더냐?"

"보시는 대로 불에 타 죽었읍죠."

"콧구멍에 솜을 적셔 넣어 보았는가?"

"아닙니다요. 피부가 달라 붙어 버려 그리 할 수 없었습니다요. 온몸의 화상이 심하고 자상이나 맞은 흔적은 찾을 수 없었습니다요."

"칼로 피부를 잘라 콧구멍을 찾으면 되지 않는가?"

"아이고, 큰일 날 소리입니다. 아무리 시신이라도 몸에 칼을 대다니요."

"이 방법밖에 없다. 어서 준비하게, 내 옆에서 똑똑히 보고 있을 게야."

오작인은 대용의 지시를 못 들은 척했다. 대신 윤성의 얼굴만 빤히 바라보았다. 그러자 대용이 윤성을 돌아보며 소리쳤다.

"나리, 불타 죽은 것이 아니라면 이 망자는 살해당한 것입니다. 검시를 허해 주십시오."

"망자의 몸에 칼을 대는 것이 내키지 않는다."

윤성은 어쩔 수 없다는 표정을 지으며 검시를 허락하지 않았다.

낙심한 대용은 아무 말 없이 시신의 얼굴을 가만히 쳐다보았다. 입술의 형태는 그대로였지만 코가 있어야 할 자리는 뭉개져 있었다.

바로 그때 대용의 머릿속에 달리 할 수 있는 방법 하나가 떠올랐다.

"사람의 숨은 콧구멍을 통해 기도로 가고, 그다음에 폐로 간다. 콧구멍을 통해 할 수 없다면 입을 열어 기도를 검시할 수 있을 것이다. 가능하겠느냐?"

대용은 강경한 눈빛으로 오작인을 바라보았다.

"알고는 있습니다만, 실제는 해 봐야 압니다요."

"어서 해 보거라."

오작인은 가늘고 긴 쇠막대 끝을 약간 구부렸다.

"기도로 넣어 보려면 끝을 구부려야 할 겁니다요."

그런 다음 구부린 쇠막대 끝에 젖은 솜을 끼워 넣었다. 그리고 그것을 시신의 입으로 밀어 넣었다.

"기도를 찾았느냐?"

"전해지는 느낌으로는 여기가 맞는 것 같습니다요."

잠시 후 오작인이 쇠막대를 조심히 꺼냈다. 시신의 입에서 막 나온 솜은 검댕은커녕 깨끗했다.

"없습니다요."

"검댕이 없다는 것은 불이 나기 전 이미 숨이 끊겼다는 말이지 않느냐?"

오작인이 아무 말 없이 고개를 끄덕였다. 대용은 윤성에게 큰 소리로 고했다.

"군수 나리, 검댕이 묻어나지 않았습니다. 망자는 불이 나기 전 이미 죽어 있었습니다."

"음······."

윤성은 망설일 수밖에 없었다. 고상덕을 불러 자초지종을 들어 봐야 했기 때문이다.

"장군 보살이라 불리는 무당을 먼저 잡아들이십시오. 그 무당의 기행에서 이 마을의 비극이 비롯되었습니다. 무당을 문초하면 고상덕의 죄도 물을 수 있을 것입니다. 또한 청에서 들이지 말아야 할 것들을 몰래 들여 되팔고 있는 천용득도 잡아들이셔야 합니다."

대용의 속시원한 요청을 듣고 윤성은 목소리를 크게 내어 지시를 했다.

"좋다. 여봐라, 어서 가서 장군 보살이라는 자와 천용득이라는 자를 잡아들이거라."

"앗, 나리! 무당이 기거하는 당집을 그대로 보존하시고 압수하셔야 할 겁니다. 선녀라는 자와 환각을 부르는 찻잎, 그리고 도르래라는 바퀴도 말입니다. 그것들이 이 모든 악행의 증거입니다."

"들은 대로 하거라."

포졸들이 서둘러 관아를 빠져나갔다.

"이놈들, 내가 누군지 아느냐! 이 불장군의 저주를 감당할 수 있을 것 같으냐!"

관아로 잡혀 온 장군 보살의 저주는 끝날 줄 몰랐다. 대용은 기다렸다는 듯 윤성 앞에서 보살의 기행을 그대로 재현해 보였다. 이를 지켜보던 포졸들과 윤성 역시 눈앞에서 펼쳐지는 기묘한 광경에 탄식했다. 언뜻 귀신이 곡할 노릇처럼 보였던 보살의 기행이 알고 보니 과학의 원리였다는 사실을 대용은 증명해 낸 것이다.

이후로 보살은 입을 꾹 다물어 버린 채 그 어떤 말도 하지 않았다.

그사이 어스름이 깔리고 육손이 관아에 도착했다. 거대한 두 사내 육손과 천용득의 얼굴은 멍투성이, 피투성이였다. 이쪽 소식을 전해 듣고 급히 도망가려던 천용득을 육손이 격투 끝에 붙잡은 것이다.

먼저 잡혀 온 선녀는 잔뜩 겁을 먹어 천용득에게 찻잎과 도르래를 전해 받았다는 사실을 털어놓았다. 그제야 보살의 입이 열렸다. 보살의 입에서 고상덕의 이름이 나온 것이다.

"불을 어찌 냈는지는 저도 모릅니다. 그저 고상덕 어른이 불장군을 앞세워 겁을 주라고 해서 그리 했을 뿐입니다. 저는 시키는 대로 했을 뿐입니다."

천용득도 보살과 같은 말을 했다. 그들은 하나같이 고상덕을 원흉으로 지목했다.

바로 그때 고상덕이 관아에 도착했다. 들어서자마자 이미 형틀에 묶인 보살과 선녀, 그리고 천용득을 보고 움찔했지만, 목소리를 애써 낮추지는 않았다.

"아이고, 부임하시자마자 이리 열심히 마을 일을 돌보시다니 이 마을 사람으로서 아주 든든합니다. 한데 저는 왜 부르신 겁니까? 제가 무슨⋯⋯?"

"엊그제 불에 타 죽은 자의 시신을 검시했소. 그자는 집에 불이 나기 전 이미 죽어 있었소."

"처음 검시에서는 알 수 없었다고 했습니다."

"그건 어찌 알았소? 검시 결과는 관아 밖으로 전해지지 않을 텐데. 혹여 누가 알려 주고 있었던 거요?"

"그, 그것은⋯⋯."

아직 이 마을에는 고상덕을 따르는 자가 많다. 관아도 마찬가지였다. 윤성은 자리에서 일어나 관아가 쩌렁쩌렁 울릴 정도로 소리쳤다.

"누군가? 누가 관아 일을 일개 양반에게 빼돌렸는가? 나는 그러한 일을 절대 용납하지 못한다."

동헌이 순식간에 조용해졌다. 윤성은 고성의 가장 영향력 있는 유지, 고상덕을 가리켰다.

"천용득이란 자에게 시켜 환각을 일으키는 찻잎을 밀무역하지 않았소?"

"그럴 리가요, 모함입니다. 증거가 없지 않습니까?"

"사대부로서 부끄럽지도 않소? 이미 증언과 증거를 내 귀로 직접 듣고 내 눈으로 직접 보았소. 어서 죄를 고하시오."

윤성이 작심하여 친 호통에도 고상덕은 계속 모르쇠로 일관했다.

그때 선화가 나타났다. 선화는 혼자가 아니었다. 기력이 다했는지 앙상한 체구에 얼굴에는 검버섯이 잔뜩 핀 노인을 부축하고 있었다.

이를 발견한 고상덕의 낯빛이 잔뜩 어두워졌다.

"그대는 누구인고?"

군수의 물음에 선화가 입을 열었다.

"저는 15년 전 고성 군수로 있었던 박덕흠의 여식 박선화입니다."

선화는 그렇게 말하면서 고상덕을 매서운 눈으로 노려보았다.

"박덕흠은, 아니, 제 아버지는 이자의 간계 때문에 목숨을 잃었습니다. 이 어르신은 정확히 15년 전 이 고을의 이방이었습니다. 또한 바로 저자, 고상덕의 수족 노릇을 해 왔습니다."

고상덕이 잔뜩 화가 나 두루마기 앞섶을 펄럭이며 소리쳤다.

"고얀 년, 뉘 앞이라고 함부로 입을 놀려! 난 저자가 누군지도 모른다."

그러자 노인은 힘없는 목소리를 쥐어짰다.

"나리, 그때 제게 시키지 않으셨습니까? 박덕흠을 모함하여 궁지에 몰아넣으라는 지시, 아직도 잊지 않았습니다."

노인의 말에 고상덕이 펄쩍 뛰었다.

"모함이요. 난 아무것도 지시하지 않았소."

고상덕이 다시 우기기 시작하자, 노인이 자기 저고리 안에 손을 넣어 종이 뭉치 하나를 꺼냈다.

"여기 물증이 있습니다, 증거. 군수 나리, 이것들은 저자가 여태 제게 지시한 내용이 담긴 서신, 뇌물을 갖다 바친 기록, 살인을 사주한 사실을 모아 둔 것입니다. 여기 저자의 직인이 선명히 찍혀 있습니다."

고상덕은 더 이상 버틸 수 없었는지 바닥에 주저앉았다. 이제 궁지에 몰린 건 고상덕 자신이 되었다.

"아, 아닙니다. 아니야, 아니라고……."

"이리 갖고 오너라."

윤성은 자신에게 전해진 종이 뭉치를 한 장 한 장 면밀히 살펴보았다. 결정을 내리는 데는 그리 오래 걸리지 않았다. 윤성이 자리에서 일어났다.

"저자를 당장 옥에 가두고, 부관은 저자의 집을 샅샅이 뒤져 또 어떤 악행을 부렸는지 알아보도록 하여라."

그런 고상덕을 두둔하거나 그를 지키려는 사람은 없었다.

고상덕이 잡혀 갔으며 관아에서는 아직도 그가 수많은 사건에 연루되어 그 죄를 묻고 있다는 소문이 저잣거리에 널리 퍼졌다.

소문이 퍼질수록 관아에 끊임없이 고해지는 백성들의 증언은 더욱더 고상덕의 죗값을 키웠다.

고성에서의 사건은 끝이 났다.

윤성은 고상덕의 악행에서 비롯된 일련의 사건들을 조정에 고했으며, 박덕흠과 선화의 신분 복원을 위해 노력하겠다고 말했다.

선화는 아무 말 없었지만, 대용은 선화가 제 가슴속 깊숙이 자리 잡은 돌덩이 하나를 꺼내 버렸으리라 생각했다.

대용은 나경적의 작업장에서 쇠와 톱니를 이용해 훨씬 정밀하고 튼튼한 혼천의를 만들었다. 대용은 혼천의에 하늘이 들어 있다는 말이 이제야 실감이 났다. 더더욱 천문학에 매진하고 싶어졌다.

나경적의 집에서 신세를 지는 것도 오늘이 마지막이었다.

"아산아, 육손아, 우린 이제 슬슬 떠날 준비를 하자. 의주로 가서 청의 천문학 서책과 새로운 천리경을 구하고 싶구나."

"형님, 선화 낭자는 어쩐답니까?"

"당분간 나경적 어르신을 모실 것 같다. 양반 신분이 회복되면 여기에 터를 잡고 살면 좋지 않겠느냐."

대용의 얼굴에는 말과 달리 아쉬움이 가득했다. 그때 방문이 벌컥 열렸다.

선화였다.

"아, 깜짝이야. 기척 좀 하고 들어와라."

"대장, 함경도 명천이오. 거기 먼저 갑시다."

함경도 명천은 선화의 어머니가 관비로 끌려간 곳이었다. 선화는 얼굴도 모르는 제 어미를 찾고 싶은 것이다.

대용은 내심 다행이라 생각하여 웃음을 참지 못하였다.

"담헌 정탐단에 정식으로 사건을 의뢰하는 것이더냐?"

"우리 사이에 무슨 의뢰니까?"

"원래는 의주로 가려 했는데, 선화 네 의뢰를 받아 함경도에 먼저 가 볼 생각이다."

"형님, 안 됩니다."

대용의 결정에 아산이 끼어들었다.

"뭐가 안 된다는 게냐?"

"실옹 어르신을 아직 고성 앞바다에 데려다 드리지 못하지 않았습니까?"

대용과 선화는 얼굴에 확연히 드러난 뜨끔한 표정을 애써 감추려 했다.

"아, 아니. 고성을 떠나는 길에 데려다 드릴 생각이었다. 어, 어차피 여기서 바다 쪽으로 나가야 하지 않느냐."

"섭할 뻔했습니다. 형님, 선화 낭…… 아니, 이제 아씨인가."

선화는 아산의 너스레를 듣고 그의 등짝을 손바닥으로 세게 후려쳤다.

"칫. 이놈아, 간만에 잘 기억해 냈다. 그리고 난 양반 같은 거 싫으니 전과 똑같이 대해라."

"아이고, 근데 손은 왜 이렇게 매운 거요?"

이번에는 육손이 주먹을 불끈 쥐고 말했다.

"이번에 제가 반드시 함경도 멧돼지 고기를 맛보게 해 드리겠습니다요."

"그놈의 멧돼지 고기, 이번에는 정말 기대하겠다. 하하하!"

양반, 서자, 백정, 여인, 이 네 사람의 웃음소리가 방 안 가득 쌓였다.

신분도 나이도 성별도 다르지만 그간 크고 작은 사건을 함께 부딪혀 온 네 사람은 가족과 다름없었다.

적어도 이들 사이에서는 같은 높이의 마음이 서로에게 흘러들고 있었다.

어느새 새로운 세상이 자리 잡고 있었던 것이다.

우리들의 홍대용,
우리들의 담헌 정탐단

홍대용은 동양 최초로 지구자전설을 주장한 조선 후기 실학자입니다. 홍대용은 양반가 자제로 어려서부터 석실서원에서 공부했습니다. 이러한 배경 덕분에 상대적으로 쉽게 벼슬길에 나설 수 있었지만, 그는 벼슬을 마다합니다. 그러고는 고되고 위험한 청나라 사신 행렬에 참여합니다. 그가 청나라 길에 오른 것은 오직 천리경을 접하고 서양의 선진 과학 기술을 먼저 경험해 보고 싶은 마음 때문이었습니다.

청나라에 다녀와 저술한 『의산문답毉山問答』에 지구의 중력, 지전설, 무한우주설, 유성과 혜성, 기상 현상 및 조석까지 당시에는 상상도 할 수 없는 과학 지식을 녹여 냈습니다. 실제로 집에 개인 천문대를 세우고, 혼천의를 개량한 사실로 보아 홍대용이 천문학과 과학에 지대한 관심을 갖고 있었다는 걸 알 수 있습니다. 하지만 홍대용은 과학에만 몰두해 있던 것은 아닙니다. 성리학은 물론 수학과 역사, 음악까지 섭렵했다고 합니다. 지금의 언어로 말하면 '창의융합형 지식인'이었던 것입니다.

이렇게 자신만의 연구와 사상을 가졌던 홍대용의 유년은 어땠을까 상상해 봤습니다. 매일 밤하늘을 올려다보면서 서원에서는 공자, 맹자 대신 천문학 책을 몰래 읽지 않았을까요? 자신의 과학 지식을 이용해 실생활의 문제를 해결하고, 이전에 없던 기기를 만들어 백성들이 편한 삶을 누리게 해 주고 싶었던 마음도 어쩌면 이러한 그의 유년기에서 비롯되지 않았을까 생각합니다.

무엇보다 만인의 평등을 넘어 만물의 평등을 주장했던 홍대용은 중인을 비롯하여 당시 천대 받던 천민과도 서슴없이 지냈을 게 분명합니다. 한편으로 이런 홍대용의 행보가 당대 사람들의 눈에 기인이요, 이단으로 보였을 것입니다. 그 역시 그로 인해 겪었던 차별과 편견에 맞서 싸웠을 테고요.

이 이야기 속의 홍대용 역시 그러합니다. 신분과 성별과 세대의 벽을 허물고 인간으로서의 도리와 최소한의 양심을 지키기 위해 담헌 정탐단을 꾸려 방방곡곡을 다니며 억울한 이들의 원한을 풀어 줍니다. 남들이 뭐라 하든 자기만의 신념으로 말이죠. 우리도 늘 호기심을 갖고 주변에서 일어나는 일에 대해서 조금은 냉정하게, 때론 유연하게 관심을 갖고 바라보는 데 익숙해져야 합니다.

끊임없이 생각하고 실천하십시오. 우리들의 홍대용, 우리들의 담헌 정탐단처럼 말입니다. 마지막으로 이 책이 나오기까지 힘써 주신 블랙홀 출판사에 깊은 감사를 드립니다.

2021년 2월

윤자영

조선 과학 탐정
홍대용

초판 발행 2021년 02월 15일
초판 4쇄 2021년 07월 15일

저자   윤자영
발행인   이진곤
발행처   블랙홀
출판등록 제 25100-2015-000077호(2015년 10월 26일)
주소   경기도 파주시 문발로 405 제2출판단지 활자마을
전화   02-338-0092
팩스   02-338-0097
홈페이지 www.seentalk.co.kr
E-mail   seentalk@naver.com

ISBN   979-11-88974-46-7 44810
              979-11-956569-0-5 (세트)

블랙홀은 씬앤톡의 자매 회사입니다.